Amour et vieilles dentelles

WILLIAMS CRÉPIN

Amour et vieilles dentelles

roman

ALBIN MICHEL

© Éditions Albin Michel, 2022

Pour Alice, évidemment.

1

Roméo et Juliette

Alice trouvait l'idée ridicule mais ses copines n'avaient pas lâché le morceau avant qu'elle accepte de faire un essai. Monter sur les planches à son âge lui semblait aussi incongru que participer au marathon de New York.

— Cette activité te permettra d'entretenir ta mémoire et de préserver tes capacités cognitives, lui affirmait Thérèse en étalant son vocabulaire des grands jours.

— Tu rencontreras de nouvelles personnes, ajoutait Nadia qui craignait qu'Alice ne se renferme sur elle-même et ne se claquemure dans son pavillon.

— C'est le meilleur moyen de garder le contact avec le monde extérieur et, qui sait, si la chance est de ton côté, tu trouveras bien un bonhomme pour réchauffer ton lit pendant les longues soirées d'hiver ! concluait Maria qui ne pensait qu'à ça.

Alice laissait ses copines rabâcher leur laïus qui empestait les slogans appris par cœur. Les filles s'étaient donné le mot, et même son médecin traitant s'y était mis.

— Retenir les textes et les dialogues d'une pièce de théâtre, appliquer les consignes du metteur en scène… Toutes ces pratiques artistiques sont un excellent moyen de stimuler votre mémoire défaillante. En plus, vous pourrez laisser libre cours à votre créativité et la partager avec les autres comédiens. Rien que du bonus, du positif ! Sortez de chez vous, rencontrez de nouvelles personnes. Vivez, Alice, ne laissez pas la routine vous happer !

Galvanisée par ces chaleureuses recommandations, Alice s'était laissé convaincre par un essai.

Six mois plus tard, elle ne raterait son rendez-vous hebdomadaire avec le théâtre sous aucun prétexte.

Pourtant, une angoisse légitime l'avait envahie la première fois qu'elle était montée sur les planches. Elle se rappelait l'époque où, petite fille, sa maîtresse lui demandait de rejoindre le tableau noir pour déclamer la récitation qu'elle n'arrivait pas à retenir. Elle se remémorait ces moments épouvantables où elle se liquéfiait devant ses camarades à l'affût du moindre trou de mémoire.

Aujourd'hui l'ambiance était bien différente, l'audience bienveillante et encourageante. Ses copines, à des degrés divers, étaient confrontées aux mêmes difficultés et, au lieu de l'enfoncer, l'aidaient, la réconfortaient, la stimulaient. Pour une fois, son médecin traitant avait vu juste : l'état d'Alice s'améliorait.

Jouer une amoureuse n'était pas étranger à cette

transformation. Interpréter l'héroïne de *Roméo et Juliette* lui donnait des ailes.

« L'amour, c'est la fumée qu'exhalent les soupirs,
Attisé, c'est le feu dans les yeux des amants,
Contrarié, c'est la mer que viennent grossir leurs…
charmes. »

– Leurs larmes, Alice, leurs larmes !
Peggy, leur jeune professeure de théâtre, la reprenait pour la troisième fois de suite.
– Tu fais toujours la confusion, larmes, pas charmes, fais un effort, concentre-toi !
Maria sur le qui-vive ne put s'empêcher d'intervenir :
– Normal, on voit bien à quoi elle pense, notre Alice… D'abord les charmes et après les larmes !
Elles rirent toutes de bon cœur.

Les élèves du cours de théâtre étaient assises sur les gradins face à la scène qui leur servait d'espace de répétition à la Maison populaire de Montreuil. Peggy, leur enseignante, une jeune Antillaise d'une trentaine d'années, épaisse chevelure noire cerclée d'un bandana rouge vif, leur faisait face.

Alice esquissa un sourire en se rappelant le jour où elles avaient choisi de s'appeler « les Panthères grises ». Pour renforcer leur cohésion et affirmer l'esprit de troupe qui les habitait, Peggy leur avait demandé de choisir un nom, ce fut le baptême de leur compagnie de théâtre.

«Les Amazones», avait suggéré Alice, Thérèse préférait «les Filles» et Nadia, «les Bonnes Copines»... Finalement, elles avaient retenu la proposition de Maria.

Ainsi la troupe s'appellerait «les Panthères grises». Thérèse avait menacé de quitter la salle si elles adoptaient «ce nom stupide», trop agressif à son goût, mais ses protestations n'y avaient rien changé.

– Je ne me sens pas, mais alors pas du tout, dans l'état d'esprit d'une panthère quelle que soit sa couleur.

– Parle pour toi! Fais gaffe, j'ai les griffes qui poussent, avait feulé Maria en balançant des coups de pattes dans sa direction.

Entre Maria, l'éternelle provocatrice, et Thérèse, la sentencieuse, le moindre détail était prétexte à empoignade.

C'était la première fois qu'elles se retrouvaient depuis la mort de Marie-Madeleine Lambrat. Peggy brisa le silence d'une voix posée.

– Une femme du quartier a été assassinée, et... je crois que certaines d'entre vous la connaissaient.

– J'ai passé le plumeau chez elle jusqu'à la retraite, confirma Maria. Nadia aussi a bossé chez Marie-Madeleine.

– Elle me faisait travailler quand Maria n'était pas libre. J'ai le souvenir d'une patronne honnête, croyante et un peu rigide, une bonne personne. Chez elle, il n'y avait que de beaux objets, c'est ce qui a dû attirer des cambrioleurs.

– T'as raison, c'est fou ce qu'elle entassait comme saloperies. Des ramasse-poussière ! Qu'est-ce que j'en ai chopé, des tendinites, à récurer ces trucs immondes qu'un gamin de maternelle n'aurait pas osé offrir pour la fête des Mères !

Maria, contente de sa tirade, cherchait l'approbation de Nadia. Mais contrairement à ce qu'elle espérait, cette dernière fuit son regard, trouvant incorrect de médire d'une connaissance dont la dépouille était encore tiède.

Maria continua de plus belle sur sa lancée :

– Quand on essayait de lui parler d'augmentation, elle virait sourdingue d'un coup, la vieille bique !

– Maria ! s'exclamèrent ses copines offusquées.

– Ah, il est beau, le chœur d'oies blanches... C'est le mot « vieille » qui vous choque, c'est ce qu'on est devenues, point final. Le type qui a tué la Marie-Madeleine lui a rendu service... Quitte à mourir, vaut mieux que ça arrive quand on est en bonne santé.

– T'es devenue folle, non mais, écoute-toi quand tu parles ! hurla Thérèse qui s'était occupée avec abnégation d'une amie décédée d'un cancer en phase terminale.

– La Marie-Madeleine, elle s'est pris un coup sur le carafon, elle a calanché d'un coup. Paf ! Je saute la case maladie, pas d'hôpital, pas de journées interminables

ou d'années à souffrir le martyre, à se faire pipi dessus, à se… !
– Maria, un peu de décence !
Thérèse plaqua ses mains sur ses oreilles, son intervention n'empêcha pas sa meilleure ennemie de poursuivre sa diatribe.
– Si la grande faucheuse me laisse le choix, je n'hésiterai pas une seconde. Je préfère qu'on m'assassine en pleine force de l'âge plutôt que crever à petit feu.
Maria les fixa dans les yeux l'une après l'autre et ajouta d'une voix blanche :
– Si je deviens liquide, je compte sur vous, les amies…
– On ne va pas te… te…, bégaya Alice, la voix cassée.
– Si vous voulez m'éviter de finir comme une serpillière qui dégouline, vous me coupez le sifflet. Je vous fais confiance pour que ça ne s'éternise pas ! Je compte sur vous, les Panthères.
Maria se rassit dans un silence glacial, tout à coup, sa peau trop lourdement maquillée sembla fatiguée, ses paupières gonflées masquèrent ses yeux fardés, son sac vidé, elle n'avait rien à ajouter, son discours avait plombé l'ambiance. Les Panthères se refermaient, chacune prisonnière d'un monde qui rétrécissait jour après jour.
Elles frôlaient toutes le cap des soixante-dix ans, certaines l'avaient dépassé comme Alice, à qui il arrivait de perdre la mémoire au moment où elle s'y attendait le moins. Nadia fatiguait quand elle gardait les gamins

des voisins pour améliorer le quotidien, sans parler de son épuisement quand ses petits-enfants s'invitaient à la maison. « Heureux quand ils arrivent, heureux quand ils repartent. » De son côté, Thérèse disparaissait mystérieusement quand sa sclérose en plaques la faisait trop souffrir ; sans oublier Maria, qui avait été la femme de ménage de la défunte, mais aussi celle d'Alice pendant plus de trente ans. Maria s'était fixé pour objectif de garder la forme jusqu'au terminus, quitte à employer tout ce que les progrès de la médecine lui proposaient. Elle avait adopté la DHEA, l'hormone de jouvence made in USA.

– Même Johnny Hallyday en a pris ! se justifiait-elle devant les moues sceptiques des Panthères.

– Ce qui ne l'a pas empêché de finir au cimetière... comme tout le monde, répliquait Thérèse qui n'allait pas rater une occasion de remettre en place sa meilleure ennemie.

Pensive dans la salle de répétition, Maria ne fanfaronnait plus, le malaise qu'elle avait déclenché l'atteignait par rebond. Malgré ses déclarations provocatrices, la mort de son ancienne patronne la touchait.

– Quand on passe la serpillière chez les gens, on finit par tout connaître d'eux... C'est nous les psys de la poussière, philosophait-elle en jetant un coup d'œil à Alice dont elle avait été l'employée avant de devenir sa meilleure amie.

Les Panthères grises restèrent silencieuses, puis, comme leur avait suggéré Peggy, chacune se concentra sur un souvenir, une anecdote, un moment agréable passé en compagnie de Marie-Madeleine. Alice remua, le banc l'ankylosait, ces sièges sans dossier, franchement inconfortables, lui martyrisaient le dos, et les coussins aux couleurs passées manquaient d'épaisseur pour ses fesses décharnées avec l'âge.

Le crissement de la porte mal huilée résonna dans la salle. L'arrivée du lieutenant Dupuis mit fin à cet instant de recueillement. C'était un type athlétique, élancé – il jouait au foot toutes les semaines avec le club de la police au poste de gardien de but –, les cheveux coupés court, d'un brun foncé; son nez long et rectiligne formait un angle presque droit avec sa bouche comme s'il avait été tracé au crayon à l'aide d'une équerre.

– Excusez-moi de vous déranger, fit le jeune inspecteur de police d'une voix mal assurée.

– Vous ne dérangez jamais Peggy, persifla Maria qui reprenait du poil de la bête à la vitesse de l'éclair.

– Je suis en service, continua sèchement le lieutenant, je recherche… Enfin, la police est à la recherche d'une comédienne qui accepterait de prendre la place de la morte, lors de la reconstitution de… de l'agression de votre amie… qui vient d'être assassinée.

– Vous n'avez personne de libre au commissariat?

L'infatigable Maria ne le lâchait pas.

– Si, si, mais… en fait, les collègues ne sont pas très

chauds pour jouer la morte. Déjà que les heures supplémentaires ne sont pas payées…

— Ils ont peur de se faire trucider pour de vrai ?

— Comme je sais que Peggy anime ce cours de théâtre avec des comédiennes d'un… certain âge, toutes dotées d'un très grand talent, reprit le lieutenant sans tenir compte des sarcasmes de Maria, j'ai pensé que cette opportunité serait une occasion de vous faire un peu de publicité…

— Arrêtez votre char à voile, vous n'avez personne sous la main, alors vous venez voir si une vioque ne serait pas dispo pour se faire trucider. Je n'ai pas raison ?

— Non, non, je ne dirais pas ça comme ça.

— Tut-tut, ne nous prends pas pour des perdreaux de l'année…

Maria bichait, le jeune lieutenant s'emmêlait les pinceaux. Peggy vint à son secours.

— La proposition de Jean-Claude… heu… du lieutenant Dupuis…

Les Panthères échangèrent des regards taquins en entendant leur charmante prof appeler le policier par son prénom.

— Cette reconstitution est une formidable aubaine pour notre troupe de théâtre, continua Peggy, rouge comme une tomate sur le point de dégringoler de sa tige. La notoriété des Panthères grises va dépasser cette salle. Qui sait, dans l'avenir, nous aurons peut-être la chance de décrocher une subvention ? C'est pour la bonne cause. Qui est intéressée ?

Les Panthères ne s'attendaient pas à pareille proposition. Après leur avoir laissé une trop courte minute de réflexion, Peggy pointa un index menaçant dans leur direction.

– S'il vous plaît, les filles, ne m'obligez pas à choisir.

– Ce qui nous arrangerait, ce serait que la victime, précisa Dupuis, je veux dire la comédienne qui va interpréter le rôle de la victime, ressemble à la morte, je veux dire à la victime décédée... Même corpulence, même taille... pour que le suspect puisse refaire exactement les mêmes gestes, je veux dire...

Les Panthères avaient compris ce qu'il voulait dire. Le lieutenant, pour se donner une prestance et retrouver un poil d'autorité après ses atermoiements, consulta une photo qu'il piocha dans la poche intérieure de sa veste. Il la scruta avec attention, releva les sourcils, et, après une intense réflexion, afficha un air sévère.

– Cette dame fera parfaitement l'affaire, déclara-t-il d'une voix froide.

Alice ne savait plus où se mettre.

Elle retrouva enfin la parole et tenta de se dérober en exagérant ses défauts.

– Je ne me rappellerai jamais du texte. J'ai besoin de temps pour apprendre un rôle... et encore, si Peggy n'avait pas la gentillesse de me le souffler, je ne sais pas comment je ferais. Si on me précipite, je panique, et... je me bloque.

Alice chercha le soutien de Nadia qui se réfugiait dans la contemplation de ses mocassins depuis que la foudre avait frappé à quelques centimètres d'elle.

— Choisissez quelqu'un qui retient mieux que moi, insista Alice avant d'être coupée par le policier.

— Ne vous inquiétez pas, il n'y aura aucun dialogue à mémoriser, il suffira de suivre les indications du juge.

Le lieutenant rangea la photo et sortit un calepin. Il prit un air pensif en caressant le bord de ses sourcils avec l'embout en gomme de son crayon.

— Alice comment ?

— Alice Lamour, répondit Peggy tandis qu'il notait avec application dans son carnet.

Thérèse médita un instant avant de demander sans malice :

— Comment tu vas t'y prendre pour jouer une morte ?

Chacune réfléchit intensément sans trouver la réponse adéquate.

Alice fixa Thérèse avec des yeux de chien battu, elle n'en avait pas la moindre idée.

— Remarque, t'auras pas besoin de composer, intervint Maria, t'es déjà blanche comme un cadavre !

Alice força son rire pour ne pas plomber l'ambiance.

2

Reconstitution

Alice avait été belle et, malgré l'usure des années, l'était encore. Rondelette aux joues roses, le visage expressif, quelque chose de vif et d'intelligent dans les yeux, elle dégageait une force tranquille et rassurante qu'elle se forçait à cacher pour jouer la grabataire. L'innocente entourloupe de cette grand-mère à la mise impeccable et à la coloration discrète donnait du crédit à la venue de Marc. Son fils avait l'impression d'être utile, d'assumer son rôle, de se comporter en bon petit. Il aurait été inconcevable de laisser sa mère se rendre seule à cette reconstitution.

– Jouer une femme qui va se faire trucider ? C'est cette prof de théâtre qui vous a collé cette idée de frappadingue dans la tête ? *Roméo et Juliette* ne vous suffit plus ? Et ce nom, les Panthères grises, vous avez l'air fines… à votre âge !

Tandis que Marc vitupérait en roulant les yeux pour se donner l'air important, Alice pinçait les lèvres. Elle avait des arguments pour lui répondre, mais à quoi bon, son fils aîné ne changerait jamais. Tout le portrait de son père : même voix, même mauvaise foi. Déjà avec son défunt mari, elle était la reine de l'esquive, son Marcel n'avait jamais tort, s'il avait décrété qu'il y avait des virages alors qu'une longue ligne droite se dessinait devant eux, elle n'y pouvait rien. Inutile d'insister, son époux était capable de donner des coups de volant et de précipiter sa famille dans le décor pour prouver qu'il avait raison. Alice ferma les yeux et tendit le fragile bras, à la peau plissée par les années, d'une maman vieillissante qui nécessite le soutien de son grand gaillard de fils pour se confronter à un événement aussi important.

Marc souffla avant de capituler en saisissant délicatement sa mère par le coude.

– De toute façon, tu as toujours fait ce que tu voulais, ce n'est pas aujourd'hui que tu vas changer… Tu en as parlé à ton médecin au moins ?

– Mon médecin ! De quoi veux-tu que je lui parle ? s'exclama-t-elle en sortant de sa rêverie.

– De cette reconstitution de meurtre, ce n'est pas anodin à ton âge. Ton docteur, il en pense quoi ?

Les yeux d'Alice pétillèrent de malice.

– Il trouve l'idée formidable.

Son fils l'avait crue, n'était-ce pas la preuve de son talent de comédienne ? Pour le taquiner, elle ajouta, espiègle :

– Il m'a même rédigé un certificat médical.

Cette fois, elle ne mentait pas, la police l'avait exigé.

Alice chercha Peggy dans la foule des badauds qui pataugeaient sous la pluie. La jeune professeure, reconnaissable à son ciré rose, faisait tache au milieu des habits sombres et des parapluies ruisselant d'eau. Elles échangèrent un sourire, d'encouragement pour l'une, chargé d'appréhension pour l'autre.

Les Panthères grises au grand complet, regroupées au premier rang, n'auraient manqué cet événement sous aucun prétexte. La violente averse qui douchait Thérèse la laissait impassible ; la discrète Nadia, émue, un mouchoir en tissu à la main, se tenait prête à éponger ses larmes ; Maria sortait de chez le coiffeur sans s'être inquiétée de la météo. « Ce type d'occasion, c'est idéal pour faire des rencontres », avait-elle anticipé avec raison.

Alice la voyait répondre, un magazine posé en protection sur sa mise en plis, au micro d'un journaliste à la mine étonnée. Elle préférait ne pas savoir quelles horreurs la cougar racontait au gratte-papier pour se rendre intéressante.

Ce furent donc un homme d'une cinquantaine d'années au costume strict et une mamie qui s'y accrochait d'une manière incertaine qui prirent la direction du pavillon de Marie-Madeleine, maculé par les intempéries.

La victime habitait une maison d'architecte typique des années 1970, construite dans une paisible impasse qui débouchait sur la rue bien nommée des Trois-Territoires, qui serpentait entre Vincennes, la bourgeoise, Montreuil, la populaire et bobo, et Fontenay-sous-Bois. L'ensemble avait bien vieilli. Une marquise envahie de lierre surmontait le perron, une rangée de briques peintes, à demi enterrées, délimitait un chemin gravillonné qui courait jusqu'à l'imposant pavillon. Un splendide massif de rosiers dissimulait l'escalier qui permettait de rejoindre la porte d'entrée.

Un policier en tenue leva le ruban plastique jaune de signalisation. Marc tapota l'épaule de sa mère en guise de soutien avant de se mêler aux curieux retenus à distance par le cordon de sécurité.

On fit patienter Alice dans le salon bourgeois.

Concentrée, assise à la place de la morte, elle abordait son rôle de victime avec le plus grand sérieux. Alice n'arrivait pas à masquer le trac qui gâchait sa joie, ce n'était pas rien d'avoir décroché le rôle-titre pour sa première fois. La frousse la terrorisait et l'excitait tout autant.

Alice repéra Stéphane Lambrat, le fils de Marie-Madeleine, elle l'avait vu aux infos régionales, ça l'avait secouée de le découvrir, les yeux rougis, cherchant ses mots, brisé par le chagrin. Un fils qui pleure sa mère, c'est poignant. Aujourd'hui, il lui faisait une tout autre impression, une mauvaise, l'air insensible, détaché, accaparé par son smartphone, jusqu'au moment où il déplia un mouchoir en papier et essuya les larmes qui débordaient de ses yeux.

Tous se redressèrent à l'arrivée du suspect encadré par deux policiers. À son approche, Alice reconnut le parfum acide, mélange de saleté et d'urine : la signature implacable des sans-abri. Un bonnet de laine lui donnait l'allure d'un bûcheron, deux épaisses rouflaquettes frisées poivre et sel s'échappaient et encadraient un visage émacié d'où émergeaient deux yeux globuleux qui accentuaient l'expression d'ahurissement plaquée sur son visage. Une cicatrice grumeleuse, rouge vif, amputait la moitié de son sourcil droit. Sa lourde chevelure s'effondrait sur ses épaules. Le parfait portrait du patibulaire qu'elle n'aurait pas aimé croiser dans une ruelle sombre.

Le gilet pare-balles qui le protégeait rappelait aux protagonistes le sérieux de l'affaire. Une femme était morte assassinée.

La juge d'instruction, la quarantaine hautaine, la peau sur les os, dotée d'une voix autoritaire haut perchée, entra dans le salon suivie d'un aréopage de personnes à l'air affairé, assurément indispensables à la procédure. Ils s'inclinèrent devant Alice avec pitié, comme s'ils ignoraient son rôle de comédienne qui n'allait pas vraiment mourir.

Alice serra la main tendue par la juge. Elle se fit penser à un gladiateur qui salue avant de partir à l'abattoir. Trop tard pour faire demi-tour.

La juge d'instruction vérifia les présences puis, telle une metteuse en scène, plaça les différents acteurs dans le décor. Alice et le meurtrier présumé se conformèrent à ses indications.

La magistrate en charge de cette triste affaire avait pensé à tous les détails. Il s'agissait de recréer les conditions du meurtre, de reproduire la scène à l'identique, de ressentir l'ambiance dans laquelle vivait la victime. Alice trouva qu'ils poussaient le bouchon trop loin. La salle à manger empestait le renfermé et la mort, le ménage n'avait pas été fait, des miettes de chips encombraient la table basse et, dans son bocal, le poisson rouge flottait, entre deux eaux, le ventre en l'air.

Stéphane, le fils de Marie-Madeleine Lambrat, profita de la diversion générée par les directives de la juge pour se jeter sur le suspect. Ses doigts serraient déjà le cou du balafré avant que les deux policiers ne bougent un cil.

Les murs du pavillon résonnèrent des éclats de sa voix brisée par l'émotion.

– Salaud, tu as tué ma mère, tu vas crever !

Les deux agents réagirent avant qu'il ne mette sa menace à exécution. L'homme au bonnet attendit que son agresseur lui libère le cou pour déglutir bruyamment. Alice vit sa pomme d'Adam monter et descendre comme une cabine d'ascenseur prise de folie. Le suspect lui répondit sans douter, les yeux dans les yeux, avec un accent slave à couper au couteau :

– Pourquoi Mirko faire… saloperie à elle ? Ta mère, toujours gentille avec moi.

— Ordure, tu l'as massacrée, s'époumonait le fils de Marie-Madeleine soulevé du sol par le plus costaud des deux policiers qui l'écarta à distance respectable du balafré.

— Mirko... pas faire mal... Mirko pas assassin...

— C'est trop facile de faire l'amnésique, tu l'as tuée, salaud...

— Un peu de calme ou je fais reporter la reconstitution.

L'intervention de la juge ramena un semblant de sérénité dans le salon. Bientôt, le ronronnement du moteur de l'aquarium agrémenta le silence de ses glouglous lugubres.

Ce jour-là, malgré les efforts du magistrat instructeur, rien ne se passa comme prévu. Le suspect ne se souvenait de rien... ou s'obstinait à le faire croire. Il répétait, agacé, avec son accent guttural :

— Mirko se rappeler rien... Pourquoi vouloir vous... Mirko tuer babouchka... ?

Puisqu'ils insistaient, il allait les satisfaire. L'homme attrapa un vase et montra comment il avait frappé sa victime sur le front.

— Mirko faire comme ça... vous contents ?

Sauf que le coup avait été porté à l'arrière du crâne.

Son avocat commis d'office intervint pour mettre fin à cette mascarade.

— Reproduisez ce que vous avez effectué le matin du

crime, pas plus, pas moins, faites exactement la même chose.

— Montre-nous comment tu as bousillé ma maman chérie, espèce de salopard ! gémit Stéphane.

La juge lui lança un regard de feu et ordonna à un policier en civil d'éloigner le fils de la victime de la scène de crime.

La reconstitution tourmentait Mirko. Que n'aurait-il accompli pour quitter ce lieu qui empestait la mort ? De son côté, Alice avait le sentiment qu'on le poussait à reproduire les gestes qui confirmeraient ses aveux. Elle trouvait cette comédie aberrante, absurde. Ce vagabond était incapable d'avoir tué Marie-Madeleine, elle en avait la certitude.

Les multiples interventions et remarques de la juge et de son avocat pesèrent sur l'humeur du suspect. Pour abréger la mascarade, le gaillard se pencha vers Alice.

— Mirko faire ça.

Il posa ses doigts autour du cou de la vieille dame et, d'un geste décidé, l'étrangla.

— Vous contents ?

Non, ils ne l'étaient pas. La victime n'avait pas été étranglée, elle était décédée à la suite d'un coup porté à la tête.

Alice ferma les yeux, pensant que c'était la meilleure chose à faire. Marie-Madeleine avait-elle agi ainsi ? Elle sentit une haleine chaude et musquée lui souffler à l'oreille.

– Babouchka aider Mirko... Police se tromper... Mirko... pas tuer... pas possible...

Alice leva les sourcils pour l'encourager à s'exprimer mais rien d'autre ne sortit de sa bouche. Elle ne savait que faire de cette déclaration, elle était comédienne, pas jurée d'assises. Elle aurait voulu réagir, mais le pauvre bougre lui pressait la gorge de toutes ses forces. Elle commençait à étouffer, toussa, s'empourpra. « Vis ton rôle, le reste viendra tout seul. » Les recommandations de Peggy lors des cours de théâtre lui carillonnaient dans la tête. À ce moment, Alice incarnait si intensément son personnage qu'elle se sentait mourir.

Progressivement, le superbe lustre allumé à la verticale du fauteuil en cuir, dans lequel elle était assise, s'estompa dans la brume. Pâle et immobile, le visage tourné vers le lieutenant Dupuis, la bouche entrouverte, déformée par la tension, Alice aurait voulu parler mais rien ne vint, elle restait pétrifiée.

Le lieutenant, affolé par ses grimaces lugubres, se jeta sur l'homme au bonnet pour la délivrer.

– Laissez-la !

– Plus tuer babouchka ?... Toi pas savoir quoi vouloir ! râla Mirko, en relâchant son étreinte.

Le jeune lieutenant posa la main sur le bras d'Alice, espérant qu'elle réagisse, mais celle-ci resta pétrifiée et froide comme le marbre de la table basse.

Alice, dans un état second, distinguait les silhouettes floues de la juge d'instruction, de l'avocat, des policiers ;

une horde de fantômes se précipitait, au ralenti, dans sa direction.

— Respirez, nom de Dieu ! lui ordonna le jeune flic en lui frappant les joues avec vigueur.

Dans un effort surhumain, Alice redressa la tête au moment où le suspect profitait de la panique générale pour dérober l'arme de service du lieutenant penché sur elle.

— Personne bouger… sinon Mirko tirer.

Le balafré au bonnet ne rigolait pas.

Alice, proche de perdre connaissance, émergeait d'un brouillard cotonneux. Elle devinait, plus qu'elle ne voyait, le malfrat braquer le pistolet vers l'assemblée qui reculait devant la menace.

— Mirko pas se rappeler quoi faire ici… Mirko pas tuer… Vous trompez ! gueula-t-il en secouant son arme.

L'odeur aigre du vagabond lui fit l'effet de sels et la réveilla de sa torpeur. Alice se sentit s'envoler du fauteuil, étreinte par les puissants bras du balafré qui l'entraînaient vers la sortie.

Le capitaine de police Moelleux, très discret jusqu'alors, fit son entrée en scène. Ses larges narines engloutissaient l'air en frémissant, ses yeux chassieux s'enflammaient, ses sourcils broussailleux lui donnaient l'allure d'un démon, la tache de vin qui ornait son front, et qui lui avait valu le surnom de Gorby en référence à l'ex-dirigeant russe, Mikhaïl Gorbatchev, s'empourpra.

– Tu bouges, je tire ! ordonna-t-il au suspect qui tenait Alice en otage.

Le lieutenant Dupuis, piteux depuis qu'il s'était fait dérober son arme, tenta de raisonner le malfrat.

– N'aggravez pas votre cas, lâchez cette femme ! demanda-t-il sans résultat.

Le capitaine Moelleux tenait Mirko en joue, le doigt posé sur la gâchette.

Alice dodelinait dans les bras du vagabond au bonnet.

– Elle n'y est pour rien, vous n'avez pas le… !

Dupuis n'eut pas le temps de finir sa phrase. Gorby, qui interpréta mal un mouvement du suspect, déclencha un tir réflexe. Alice sentit l'étreinte de Mirko se desserrer, ses muscles mollir, sa respiration se hacher. Elle coula entre ses bras.

Le rideau tomba sur la scène de crime, son corps dégringola sur l'épais tapis persan. Le dénommé Mirko, bonnet enfoncé jusqu'aux oreilles, se fondit dans l'obscurité qui, d'un coup, inondait le salon de Marie-Madeleine. Les applaudissements du public en délire crépitèrent, stridents comme la foudre. Les bourrasques charrièrent Alice vers le néant. Elle sombra, un sourire accroché aux lèvres. Elle pouvait être fière de sa première prestation en public.

3

Pow-wow

Le voyage en ambulance, sirènes hurlantes, feux tricolores grillés, virages serrés et crissements de pneus, se termina aux urgences de l'hôpital d'instruction des armées Begin de Saint-Mandé, où, après une inspection efficace menée tambour battant, un interne bougon et mal rasé déclara Alice apte et la relâcha.

Deux heures plus tard, Alice, choquée, retrouvait ses copines réunies dans les locaux de leur club de théâtre. Pelotonnée dans une couverture qui empestait le moisi, la tête calée par une double épaisseur de coussins, elle écoutait Maria qui avait accaparé la parole sans demander l'avis de ses camarades. Son ex-femme de ménage, dont la pluie avait gâté la coiffure et fait baver le bleu de ses paupières entre ses faux cils, gesticulait, debout face aux Panthères.

– J'étais en train de dicter mon numéro de téléphone à un charmant journaliste.

Maria lança un coup d'œil en coin et continua sur le ton de la confidence.

— Il a promis de me recontacter pour une interview exclusive… Bref, ça s'est mis à brailler à l'intérieur du pavillon de la pauvre Marie-Madeleine. Avec mon reporter, on s'est regardés perplexes. Est-ce que cela faisait partie de la reconstitution ? Quand le tueur, bonnet enfoncé jusqu'aux yeux, a jailli sur le perron, là on a pigé qu'on nageait en pleine improvisation ! Il a marqué un temps d'arrêt en découvrant la foule qui poireautait sous la pluie, puis, on aurait dit qu'on lui foutait la pétoche, il s'est mis à geindre comme un animal blessé qui se serait coincé la patte dans un piège à loup. Les doigts qui pressaient son épaule se couvraient de sang, une tache rouge dégueulait entre son T-shirt et le gilet pare-balles ; de l'autre main, il brandissait un pistolet. Sur le coup, on n'a pas bien compris ce qui se passait. On n'a pas perdu notre temps à se poser des questions métaphysiques, le type s'est mis à hurler, à nous insulter, à donner des ordres, mais c'était confus, on ne comprenait rien à ce qu'il voulait… jusqu'au moment où il a tiré en l'air avec le flingue. Là, c'est devenu parfaitement limpide, on a pigé que ça allait devenir chaud pour nos fesses, surtout si on restait à bayer aux corneilles. Je me suis couchée par terre, et j'ai plus vu que les semelles de mon voisin. Le temps que je me relève, le tueur avait foutu le camp, sans parler de ma mise en plis qui en a pris un coup…

Nadia profita que Maria se passe la main dans les bouclettes, en espérant redonner une forme convenable à sa coiffure, pour lui chiper la parole. Contrairement à Maria l'excentrique, Nadia ne se maquillait pas, elle était vêtue de son habituel manteau droit, et sa coiffure portait les traces du béret qu'elle avait mis à sécher sur le dossier d'une chaise. La voix de la petite femme, assise dans les travées de l'amphithéâtre, suintait encore de peur quand elle commença :

— L'assassin parti, un homme un peu fort, avec une tache de vin sur le front, est apparu le premier sur le perron, suivi du lieutenant Dupuis qui s'est fait méchamment remonter les bretelles. « Vous n'êtes qu'un nul, qu'il braillait le gros bonhomme. Se faire dérober son arme de service, on aura tout vu ! Un vrai gosse ! On n'est pas en train de jouer à chat perché ! »

Sur l'estrade, Peggy souffrait comme si c'était elle qui se faisait enguirlander.

— C'est le capitaine Moelleux, le supérieur de Jean-Claude. Je veux dire du lieutenant Dupuis… Il est pas commode…

— Ce Moelleux, il en a profité pour engueuler les autres policiers en faction devant le pavillon. Comme si c'était leur faute ! se lamenta Nadia. L'assassin n'aurait pas hésité à tirer dans le tas s'ils avaient bougé un petit doigt.

— Il est innocent, intervint Alice.

— Qui ça ?

— Le suspect !

— Au cas où tu serais encore dans les vapes, je te

signale qu'il vient de s'échapper d'une reconstitution de meurtre en volant l'arme d'un fonctionnaire de police, l'interpella Maria, contente de reprendre la parole.

– Quand on n'a rien à se reprocher, on ne fuit pas la justice, on collabore, renchérit Nadia pour qui les institutions étaient sacrées.

– La justice ? On voit que t'étais pas dans le pavillon, une vraie mascarade, rectifia Alice.

– On serait bien venues jeter un œil, voir comment tu t'en sortais, mais l'accès était réservé aux vedettes, pesta Maria qui jalousait Alice d'avoir été choisie pour la reconstitution.

– T'as pas perdu grand-chose, à l'intérieur ça n'avait rien de rigolo. Pour te dire, Mirko ne savait même plus comment il s'y est pris pour zigouiller la pauvre Marie-Madeleine !

– Tu l'appelles par son petit nom, vous avez échangé vos cartes de visite ?

Sourde aux sottises de Maria, Alice se redressa sur la banquette qui l'ankylosait et continua sur sa lancée.

– Il ne sait pas comment il l'a tuée, forcément, puisque c'est pas lui qui l'a tuée. La juge a été obligée de lui dicter ce qu'il devait faire ! Il a commencé par vouloir m'assommer en me tapant sur le front...

– Et après ? s'impatienta Nadia.

– Après, eh bien, il m'a étranglée alors qu'en vrai Marie-Madeleine a été estourbie en recevant un coup sur l'arrière du crâne. Pour un assassin, ne pas se rappeler comment on assassine, tu ne trouves pas ça bizarre ?

— Ton copain t'a quand même prise en otage... T'espérais quoi, qu'il t'emmène danser ? fit Maria, peu convaincue par ses arguments.

Alice ferma les yeux, elle visionnait la scène projetée sur l'intérieur de ses paupières. Des mains lui serrent le cou, le suspect l'étrangle, le lieutenant Dupuis se précipite pour la secourir, Mirko en profite pour piquer le flingue du jeune policier et se sert d'elle comme bouclier humain. Elle revoit distinctement ce type en civil, le gros en sueur à l'air mal aimable, il dégaine et tire. L'étreinte de Mirko se détend, il la libère, la laisse tomber. Elle s'écroule en mourant, transpercée par une balle. Alice rouvre les paupières. Non, elle est toujours vivante, elle explore son corps avec sa main glissée sous la couverture de survie, pas de blessure, pas de sang, indemne...

— N'empêche, tu pourras dire merci à ce flic, c'est un sacré bon tireur, il a fait un carton en plein dans la cible. Ton Mirko s'est pris une bastos dans le buffet, et toi t'as rien eu... Tu t'en sors indemne ! Un vrai miracle !

— Comment tu sais tout ça, Maria ? T'étais dehors comme nous toutes..., demanda Thérèse, la lippe perplexe.

— C'est mon copain journaliste, il a des contacts dans la police... Il m'a raconté les détails après, au café, installés devant un chocolat chaud pour nous remettre de nos émotions.

Maria sourit au souvenir de cet agréable moment. Elle continua :

— J'aurais bien aimé voir ça, un vrai film de gangsters, le flic qui bute le méchant et libère l'otage sans la blesser, la classe !

— Il aurait pu toucher Alice, relativisa Peggy.

— Mais au final, elle est saine et sauve, il n'y a que le résultat qui compte, rectifia Maria.

— Le tueur a quand même mis les voiles ! constata Peggy.

— Arrêtez de l'appeler comme ça, puisque je vous dis qu'il n'a pas commis une horreur pareille…, en tout cas, il ne se souvient de rien, répéta Alice en s'énervant.

— Il a fait une amnésie traumatique, c'est courant dans ce genre de situation.

Thérèse savait toujours tout sur tous les sujets et adorait le faire remarquer. Maintenant qu'elle avait pris la main, elle enchaîna sur un ton de première de la classe qui avait le don d'agacer ses copines.

— Notre part normale, déclara-t-elle en tripotant la croix qui pendait autour de son cou, efface l'horreur commise par notre côté monstrueux, le docteur Jekyll ne sait plus quelles abominations a commises Mr Hyde. Notre homme a tué dans un moment de folie ; revenu à de meilleures intentions, il occulte les atrocités qu'il a accomplies. Les spécialistes parlent d'amnésie traumatique pour les victimes abusées sexuellement pendant leur enfance, mais ça peut aussi se produire pour un assassin.

– Il a été violé quand il était petit ? s'inquiéta Nadia qui n'avait pas tout compris.

Après les interventions de Thérèse, il était toujours compliqué d'enchaîner. Alice s'y essaya, tout en restant fidèle à sa logique.

– Mirko en avait tellement marre qu'il a fait semblant de me serrer le cou.

– Il a fait ça pour t'amadouer, tenta Nadia.

– En tout cas, il n'y est pas allé de main morte, ton nouveau copain. Montre, tu t'es fait ça toute seule ?

Maria désignait les marques qui lui tatouaient la peau et dessinaient un épais collier bleuâtre. Alice releva la couverture pour cacher ses hématomes, la matière rêche du tissu synthétique l'irrita, mais elle ne le rabaissa pas pour autant. Hors de question d'exhiber les stigmates de sa strangulation pour donner raison à Maria.

– Ton approche du rôle est trop stanislavskienne !

Cette fois, Thérèse empruntait le ton sérieux et empli de certitudes d'un critique culturel.

– Tu t'es laissé posséder par ton personnage, tu as commis une erreur de débutante.

– Alice s'est contentée de mettre en pratique ce que je vous enseigne, rien de plus, fit Peggy venant à la rescousse.

– Le lâcher-prise est la condition incontournable de

l'expression et de la libération de soi, récita Nadia en cherchant l'approbation de leur professeure de théâtre.

Celle-ci confirma d'un hochement de tête. L'élève avait bien appris la leçon qu'elle restituait à la perfection.

– C'est exactement ça ! approuva Peggy avec satisfaction.

Nadia, rayonnante, bomba fièrement le torse.

– Tu veux dire par là que Marie-Madeleine a apprécié de se faire étrangler ! résuma Maria, plus pratique que théorique.

– Pour simplifier, il s'est servi de toi pour s'échapper, conclut Thérèse.

– Si c'est pas ce que je viens de dire ? râla Maria. Personne m'écoute quand je parle.

Le ton monta, les conversations se croisèrent, se mélangèrent, et c'est ainsi qu'Alice perdit le fil de la discussion. Ou était-ce tout bonnement l'effet du cachet que lui avait fait avaler l'interne aux urgences de l'hôpital ?

Les vociférations du capitaine Moelleux la firent sursauter. Gorby conduisait le cortège dans la salle de répétition avec l'entrain d'un leader syndical en manif. Le policier n'avait plus de temps à perdre, il en avait assez gâché à traîner son corps épais et disgracieux aux quatre coins de la ville.

Après la fusillade, quand il avait voulu interroger Alice, on lui avait annoncé son départ pour l'hôpital.

– Vous n'avez pas entendu les sirènes de l'ambulance ? lui avait-on demandé avec étonnement.
– J'étais occupé, je poursuivais le fugitif.

Débarquant aux urgences, le policier avait appris qu'Alice était repartie et, comme elle n'était pas à son domicile, le lieutenant Dupuis lui avait parlé de la Maison populaire de Montreuil où elle suivait ses cours de théâtre.

– Pourquoi vous ne l'avez pas dit plus tôt, bougre d'imbécile ?

Maintenant qu'il était arrivé dans la salle de répétition, Gorby écoutait le témoignage d'Alice en ne cachant pas son impatience.

Il trépignait ; ses pieds, pris d'un rythme frénétique en constante accélération, martelaient la moquette usée ; son nez, aplati comme s'il avait dormi debout contre une cloison, aspirait des brassées d'air en sifflant ; ses yeux bovins, noyés dans d'épaisses rides, lançaient des éclairs de feu ; sa tache de vin enfla avec la force d'une coulée de lave sur le point de dévaler son front.

Ignorant les signes d'irritation manifestes de son interlocuteur, Alice insistait sur l'innocence de Mirko.

Le lieutenant hochait la tête, approuvait, compatissait. Il se sentait responsable d'avoir choisi Alice pour cette calamiteuse reconstitution. Gorby, contrarié par la réaction de son subordonné, lui assena un discret coup de pied dans le tibia. Surpris, Dupuis se redressa et se composa un air sévère, contentant ainsi son patron qui

ne croyait pas une seconde la version d'Alice. À bout de nerfs, le capitaine explosa et mentionna le syndrome de Stockholm quand elle lui répéta pour la douzième fois :
— Il est innocent.

Le gradé ne voulait rien savoir, il se raidit, la dévisagea méchamment, les rides du front creusées en canyons débordant de sueur.

— Ce type est dangereux. Je vous rappelle qu'il est armé par la faute de cet idiot de Dupuis ! Ce Mirko a avoué, c'est un crime de rôdeur, on a retrouvé ses empreintes partout chez la morte, sur les meubles, les poignées de portes ! Partout ! Qu'est-ce que vous voulez de plus ? Des aveux ? Ça tombe bien, on les a enregistrés.

Gorby se tut, cette mégère commençait à lui taper sur le système. Alice, que la grosse colère du capitaine n'impressionnait pas plus que ça, lui jeta une œillade maussade.

— J'aimerais bien être une petite souris pour savoir comment vous lui avez soutiré cette confession.

— Qu'est-ce que vous insinuez ?

La colère déformait le visage du capitaine.

— Notre enquête a été exemplaire, rapide et efficace !

Il se passa la main sur la bouche pour essuyer un filet de salive qui pendouillait en équilibre instable.

— Remarquable, devrais-je dire.

— Rapide à ce point, c'est pour ne pas dire bâclée…

Moelleux s'empourpra, sa tache de vin battait au

rythme de son emportement. S'il avait été dans son bureau, face à un petit délinquant, il lui aurait déjà retourné une torgnole, vite fait, bien fait, «Paf, prends ça dans ta tronche!», mais là, en public, frapper une vieille traumatisée, victime d'une prise d'otage... Non, il devait se calmer, reprendre ses esprits, heureusement qu'il avait réussi à semer ces débiles de journalistes qui le harcelaient de questions plus stupides les unes que les autres. Il n'en pouvait plus, il fallait qu'il se défoule sur quelqu'un... et comme il n'avait que Dupuis à sa disposition...

– Plus j'y pense, plus je... me demande si vous n'avez pas aidé à voler l'arme à cette espèce de crétin...

C'était facile de se défouler sur le lieutenant, il le savait et en abusait. Le jeunot ne porterait jamais plainte contre lui, trop respectueux de la hiérarchie, ce petit.

À chaque fois que son supérieur le citait, Dupuis scrutait le plafond. Il trouvait refuge dans la contemplation des vestiges d'une décoration de fête qui pendait au-dessus de leurs têtes. Un «.OYEUX A.NI... SAIRE» en papier rose et vert flottait au-dessus d'eux. La banderole fixée trop haut pour être décrochée sans l'aide d'une échelle se décollait, une lettre après l'autre, comme un arbre perd ses feuilles à l'arrivée de l'automne. Ce spectacle quasi bucolique apaisait le lieutenant Dupuis.

Pourtant, la voix de stentor du capitaine n'en avait pas terminé de résonner dans l'hémicycle.

— Ce vagabond nous fait le coup de l'amnésie pour se tirer d'affaire. Encore une combine de son baveux. Il ne s'en sortira pas comme ça, parole de Moelleux !

Maria, qui n'avait pas dit grand-chose depuis l'arrivée de la police, considéra qu'Alice avait suffisamment souffert pour cette journée, elle se posta devant le policier, mains sur les hanches, poitrine arrogante, lèvres tremblantes. Il était temps de faire preuve de solidarité. On harcelait une Panthère grise, un minimum de camaraderie s'imposait.

— Bon, maintenant on se calme. Laissez cette gentille mamie tranquille, le médecin lui a prescrit du repos. Un décès supplémentaire suffirait à faire exploser les statistiques de la mortalité des personnes âgées de votre secteur. J'imagine que cette perspective nuirait à votre avancement.

Le flic, imperméable à l'humour de Maria, hésita avant de réagir. Cette femme n'était-elle pas en train de se foutre de lui et, à travers sa personne, de l'autorité de l'État… en public, de surcroît ?

Dupuis tira discrètement sur la manche de son supérieur. Il était temps de mettre les voiles. Le capitaine rechigna en jetant un regard venimeux à son subordonné qui, pourtant, avait raison. Il était préférable de partir avant que la situation ne se gâte. Gorby lança un dernier avertissement avant de disparaître.

— Ce type est dangereux et armé. Nous n'hésiterons pas à tirer.

Alice n'attendit pas que la porte claque pour reprendre son raisonnement.

— Il y a urgence, il faut retrouver Mirko avant la police, s'enflamma-t-elle. S'ils le découvrent avant nous, je ne donne pas cher de sa peau. Il les a humiliés : piquer le flingue du lieutenant Dupuis... Quel idiot, celui-là, quand on y pense...

— C'est en voulant t'aider que c'est arrivé, lui rappela Peggy, prompte à se lancer à la rescousse de son prétendant.

— Il a réussi son coup...

Pour une fois, Maria ne cherchait pas à faire de l'humour, elle constatait simplement.

— Ce n'est pas nos oignons..., fit Nadia qui ne se voyait pas entraver l'action des autorités.

— Tu laisserais commettre une erreur judiciaire ?

— Nadia a raison, on a bien assez à s'occuper de nos affaires, reprit Maria en haussant les épaules.

— Moi vivante, je ne veux pas qu'un innocent grille sur la chaise électrique !

— Faut sortir tes poubelles le dimanche, ça fait un bail que la peine de mort a été abolie dans notre pays ! Et comment tu peux être aussi sûre que ce n'est pas lui l'assassin ?

— Il me l'a dit... à l'oreille.

— Attends, il t'a fait une déclaration d'amour ?

Ses copines pratiquaient Maria depuis si longtemps

qu'elles s'étaient habituées à ses reparties. Et, malgré toutes les âneries qu'elle débitait, c'était la meilleure amie d'Alice.

– Bon, allez les Panthères, on ne va pas laisser un innocent se faire coffrer par la maison poulaga !

Maria tendit les bras pour inviter ses copines à se lever, toutes s'exécutèrent et poussèrent leur cri de ralliement en déchirant l'air d'un coup de griffes rageur.

– Panthères un jour, Panthères toujours !

4

Roméo André

— Bonjour !
Les Panthères se séparaient devant la Maison populaire de Montreuil quand la vibration d'une voix grave les fit se retourner. Un beau monsieur se tenait sur le trottoir ; élancé, dans les soixante-dix ans, élégant dans sa veste de tergal bleu marine qui tombait sur un jean pochant confortablement aux genoux et aux fesses. Son visage bronzé et tiraillé de rides peignait un homme dont une bonne partie de la vie s'était déroulée en plein air. Le large bracelet de force à son poignet, taillé plein cuir, sa bague en cuivre, sa carrure de déménageur, son allure de baroudeur au long cours, lui donnaient un côté viril et avenant, qui plut immédiatement aux Panthères.
— Je suis en retard, désolé, j'ai dû m'occuper de mes petits-enfants à la dernière minute… Ce n'était pas prévu, mais c'est difficile de refuser, vous savez ce que c'est ?
Alice et Nadia, en parfaites grands-mères, compatirent en opinant du chef. Maria se concentrait sur

le physique du nouveau venu ; les petits-enfants, elle en avait mais s'en moquait royalement, leurs parents savaient ce qu'ils faisaient en les concevant : qu'ils les gardent. Quant à Thérèse, il fallait avoir des enfants pour s'occuper de leur progéniture et, sauf erreur, elle n'en avait pas fait et n'en ferait plus.

– Je viens pour la petite annonce, expliqua l'inconnu.

En remarquant Alice soutenue par ses copines, fragile petit animal drapé dans une couverture, il demanda :

– Madame a fait un malaise ? Il serait prudent de consulter un docteur.

– Vous êtes médecin ? l'interrompit Nadia.

– Non, désolé…

Il fouilla dans sa poche et sortit un smartphone dernier cri.

– Je peux en appeler un…

– C'est inutile, je reviens de l'hôpital, intervint Alice en se redressant pour faire bonne figure.

– Que vous est-il arrivé ? s'enquit-il avec bienveillance.

– On lui a tiré dessus !

Il fallait toujours faire confiance à Maria pour casser l'ambiance.

L'homme surpris par cette réponse fit volte-face avec souplesse, ce qui ne manqua pas d'impressionner ces dames. Elles le virent plisser les yeux et scruter les alentours au cas où un tireur se cacherait, embusqué, à l'abri derrière une voiture en stationnement.

Quand il eut terminé son inspection, il s'approcha d'Alice et posa sa main sur son épaule avec délicatesse. Ce contact la remplit de bonheur, elle se sentit revivre, la caresse d'un homme ne lui avait pas fait un tel effet depuis... depuis... Comme bien d'autres choses, Alice ne s'en souvenait plus. Peu importait, seul l'instant présent comptait, et le moment qu'elle vivait lui parut tellement délicieux.

– Un quartier si tranquille, je ne sais pas ce qui s'est passé... Quelques années ont suffi à le transformer et pas de la meilleure manière.

Il inspira un grand coup en dodelinant de la tête.

– S'attaquer à une charmante dame comme vous, si c'est pas malheureux.

Alice le trouva touchant, les poings serrés en prévision de l'assaut d'un adversaire invisible. Elle se sentait rassurée, on la protégerait en cas de grabuge. Maria avait remarqué l'état de liquéfaction de son amie et écarquillait les yeux d'étonnement.

Thérèse qui poireautait sur le bitume avait oublié sa petite laine. Elle grelottait, le froid pénétrait son corps filiforme qu'aucune couche de graisse ne protégeait. Ses membres tout en longueur battaient sans savoir quoi faire, la peau de son front étroit rougissait. Elle ramena tout ce petit monde sur terre de sa voix de maîtresse d'école.

– Qu'est-ce qui vous amène, monsieur... ?

– André, André François, excusez-moi, je ne me

suis pas présenté, Dédé pour les connaissances... et les intimes.

Dédé serra la main des Panthères l'une après l'autre, en prononçant un mot flatteur pour chacune. Alice remarqua qu'elle profitait de la chaleur et de la force de sa poigne plus longuement que ses camarades. Un hasard ? Les présentations terminées, il fouilla dans sa poche arrière de jean et exhiba un morceau de papier chiffonné.

– Je réponds à votre petite annonce. C'est bien vous qui recherchez un acteur ?

Il défroissa la note en la lissant sur son genou de la paume de sa main. Il lut avec le ton d'un présentateur de journal télé :

– *« Juliette très triste d'avoir perdu son Roméo, si vous vous sentez l'âme romantique, si vous êtes prêt à monter sur les planches en compagnie de femmes mûres et résolument dynamiques... Amateur même débutant, si motivé, bienvenu... »*

Il releva le visage, découvrant une rangée de dents trop régulière pour être naturelle.

« C'est appréciable, un homme d'un certain âge qui se préoccupe de son apparence physique », se réjouit Alice intérieurement.

– Vous recherchez un comédien qui en a sous le capot ? s'exclama-t-il en repliant l'annonce.

Elles firent un oui de la tête parfaitement synchronisé devant l'homme providentiel.

– Qui joue Juliette ?

Alice leva la main comme la petite fille timide qu'elle était redevenue face à cet hidalgo.

André prit un air surpris, un peu trop surjoué, aurait pu commenter Peggy qui s'abstint toutefois de le faire.

– Je ne comprends pas comment Roméo a pu vous faire défaut, je sens en vous une parfaite Juliette.

Alice se pâma, touchée par le compliment.

– Le cancer, ça ne pardonne pas, intervint Maria qui soutenait une Alice au bord de l'évanouissement.

Léon, l'acteur qui jouait Roméo, était décédé, emporté par un cancer du côlon express, seulement deux mois entre le diagnostic et le sermon du curé. La vie ne fait pas de cadeau.

Alice repoussa le sentiment de culpabilité qui l'assaillait. Un gaillard respectable, en état de marche, et partant pour jouer les Roméo sur les planches d'un club de théâtre amateur, si ce n'était pas un don du ciel, qu'est-ce que c'était ?

Alice rajeunissait à chacune de ses œillades appuyées. Elle y gagnait au change. Son prédécesseur sentait le renfermé, parfumé à l'eau de Cologne éventée. Elle devait se forcer pour lui déclarer sa flamme. Elle n'avait jamais souhaité la mort de l'honorable Léon, mais n'avait pas, non plus, le pouvoir de le ressusciter… puisque les choses étaient ainsi, autant en profiter.

Les Panthères et André convinrent d'un rendez-vous pour la semaine suivante. André était un habitué de la « Maison pop », comme il disait, il y perfectionnait sa danse de salon. Les cours étaient programmés un autre jour, à un horaire différent, d'ailleurs si l'une d'elles était intéressée, sa partenaire habituelle s'était fait porter pâle, terrassée par d'épouvantables douleurs articulaires.

– On ne peut s'empêcher de vieillir, mais on peut s'empêcher de devenir vieux, philosopha-t-il avant de prendre soin de saluer chacune des filles, sans oublier une dernière flatterie pour sa future partenaire.

– Au plaisir sans fin d'être votre Roméo.

Dédé disparut comme il était apparu : mystérieusement.

Touchée en plein cœur par la flèche acérée de Cupidon, Alice n'osait plus respirer. Elle venait de croiser l'amour, elle en aurait mis sa main à couper. Elle savait encore reconnaître le frisson si délicieux quand il la traversait de haut en bas.

Maria eut la délicatesse d'attendre qu'André disparaisse au coin de la rue pour ouvrir les hostilités.

– J'ai comme l'impression que notre Juliette flotte sur un petit nuage.

– Qu'est-ce que t'as ? T'es jalouse ? Si tu veux me piquer mon rôle, vas-y, j'aimerais bien voir ça ! Maria en Juliette, ce serait la rigolade assurée !

Alice, vexée, trépignait sur le trottoir, en déclenchant l'hilarité de ses copines.

– Quoi, qu'est-ce qu'il y a de drôle ?

– Rien… rien… Dis, tu vas pas perdre ton sens de l'humour en tombant amoureuse ?

— Amoureuse ? je ne suis pas amoureuse !
— N'oublie pas le pouvoir de ton personnage, comme c'est toi qui interprètes Juliette, il te fait du rentre-dedans pour avoir le rôle de Roméo. Il est tout sauf idiot, ce monsieur.

Thérèse avait vraiment le chic pour couper les élans de ses camarades avec ses raisonnements implacables, mais c'est Maria qui, comme d'habitude, se chargea de porter l'estocade finale.

— Dans le show-biz, il faut coucher, tout le monde le sait !

— Maria !!! s'exclamèrent les Panthères à l'unisson.

Alice préféra en rester à sa propre version : elle avait tapé dans l'œil d'André, un point c'est tout.

Peggy ne s'était pas exprimée depuis leur sortie de la salle de répétition. Seule à ne pas être sous le charme du sex-appeal de Dédé, elle prit la parole et proposa un scénario raisonnable pour l'avenir.

— Ne nous emballons pas, d'ici la semaine prochaine d'autres candidats postuleront à notre annonce. Ce monsieur...

— André, compléta Alice, comme si ses copines avaient déjà oublié son prénom.

— Je sais, Alice, je sais... André passera le même essai que les autres et nous choisirons le meilleur. Vous êtes toutes d'accord ?

Comment ne pas l'être ?

5

Home sweet home

« On va faire construire », avait déclaré Marcel entre la poire et le fromage.

Il pleuvait, ce dimanche midi d'octobre, Alice s'en souvenait comme si c'était hier. Elle se rappelait les bons et les mauvais moments du passé beaucoup mieux que ceux du présent. Marcel avait trop bu, son défunt mari n'était pas à proprement parler un ivrogne mais, le dimanche, il faisait la sieste après le déjeuner. Il s'endormait comme une masse, à peine installé, et ronflait, signe d'un abus de petits plats cuisinés maison, de bons vins et de pousse-café. Alice ne lui en faisait pas le reproche, son mari passait toute la semaine sur la route et travaillait sans compter ses heures. VRP, voyageur représentant placier multicartes, les affaires marchaient bien. Au cœur des années 1960, les familles s'équipaient et les commissions pleuvaient. Marcel s'était spécialisé dans les vérandas et les extensions ; il visitait les pavillons fraîchement construits dans une banlieue en plein essor, tandis qu'Alice bichonnait leur deux-pièces de location. L'appartement, situé au cœur du XVIIIe arrondissement de Paris, se révélerait bientôt trop étroit pour accueillir la famille de leur rêve. Enceinte de Marc, Alice, comme tant d'autres futures mamans, rêvait d'une maison individuelle.

Après son annonce un brin pompeuse, Marcel s'était levé de table pour revenir avec l'attaché-case en cuir qu'il posait systématiquement sur la chaise de l'entrée en rentrant du travail. Il avait attrapé une brochure imprimée en quadrichromie sur papier glacé, repoussé son assiette et ses couverts, et posé la plaquette grande ouverte bien à plat sur la table pour que sa femme profite de la vue d'ensemble.

Alice avait contemplé la photo d'un pavillon de parpaings construit sur une butte qui cachait un sous-sol complet : une bâtisse sans prétention, au charme discret, qui lui avait plu instantanément. À l'étage, un escalier desservait une chambre indépendante pour chaque enfant. Ils avaient prévu d'en avoir trois, quatre voulait dire changer de voiture. Ils ne manquaient de rien, mais il faudrait bientôt se montrer raisonnable à cause des traites de la maison à honorer. Alice était un peu vieux jeu, une vie de bonheur domestique la satisfaisait.

À l'usage, et passé l'attrait de la nouveauté, cette maison s'était révélée mal fichue, sonore, difficile à chauffer, humide en hiver, étouffante en été, coûteuse à entretenir. Malgré ses défauts, Alice et Marcel avaient aimé vivre dans ce pavillon, c'était leur nid, la maison de famille où leurs enfants avaient fait leurs premiers pas, souffert de leur premier chagrin d'amour.

Des années plus tard, les nombreuses pièces inoccupées résonnaient du vide de l'existence d'Alice. La femme et la bâtisse avaient vieilli mais se plaisaient toujours. Alice y avait ancré ses habitudes, ses manies, même si elle ne pouvait pas franchir le seuil de certaines pièces sans qu'une boule de feu lui dévore le ventre. Saloperie de nostalgie. L'apanage des vieillards, comme le pérorait Maria qui adorait appuyer là où ça fait mal.

Profitant de sa situation, Marcel avait bénéficié de prix imbattables sur la terrasse, la pergola, la véranda, un ensemble de rajouts qui faisait leur bonheur et suscitait la jalousie de l'entourage à l'heure de l'apéritif.

Marcel avait déniché la parcelle à Montreuil, commune de la Petite Couronne, au cœur de la ceinture rouge comme on disait à l'époque. Ce terrain leur avait permis de profiter de la convivialité d'un quartier périphérique, mélange de pavillons de banlieue et de cités populaires.

Les premières années, Alice adorait s'occuper de son jardin, bouturer ses fleurs, retourner son potager, tailler les fruitiers, éclaircir le vieux pommier. Le cerisier, planté avec l'aide de sa fille Nathalie, donnait des tonnes de fruits juteux, une récolte suffisante pour satisfaire l'appétit des gourmands du quartier. Alice appréciait particulièrement leur épaisse haie de thuyas, frontière végétale avec les voisins, si proches qu'ils connaissaient tout d'eux sans avoir jamais rien demandé.

Et un jour, les événements se précipitent, les enfants décident de faire leur vie ailleurs en vous abandonnant avec le sentiment gratifiant d'avoir accompli votre rôle de parents, Marcel meurt trop jeune, la disparition des êtres aimés arrive toujours trop tôt ; l'escalier qui mène aux chambres est soudain trop raide, celui du garage trop pentu, et la pelouse à tondre, les fruitiers à protéger des insectes et des oiseaux, les arbres immenses à élaguer, tous ces plaisirs qui raccourcissaient les longs week-ends les transforment en supplices.

Confronté aux crises économiques et sociales, à la transformation du travail, à l'explosion des loyers dans la capitale toute proche, leur quartier populaire se transforme. La banlieue rouge perd de ses couleurs, les habitants aussi. La gentrification devient le nouveau mot à la mode. Les bobos emménagent avec leur mode de vie à la cool. Ils chamboulent tout, se lancent dans des travaux bruyants, les bébés naissent, pleurent, grandissent, jouent au foot. Leur ballon traverse la haie de thuyas désormais décharnée, malade, brûlée, trouée, faute d'entretien et de renouveau.

Les bandes de vautours vous harcèlent, proposent d'acheter à un prix astronomique « ce magnifique petit pavillon », de raser vos souvenirs pour bâtir une résidence moderne avec tout le confort.

— Vous vous sentirez tellement mieux dans un appartement neuf, avec un ascenseur, le chauffage collectif, un petit balcon pour les géraniums ! Les personnes âgées adorent les géraniums. Vous verriez le balcon de ma mamie, un vrai concours floral !

Alice détestait les géraniums.

Même ses enfants s'y étaient mis. Ils ne l'avaient pas lâchée lors de leur dernière visite au cimetière sur la tombe de Marcel pour la Toussaint. Sa belle-fille Élodie avait déclenché les hostilités.

— Vous devriez déménager, belle-maman... On habite loin, nous ne pouvons pas nous déplacer aussi souvent que l'on voudrait...

Son aîné avait fait construire une somptueuse demeure près de Cergy. Il travaillait dans le quartier de la Défense, un emploi dans l'informatique au salaire indécent, Alice n'avait jamais compris ce qu'il faisait. Le savait-il lui-même ?

— Et pourtant, ce n'est pas l'envie qui nous manque de venir vous voir, vous le savez bien !

Sa bru avait échangé un air complice avec Marc qui embraya aussitôt, comme si leur manigance avait été préméditée longtemps à l'avance :

— Des logements adaptés viennent d'être construits dans notre secteur... avec du personnel compétent à disposition.

— Ça serait tellement plus pratique à votre âge, et si

vous vous rapprochez de chez nous, vous verrez vos petits-enfants plus souvent.

Une sorte de chantage affectif. Alice savait qu'ils avaient raison, mais elle ne voulait pas bouleverser ses habitudes ni s'éloigner de Paris, du métro, des parcs de la ville, du mélange social. Montreuil, c'était son village, sa vie, et surtout, il y avait ses amies, les Panthères grises, dont la fréquentation la rajeunissait plus que n'importe quel élixir de jouvence.

Les cours de théâtre qu'elle partageait avec ses copines lui faisaient un bien fou. Peggy, par ses conseils et ses encouragements, avait fait naître une nouvelle Alice, curieuse et enthousiaste. Elle adorait l'ambiance de leurs réunions, particulièrement quand elles s'enflammaient. Les contradictions la ranimaient, rien de tel qu'une bonne engueulade pour casser la routine qui les précipitait à tombeau ouvert vers la ligne d'arrivée.

Et comment oublier l'apparition inespérée d'André... Grâce à lui, et malgré son âge, ses rides, ses absences et bien d'autres choses inavouables, Alice se sentait encore une femme... plus de première jeunesse, mais peu importe, c'est dans les vieux pots qu'on fait la meilleure soupe.

La journée avait traîné en longueur.

Peggy l'avait raccompagnée en voiture, Marc, son fils, avait voulu le faire mais elle l'avait rassuré.

– Tout va bien, je n'ai rien... Plus de peur que

de mal, rentre chez toi, tu as de la route et il y a des embouteillages...

En vieillissant, les enfants deviennent plus chiants que leurs parents.

Alice fit un signe à Peggy qui attendait qu'elle ait passé le seuil de la porte pour redémarrer et rentrer chez elle.

– Comme si un pervers allait me violer ! bougonna Alice.

Le bruit du moteur se fondit dans la rumeur de la nuit.

Aussitôt le palier franchi, Alice retira son manteau et poussa la porte vitrée sur laquelle un post-it indiquait : « salon ». Depuis le jour où elle avait confondu la salle de bains avec la cuisine, ses enfants avaient collé ces stupides bouts de papier jaune fluo pour indiquer la fonction des pièces... comme si elle allait prendre son bain dans l'évier ! Devant leur insistance, Alice n'avait pas résisté. Si ça leur faisait plaisir, pendant ce temps-là ils la laissaient vivre tranquille. Par moments, elle perdait un peu la notion de la réalité, mais n'était-ce pas ça être vieux ?

Alice prit place dans le fauteuil que Marcel avait acheté pour sa sieste dominicale, elle l'avait adopté depuis son décès. Les meubles démodés dégageaient une sensation surannée, les photos, affichées dans le moindre espace laissé libre sur le mur, évoquaient les étapes d'une vie bien remplie. Des portraits d'Alice et de Marcel bien sûr, des chroniques de leur vie commune ; Marc, son fils le plus âgé, en compagnie de sa femme, l'élégante Élodie, et de leurs deux petits, Léo et Clémence. Leurs deux autres enfants, nés deux ans plus tard, François, le velléitaire, sur sa moto, et Nathalie, son intrépide sœur jumelle, le garçon manqué de la famille, de retour d'un entraînement de foot. Une autre époque, une autre existence, si lointaine que parfois Alice choisissait de ne pas l'avoir vécue, préférant se réveiller d'un étrange rêve, de ceux où la réalité et l'illusion se confondent.

Sacrée journée.

Alice, épuisée, décida de s'accorder une petite sieste, un échantillon de repos avant d'aller se coucher. Elle se cala entre les coussins du fauteuil de son Marcel. Elle ne les avait plus lavés depuis sa disparition. Ils renfermaient des relents de son odeur qu'elle retrouvait, à chaque fois, pour son plus grand plaisir.

À la lisière du sommeil, Alice fixait sans le voir son sac à main posé sur la table du salon, lui aussi avait sacrément vieilli, élimé, décrépit, avachi d'avoir contenu une multitude d'objets inutiles… et maculé de sang séché.

Alice s'endormit, rêva de Marcel se métamorphosant en André qui la faisait danser au son du grand succès de Bourvil : *Le petit bal perdu*, sur lequel ils avaient guinché pour leur première fois.

Elle somnolait lorsque l'image du sang qui barbouillait son sac lui apparut dans toute son étrangeté.

Elle se rappelait l'avoir serré contre elle quand le tueur présumé, ce Mirko qui empestait l'urine, l'avait attrapée pour faire rempart de son corps. Le coup de feu. L'ambulance. Le retour à la salle de répétition de la « Maison pop » sans son sac à main. Non, elle l'avait avec elle. Comment pouvait-elle être aussi définitive ? Elle se maudit de ne plus se souvenir de ce qu'elle faisait, de devenir une vieille chose.

Épuisée par ce bombardement d'émotions, Alice expira longuement pour permettre à son rythme cardiaque de se réguler. Puis elle fouilla fébrilement le contenu de son sac. Tous les objets sans valeur s'y trouvaient, son argent aussi, pas un coupon de réduction de supermarché ne manquait. Elle poussa un soupir de soulagement. Le sac lui échappa des mains, elle se sentit partir en digue-digue, un aller simple vers le néant. Elle posa les mains sur son front pour retrouver l'équilibre, et c'est là qu'elle les aperçut.

6

Un jour sans fin

Les traces de sang maculaient le plateau de la table en merisier et tachetaient le parquet. Le fil d'Ariane dessiné par les gouttes desséchées conduisait jusqu'à la porte de l'escalier qui menait au sous-sol.

Trop fatiguée pour avoir peur, Alice se leva pour attraper le fusil dans l'armoire de l'entrée. L'arme reposait entre deux vestes de chasse, là où Marcel l'avait rangée il y avait plus de quinze ans. Son mari avait acheté cette carabine pour tirer les bécasses, les canards et autres gibiers d'eau mais, au bout de deux week-ends, il avait renoncé et n'y avait plus jamais touché. Un de ses collègues, spécialisé en électroménager, louait un gabion en Normandie du côté de Bures. Les quatre heures d'embouteillages, aller et retour, plus la nuit passée dans l'humidité à boire du mauvais vin, du cidre âpre et du calva de contrebande, avaient eu raison de l'initiative de Marcel.

La carabine n'était pas chargée mais sa présence rassurait Alice, et surtout lui servait de canne pour emprunter les marches en béton abruptes. Ordinairement, quand elle se rendait au sous-sol, elle contournait le pavillon par l'extérieur. Ce soir, elle empruntait l'escalier escarpé pour ne pas perdre de vue la piste de sang.

En posant les pieds sur la dalle de béton, les battements de son cœur se précipitèrent. Le chapelet de gouttelettes coagulées s'achevait au pied de la portière passager de la voiture de Marcel : une R25 Baccara cinq portes en parfait état, couleur gris tungstène métallisé, agrémentée d'un double filet latéral doré pour faire joli. Marcel était tombé amoureux de cette berline en découvrant, à l'occasion du journal télé, le président Jacques Chirac en descendre pour aller voter. La R25 Baccara faisait figure de modèle de luxe pour l'époque. « De la stature d'une Mercedes-Benz, mais fabriquée chez nous », déclamait fièrement Marcel, qui méritait bien ce joyau de la technologie française puisqu'il y passait la moitié de son existence. Pour la payer, ils avaient pris un crédit qui s'ajoutait à celui de la maison. Ils firent un peu plus attention, ce n'était pas la mer à boire.

Alice avait senti sa présence et reconnut le bonnet, les favoris et les longs cheveux de Mirko à travers la vitre arrière. Cette découverte ne l'étonna pas, comme si cela faisait partie de l'ordre des choses. Par contre, tout ce sang étalé sur les sièges en cuir lui souleva le cœur. Il y en avait partout, jusqu'au garnissage en alcantara de l'intérieur des portes. Elle pensa avec effroi à la tête qu'aurait faite son mari en découvrant le massacre. Comment allait-elle se débrouiller pour récupérer les sièges ? Maria et Nadia, en spécialistes du ménage, connaissaient certainement des astuces, elle leur demanderait conseil dès demain.

Le dénommé Mirko était couché, inerte, tordu comme un pantin désarticulé. Alice frappa à la vitre.

– Vous êtes mort ?

L'homme ne bougea pas d'un iota.

– Monsieur Mirko ?

Le sang durci, tartiné sur sa figure, donnait l'impression qu'il avait enfilé un masque de carnaval craquelé. Le fugitif était venu se réfugier chez elle pour crever comme un animal blessé. La balle du flic ventru l'avait tué.

Elle ouvrit la portière contre laquelle il était appuyé. Le corps ballotta puis s'affaissa à ses pieds : un sac de plâtre, lourd et mou.

Ploch !

– Merde !

Il hurlait.

Il était vivant.

Furieux, mais vivant.

Il se redressa et dégaina le pistolet dérobé au lieutenant Dupuis, qu'il conservait coincé dans sa ceinture. Il se préparait à faire un carton sur Alice quand, tout à coup, il la reconnut.

– Babouchka !

Mirko l'écrasa contre sa poitrine tant il était content de la retrouver. Il se mit à parler sans fin, un débit incessant de mots. Alice pensa au russe, l'accent collait avec son prénom. Mirko moulinait des bras dans d'amples gestes désordonnés pour lui faire comprendre ce qu'elle savait déjà, et le reste qu'elle n'eut aucune difficulté à deviner. Blessé par la police, il s'était caché en attendant que les choses se calment, puis il était venu jusqu'ici lui rendre son sac. Alice laissait ses coordonnées bien en vue à l'intérieur pour le cas, pas si improbable, où elle oublierait où elle habitait. Finalement, ça n'avait pas que des inconvénients de perdre la boule.

Mirko se tut et afficha un sourire approximatif en desserrant les dents. Alice distinguait son visage, pour moitié masqué par ses cheveux et son bonnet, ravagé par les larmes et l'inquiétude, la folie aussi, sans oublier la douleur. Elle remarqua le tissu lacéré au niveau de son épaule, le sang coagulé modelait deux lèvres brunes gercées. La balle était entrée par là. Était-elle restée à l'intérieur, l'avait-elle traversé ou simplement effleuré? Quelle que soit la réponse, il fallait le conduire à l'hôpital au plus vite. Elle s'installa au volant de la berline et lui fit signe de grimper. Il ne broncha pas. Le coup de klaxon qu'elle donna ne l'impressionna guère plus.

– Je vous emmène aux urgences. Vous avez perdu beaucoup de sang, il n'y a plus de temps à perdre.

Pas de réponse.

– Mirko, faut bouger ! ordonna-t-elle en forçant la voix.

Elle klaxonna à plusieurs reprises, sans résultat, s'extirpa de la voiture, l'attrapa par le coude, le secoua. Comment pouvait-elle l'aider s'il ne faisait pas d'efforts ? Il était bien trop lourd à déplacer pour ses muscles ramollis par l'âge.

– *Niet... Niet...* rester... pas bouger... dormir... Mirko fatigué...

Qu'il meure entre les quatre murs bruts de béton du garage ; si telle était sa volonté, elle n'y pouvait rien. Pourtant Alice, têtue et consciente du danger, n'abandonna pas pour autant. Elle lui conseilla de tout raconter à la police en qui elle avait une entière confiance.

– *Niet... Niet...* Policier...

Le fugitif ne se fiait à personne.

Ne sachant plus que faire, Alice l'abandonna et regagna le rez-de-chaussée. Marc, son grand fils anticipant toutes les catastrophes qui pourraient lui arriver, avait acheté une trousse de premiers secours qu'elle conservait dans l'armoire de sa salle de bains.

– Vous pas bouger... Babouchka revenir soigner Mirko !

Sa voix rebondissait contre les murs de l'escalier. Alice s'était mise à parler avec l'accent et les tournures de phrases du fugitif en espérant qu'il la comprendrait plus facilement.

Alors qu'elle cherchait de quoi lui prodiguer les

premiers soins, une idée germa dans son esprit. Elle n'avait pas le numéro personnel du lieutenant Dupuis, mais ne doutait pas une seconde que Peggy le connaissait. Les Panthères avaient des yeux pour voir, et des oreilles pour entendre : le jeune fonctionnaire ne se gênait pas pour faire du rentre-dedans à leur charmante professeure de théâtre. Le flic avait dû lui donner son 06, comme disaient les jeunes du quartier qu'elle entendait fanfaronner à la caisse de la supérette. Essayer ne coûtait pas grand-chose.

De retour dans son salon, Alice composa le numéro de Peggy. La prof décrocha à la sixième sonnerie.

– Qui c'est ? demanda une voix ensommeillée à l'autre bout de la ligne.

Alice lui raccrocha au nez en voyant Mirko débouler de l'escalier.

– Quoi toi faire ? gueula-t-il en désignant le téléphone, le pistolet braqué sur elle.

Elle ne savait pas si c'était l'effort de se hisser au rez-de-chaussée du pavillon ou la volonté de lui faire peur, mais le visage du fugitif s'était métamorphosé. Elle comprit qu'il pouvait être un homme violent, et... peut-être même un tueur. S'était-elle trompée sur son compte ?

Alice s'en apercevait trop tard, ce type allait l'assassiner.

Il la mit en joue.

Elle ferma les yeux en attendant la mort.

La sonnerie du téléphone remplaça la détonation.

Une fois, deux fois, trois fois. Alice rouvrit les yeux, affolée, son regard passait du canon du pistolet au combiné sans qu'elle se décide à agir. Mirko trancha.

– Toi répondre à la police... dire eux toi faire mauvais rêve... fatiguée... croire voir des choses...

– Je vous jure, je n'ai pas appelé la police, je ne ferais jamais ça... J'ai dit au capitaine toi innocent... Lui pas croire moi...

Alice, prise de panique, reparlait en volapük.

– Babouchka répondre maintenant... Police pas folle... envoyer hommes tuer Mirko !

Il lui fit signe de s'exécuter avec l'arme et il appuya sur le bouton du haut-parleur logé dans le socle du téléphone pour surveiller la conversation.

À l'autre bout de la ligne, Peggy demandait d'une voix caverneuse :

– Alice, tu vas bien ? Tu m'appelles en pleine nuit pour me raccrocher au nez ! Qu'est-ce qui t'arrive, t'as des ennuis ?

Mirko s'effondra sur la banquette et posa le pistolet sur la table basse. Il avait compris qu'Alice n'avait pas appelé la police.

– Tu es là ?

La voix de la professeure de théâtre déformée par le haut-parleur nasillait dans le salon.

– Oui... oui... Je t'ai appelée parce que... que...

Alice ne savait plus quoi ajouter.

– Je suis bien arrivée… je suis à la maison, continuait-elle en proie à la plus grande confusion.
– Je sais, puisque c'est moi qui t'ai raccompagnée.

Alice, en panne d'inspiration, se tourna vers Mirko qui se désintéressait de la conversation. Il s'était levé et ouvrait les portes de son buffet de salle à manger. Il furetait dans ses affaires, décontracté, il faisait comme chez lui, passant d'un meuble à l'autre sans trouver son bonheur.

– Tu as des soucis ? Tu veux que je vienne te voir ? proposa Peggy.
– Non, non, tout va bien.

Mirko avait disparu. Il n'était pas parti bien loin, elle entendait les portes de ses éléments de cuisine claquer, les unes après les autres. Alice abrégea la discussion, impatiente de découvrir ce qu'il fabriquait.

– Bon, je te laisse, il est tard, je vais me coucher.
– Alice, tu es certaine que tu vas bien ?
– Oui, t'inquiète. Je me suis endormie en rentrant, quand je me suis réveillée, j'étais un peu… confuse, j'ai perdu la notion du temps. Excuse-moi de t'avoir dérangée.
– Non, non, c'est rien.
– Bonne nuit, je t'embrasse.
– Moi aussi…

Alice avait raccroché.

– Qui toi appeler milieu nuit ?

Mirko surprit Alice en réapparaissant dans le salon,

une bouteille de rhum de cuisine dans une main et, dans l'autre, la carcasse du poulet qu'elle conservait dans le frigo pour donner du goût à sa soupe. Il porta la bouteille à sa bouche et but directement au goulot.

— Une amie infirmière, mentit Alice. Elle me donne des conseils pour vous soigner.

Il approuva de la tête, mais il était difficile de savoir s'il avait compris un traître mot de ce qu'elle lui racontait. Puisqu'il était là, elle en profita pour aller chercher sa trousse de secours dans la salle de bains. Elle lui désinfecta la plaie comme elle put avec de l'alcool, tout en protégeant son flacon pour qu'il ne le siffle pas comme le rhum qu'il venait de liquider en deux lampées. Elle ne savait que faire de plus, alors elle lui prépara une tisane d'herbes médicinales bio qu'elle cultivait dans son jardin. Il mit moins d'entrain pour avaler la décoction, mais Alice insista avec autorité.

— Encore un effort, il reste une gorgée. C'est pour votre bien !

— Babouchka grande sorcière, plaisanta-t-il en se pinçant les narines pour éviter de respirer la vapeur âpre de l'infusion.

Alice réussit à lui faire avaler son bol de tisane jusqu'à la dernière goutte. Un quart d'heure plus tard, il délirait, les joues brûlantes, ravagé par la fièvre. Elle le coucha sur le divan où il s'endormit comme un bébé.

Alice regardait le téléphone en se demandant si elle ne profiterait pas de son sommeil pour appeler la police.

Réflexion inutile, elle savait qu'elle ne le ferait pas, cette pathétique créature n'avait personne d'autre chez qui aller se réfugier. Elle ne le trahirait pas. Ce Mirko, malgré sa sale gueule, l'odeur pestilentielle qui le précédait, et la multitude d'éléments qui le condamnaient trop facilement, n'avait pas estourbi Marie-Madeleine. Alice l'avait compris depuis cette supercherie que la justice osait nommer reconstitution.

Pour la conforter dans ses convictions, il psalmodia dans son sommeil :

– Mirko pas tuer babouchka !

D'un coup, il s'assit sur la banquette, regardant droit devant lui. Alice ne savait pas s'il était réveillé ou bien tombé en catalepsie, ou encore s'il faisait une crise de somnambulisme. Sa main se crispait sur son arme, les phalanges blanchies.

– Mirko pas peur homme tuer babouchka, affirma-t-il d'une voix d'outre-tombe.

– Quel homme ? hurla Alice.

– Moi pas connaître lui…

– Vous avez vu l'assassin de cette pauvre Marie-Madeleine et vous n'avez rien dit à la police ? Pourquoi ? insista-t-elle.

– Pas me rappeler sur le moment… Trop de gens dire des choses… Mirko plus savoir rien…

Alice s'obstina.

– Qui a assassiné… gentille babouchka ?

Il pointa le pistolet vers une cible invisible, bien au-delà d'Alice, et fit semblant de tirer.
— Pan ! Salopard tuer elle. Voler tableau Mirko peindre !
Alice voulait en savoir plus, mais il divaguait trop, elle ne comprenait plus rien dans ce fatras.
— Dites-moi ce que vous avez vu !
Pas de réponse.
— C'est quoi, ce tableau ? Il y avait un autre homme chez Marie-Madeleine ? Vous le connaissez ?
S'apercevant qu'elle n'en tirerait rien, elle attrapa le combiné téléphonique.
— Il faut prévenir la police !
— Pas la police, elle pas croire Mirko.
— Comment il était, cet homme ? Grand ? Petit ? Jeune ? Vieux ?
Alice tenait une piste et n'avait pas l'intention de la laisser s'envoler. Elle demanda avec insistance en élevant la voix :
— Pourquoi il voulait vous tuer ? Mirko voler son argent ?
— Moi pas voleur...
Elle l'avait vexé. Il bouda et se mit à jouer avec le pistolet, le fit tourner comme une toupie sur la table basse, inconscient des risques qu'il leur faisait courir. Il parla à l'instant où l'arme s'immobilisait canon pointé sur Alice.
— Lui pas d'accord...

Alice essaya de reconstituer la scène.
- Il s'est disputé avec Marie-Madeleine ? Il l'a frappée ?
 - Pas content... Tableau Mirko, pas plaire lui.
 - Quel tableau ?
Alice n'en saurait pas plus. Il continua de s'agiter pendant un quart d'heure, en s'exprimant dans un charabia incompréhensible d'où émergea Beethoven à plusieurs reprises. Mirko sautait d'un sujet à l'autre pour, à chaque fois, revenir à Beethoven. Alice ne comprenait pas pourquoi.

Puisqu'il semblait apprécier le compositeur allemand, elle se leva jusqu'au meuble tourne-disque qui n'avait plus servi depuis une éternité. Un peu de musique le calmerait peut-être, dans la situation où elle se trouvait, rien ne coûtait d'essayer.

Marcel avait acheté un lot de vinyles de musique classique pour les invités. « La grande musique, rien de tel pour faire sérieux quand on reçoit. » Leurs goûts personnels étaient plus populaires, ils appréciaient la variété française qu'ils découvraient le soir en regardant les émissions de Maritie et Gilbert Carpentier. Alice trouva la *Cinquième* de Beethoven et s'apprêtait à poser la galette sur le plateau quand elle s'aperçut qu'il était déjà occupé par un quarante-cinq tours du groupe anglais The Cure, appartenant à sa fille Nathalie. Lui revint en mémoire la dispute mémorable entre la jumelle et son père. Marcel considérait que ce n'était pas de la musique, mais du bruit qui risquait d'endommager son matériel Hi-Fi de précision, sans parler du genre plus que douteux du chanteur au rimmel baveux qui faisait la gueule sur la pochette.

Quand retentit l'ouverture du classique de Beethoven, les yeux d'Alice s'embuaient du souvenir de ce moment exhumé du passé. Elle ravala une larme naissante et se tourna vers Mirko pour voir si la *Cinquième Symphonie* lui déliait la langue. La musique avait agi comme une berceuse, le Russe s'était endormi, ce qu'elle fit aussi avant la fin du premier mouvement.

7

Art plastique

Quand Alice se réveilla, le jour s'était levé, un rayon de soleil découpait le salon d'un trait de laser vertical. Elle se dirigea vers la cuisine, tenaillée par une faim de loup. Elle ne comprit pas immédiatement pourquoi le bocal de «Tisane spéciale des Panthères grises» était posé, grand ouvert, sur le plan de travail. Elle ne se souvenait plus quand sa copine, l'intellectuelle de la bande, était passée lui rendre visite pour récupérer son remède maison. Thérèse souffrait de sclérose en plaques et Alice, anticipant une législation tardive à venir, la fournissait en cannabis thérapeutique.

Alice avait laissé François, son plus jeune fils, cultiver quelques pieds de marie-jeanne dans son potager. Il fumait régulièrement de l'herbe et avait déjà eu maille à partir avec la maréchaussée. Une mamie risquait moins que son rejeton récidiviste. Cet innocent stratagème obligeait son cadet à venir la visiter régulièrement. Certains grands-parents creusaient des piscines dans leur jardin pour attirer leur progéniture : Alice avait trouvé une astuce moins onéreuse, quoique foncièrement illicite.

C'est après avoir été intriguée par un reportage à la télé et s'être renseignée sur les vertus médicinales de l'herbe que Thérèse, que les médicaments prescrits par ses médecins abrutissaient sans la soulager, avait décidé de tenter l'expérience. Aussitôt décidé, aussitôt fait, les Panthères avaient convoqué François pour qu'il leur explique comment procéder. Elles s'étaient enfermées dans le pavillon, volets clos pour plus de précaution. Maria, réfractaire à cette initiative, avait essayé de persuader ses copines de renoncer. Elle se rappelait le destin tragique de la jeune héroïne de *L'Herbe bleue* dont la déchéance avait traumatisé une génération de parents dans les années 1970. Les Panthères s'étaient disputées et avaient fini par voter. Résultat de la consultation : deux voix pour, Thérèse et Alice, un bulletin blanc pour Nadia plus que jamais respectueuse de la loi, et la voix de Maria contre.

Maria s'inclina devant le résultat de la consultation démocratique, mais, intimement persuadée que les drogués se précipitaient par les fenêtres, elle avait convaincu les insouciantes Panthères grises de se cloîtrer. François avait rejeté leur demande en prétextant que ce n'était pas de leur âge. Confrontée à son refus, Alice l'avait fait chanter : s'il refusait de les initier, elle couperait ses pieds de marie-jeanne et les jetterait au compost. Devant la menace, il leur avait roulé une « cigarette artisanale » avec laquelle elles s'étaient étouffées dans le salon enfumé. Maria avait été obligée d'ouvrir les fenêtres en grand pour qu'elles puissent reprendre leur respiration et retrouver leur raison tout en argumentant contre la bêtise de cette expérience. Mais Thérèse insista, Madame savait se montrer aussi obstinée que grincheuse. Elle voulait réessayer, elle souffrait trop et refusait d'avaler ses médicaments qui la rendaient davantage malade. François s'inclina devant le chantage de sa mère, et leur fit tester en infusion. Est-ce parce qu'elles avaient l'impression rassurante de prendre leur thé ? En tout cas, elles apprécièrent le breuvage sous cette forme. Maria, vexée de ne pas partager leurs fous rires, les avait menacées de les dénoncer à la police. Ce qu'évidemment elle n'avait pas fait.

Depuis ce fol après-midi de débauche à vocation médicale – Nadia, prise d'un fou rire incontrôlable, avait fait pipi dans sa culotte –, Alice prélevait sa taxe spéciale sur les trois pieds plantés par son plus jeune fils.

Ce matin, en arrêt devant le bocal de « Tisane spéciale des Panthères grises », elle ne se souvenait ni d'une visite de François ni de Thérèse. Qu'avait-elle fabriqué ? Alice se fit une chicorée en essayant de se remémorer le déroulement de la journée qui lui échappait. Elle avait remarqué qu'au réveil, il lui fallait un moment pour recoller les morceaux. Elle ne s'inquiéta pas, ses souvenirs allaient lui revenir d'un moment à l'autre sans qu'elle n'ait rien de plus à faire qu'attendre.

Elle entra dans le salon, vaqua à ses occupations habituelles quand elle manqua de tomber en trébuchant sur une bouteille de rhum vide. Le flacon lui fit l'effet d'une madeleine de Proust.

– Mirko !

Alice venait enfin de comprendre, elle s'était trompée de bocal, et avait fait boire une infusion de cannabis au Russe. Elle se revoyait insister.

– Encore un effort, il reste une gorgée.

Pauvre Mirko, elle l'avait oublié celui-là. Elle jeta un œil vers la banquette vide. Il ne restait du vagabond que des traces de sang sur ses broderies. Disparus, le Russe et son pistolet.

La porte qui s'ouvrait sur le sous-sol battait sous l'effet d'un courant d'air. Alice pensa qu'une fenêtre ou un vasistas était resté ouvert en bas et descendit prudemment. Après la clarté de la cuisine, l'escalier lui parut aussi sombre que le tunnel du train fantôme de la Foire du Trône. Sur les marches, le chemin balisé de traces de sang se confondait avec les taches de saleté. Elle posa le pied sur le béton froid du sous-sol avec l'étrange impression de s'enfoncer dans du sable meuble. Elle découvrit que ses chaussons pilaient du verre brisé en regardant à ses pieds. Elle releva la tête, le vitrage de la lunette arrière de la Renault 25 était cassé. Alice se demanda quel était l'intérêt de briser la vitre : la voiture n'était pas verrouillée, les clés posées en évidence sur le tableau de bord. Elle aurait aimé avoir le fusil de chasse de Marcel à portée de main pour se rassurer et faire décamper l'intrus s'il traînait encore dans les parages. Hier, elle était descendue au sous-sol avec l'arme, mais après, elle ne se souvenait plus de ce qu'elle en avait fait. L'enchaînement des événements de cette interminable journée s'estompait dans un flou artistique.

Alice retourna sa mémoire en tous sens, Mirko lui apparut en flash-back, il se contorsionnait sur le canapé, très agité sous l'emprise de la « Tisane spéciale des Panthères grises » destinée à Thérèse. Le Russe s'était réveillé et était redescendu, elle allait le trouver endormi dans un coin du sous-sol.

– Mirko, vous êtes là ?

Minnie, la chatte des voisins, surgit de nulle part en miaulant. L'animal s'enroula autour de ses jambes au risque de la déséquilibrer, la queue à la verticale.

– Par où t'es entrée ?

Ses salutations faites, Minnie bondit sur le siège avant de la R25, et fit un tour sur elle-même avant de se coucher pour un petit somme.

Alice gambergeait à toute allure. Par où la chatte des voisins était-elle passée ? Elle se revoyait avec certitude refermer le sous-sol. Et si l'homme que Mirko avait surpris chez Marie-Madeleine l'avait suivi pour l'empêcher de le dénoncer… et pour le tuer ? Alice frissonna en l'imaginant à l'affût, ici, tout près d'elle. Et s'il avait forcé la porte du garage et se cachait dans son sous-sol ?

Et si elle tombait sur lui ?
Et si elle devenait paranoïaque ?
Et si ?
Alice décida d'examiner plus attentivement la vitre détruite. L'impact paraissait avoir été dirigé vers l'extérieur, et non vers l'intérieur, les morceaux de verre, dispersés dans tout le garage avec la violence d'une averse de grêlons, le confirmaient. Alice s'allongea sur la banquette pour vérifier sa théorie et ne trouva pas le moindre éclat sur la tablette arrière, par contre, il flottait encore une forte odeur de poudre. Alice se concentra pour visualiser la scène : Mirko titube dans l'escalier sous l'influence de la tisane. Incapable de continuer plus loin, il grimpe dans la voiture pour reprendre des forces. Il fait une sieste. L'inconnu qu'il a surpris chez Marie-Madeleine l'attend, planqué dans le garage. Il l'attaque. Mirko se défend et le repousse en lui tirant dessus de l'intérieur de l'habitacle avec le pistolet de Dupuis.

Couchée sur la banquette arrière, Alice n'arrivait plus à se redresser, une formidable douleur la lançait et lui déchiquetait le dos. Elle coula la main sous ses reins et souleva ses hanches avec précaution, au risque de réveiller son lumbago chronique. Une boule de feu irradia le nerf qui lui traversait la fesse jusqu'au pied pour exploser au niveau de son talon. Dure à la douleur, elle serra les dents et s'activa pour déloger un objet dur, d'une forme cylindrique, coincé contre sa colonne vertébrale. En le levant au niveau de ses yeux emplis de larmes, elle reconnut une douille de balle. Mirko et l'inconnu qui avait assassiné Marie-Madeleine s'étaient entretués dans son sous-sol.

Alice eut un haut-le-cœur et se retint de peu de vomir.

Elle s'apprêtait à remonter la volée de marches quand une nouvelle découverte la glaça. Elle laissa tomber la douille, laquelle rebondit sur la large tache sombre qui bariolait le béton brut et s'infiltrait sous la porte du cellier. La vision de cette mare de sang l'écœura. C'était bien du sang, pas besoin d'en faire l'analyse pour l'affirmer. Son estomac se contracta violemment, le fiel fondit en elle, l'aigreur la lança atrocement. Elle se plia en deux, la bouche grande ouverte, pour évacuer la bile qui lui enflammait les entrailles, mais rien ne vint. Dans cette drôle de position, elle imaginait Mirko blessé, ou l'inconnu rampant en quête d'un abri. Que ce soit l'un ou l'autre, il ne pouvait pas avoir fui bien loin. Dans le pire des cas, un cadavre l'attendait derrière ce mur, dans le meilleur, un être agonisant et armé se tenait prêt à lui tirer dessus. Perspectives qui ne l'enthousiasmaient guère. Alice attrapa le balai-brosse qui traînait contre le mur de parpaings et poussa la porte avec prudence. Un grincement sinistre s'éleva, ses poils se dressèrent sur ses bras, une goutte glaciale roula contre sa nuque.

– Monsieur Mirko ?

Entendre sa propre voix lui fit peur. Le noir régnait là-dedans. Un relent d'humidité nauséeux l'enveloppa. Elle chercha l'interrupteur à tâtons et l'enfonça. Le tube de néon crépita ; la lumière, d'abord un flux verdâtre, monta en puissance, puis se stabilisa, éclairant la pièce exiguë d'une clarté blafarde de laboratoire médical.

Alice s'attendait à tout sauf à cette découverte. Devant elle, couvrant le mur de briquette sur toute sa hauteur, une fresque étalait ses couleurs chatoyantes. Les pots de peinture – Marc les avait utilisés pour donner un coup de neuf à la cabane du jardin il y a une quinzaine de jours – reposaient, dégoulinants, ouverts et renversés sur le sol maculé. Des coulées de terre de bruyère, qu'Alice conservait pour ses plantations de printemps, s'échappaient de longs sacs plastique éventrés. Contre la cloison, agrégé en paquets compacts, le terreau donnait du relief à l'œuvre, les lambeaux d'une serpillière réduite en charpie composaient une épaisse touffe de cheveux entortillés.

Alice s'était fait un film d'horreur, pas de blessés, pas de cadavres, un simple graffiti, une vulgaire dégradation. Après s'être acharnés contre la voiture, des vandales avaient peinturluré les murs du cellier pour l'unique plaisir de dégrader. Oubliés, Mirko et son inconnu au tableau. L'imagination débridée d'Alice avait pris ses aises, il était temps de retrouver la raison et de s'arranger avec l'ordinaire.

Elle était sur le point de sortir quand elle se rappela

les paroles de Mirko. « Pas content... Tableau Mirko pas plaire lui. » Le fugitif avait évoqué une mystérieuse peinture que l'inconnu surpris chez Marie-Madeleine n'avait pas eu l'air d'apprécier.

Elle regarda de plus près le magma de couleurs mélangées grossièrement à des déchets agglomérés. Était-ce une composition abstraite, très moderne, trop, de l'art brut ? Un gribouillis, œuvre de garnements probablement ivres ? Néanmoins, en persistant, des détails lui apparurent, proches de ces dessins psychédéliques qu'utilisait son orthoptiste pour lui faire retrouver la souplesse oculaire perdue après son opération de la cataracte. Les amalgames bariolés, si on se contentait de les balayer du regard, ne représentaient rien ; mais quand elle les fixait avec insistance, sans ciller, au bout d'une poignée de secondes apparaissaient des formes en creux et bosses, des voitures, des animaux, des arbres. Le même phénomène se produisait en ce moment sur le mur de son cellier, sauf qu'à la place de formes ordinaires, elle découvrait un sexe d'homme : hors norme, dans une érection impressionnante. Alice recula pour avoir une vue d'ensemble.

Un être humain, fortement mâtiné d'animal, se matérialisa sur le mur. La fresque représentait un satyre tatoué sur tout le corps. La peinture dégageait une présence intérieure forte, de l'étrangeté, de l'attraction. Une extraordinaire aura poétique à laquelle elle ne pensait pas être sensible la laissa hébétée. Au cœur du chaos de couleurs et d'associations de matières, des formes surgissaient, disparaissaient, s'échappaient. Les images qu'elle perdait aussi vite qu'elle les identifiait flottaient dans la pièce un instant, puis plus rien, retour au néant, à l'abstraction. Elle accentua son effort de concentration, fronça les sourcils à se faire mal, le satyre réapparut enfin. Alice le côtoyait, costaud, large d'épaules, nu, en pleine possession de ses moyens.

Drôle de vision. Alice n'avait jamais rencontré d'homme doté de pareils attributs. Elle était certaine d'une chose, son Marcel ne disposait pas de cette constitution improbable. Alice n'était pas particulièrement prude, elle avait été élevée à la campagne, entourée d'animaux, mais elle se sentait mal à l'aise devant ce qu'elle n'avait d'abord pas vu et qui maintenant encombrait son esprit comme une idée fixe qu'on ne parvient pas à chasser. La chose semblait peinte en relief, débordant de son mur comme une patère de portemanteau. Elle déplaça une pile de cagettes dans lesquelles elle stockait ses pommes pour cacher le membre du satyre. La signature en bas de l'œuvre lui apparut.

Мирко.

Le Russe avait signé son œuvre. Le balafré aux allures de vagabond était l'auteur de cette allégorie. Mirko, un artiste ! Elle avait du mal à y croire.

– Tout est de ma faute... Il a déliré à cause de la

« Tisane spéciale des Panthères grises », soupira Alice en prenant conscience de son erreur et de ses répercussions. Mirko est devenu fou !
– Ah, tu es là ?
Alice sursauta, son balai vola dans les airs.

8

Taxi

– J'ai sonné plusieurs fois… Tu ne répondais pas, je suis entrée comme dans un moulin. Tu n'as pas peur des voleurs ? J'ai aucune envie de finir trucidée dans mon salon comme la pauvre Marie-Madeleine…

Nadia était habillée de son habituel manteau écossais élimé, boutonné jusqu'au cou. Son charmant visage poupin se dissimulait sous son éternel béret enfoncé jusqu'aux yeux. En ramassant le balai qui traînait sur le béton du sous-sol, elle remarqua la fresque pour moitié dissimulée par les épaules de sa copine.

– Tes petits-enfants ont redécoré le cellier ?

Nadia pencha la tête pour satisfaire sa curiosité mais Alice, rouge de confusion, se déplaça immédiatement sur le côté pour lui boucher la vision.

– C'est joli, poursuivit Nadia qui ne discernait plus grand-chose. Toutes ces couleurs, ils sont trop chou, les gosses ! Pousse-toi de là, je ne vois pas bien, ça représente quoi ?

Le néon grésilla une dernière fois avant de s'éteindre. La pièce retrouva le noir.

– Les petits n'y sont pour rien, fit Alice en lui refermant la porte sur le nez.

Nadia, surprise par son geste empressé, trébucha et partit à la renverse.

– Merde !

Elle se retint de justesse au mur, déséquilibrée par Minnie qui se frottait contre l'arrière de ses jambes en ronronnant. Alice repoussa délicatement l'animal à l'aide de la brosse du balai.

– Rentre chez tes maîtres !

La prudence était de mise car, sous ses airs affectueux et câlins, la minette avait l'humeur capricieuse et n'hésitait pas à balancer des coups de griffes sans sommation.

Alice se dirigeait vers la porte du garage, bien contente d'éloigner Nadia du monstre qui hantait son cellier.

– C'est la chatte des voisins, elle passe sa vie dans le garage.

La tentative de diversion échoua devant la curiosité de Nadia.

– En plus des cours de théâtre, tu t'es mise à la peinture, t'es devenue une artiste complète ?

– Dis pas de bêtises…

– Si ce ne sont pas tes petits-enfants, ni toi, qui est l'auteur de cette fresque ?

Alice n'avait aucune raison de lui mentir.

– Mirko…

Nadia n'en croyait pas ses oreilles.

– Mirko, le... ? Celui qu'on accuse d'avoir trucidé Marie-Madeleine ?

– Bon, tu viens, on va pas passer la journée dans le garage !

Alice, qui n'avait pas ménagé ses genoux depuis la veille, ne se voyait pas remonter les escaliers. Elle décida de passer par l'extérieur, la pente montait en douceur jusqu'au rez-de-chaussée. En dépassant l'entrée du garage, elle découvrit que la porte coulissante avait été forcée. Un battant balançait sur sa charnière, cette effraction expliquait le courant d'air qui avait fait battre la porte du sous-sol ce matin et permis à Minnie d'entrer. Tout autour du chemin, le magnifique parterre de pâquerettes était écrasé, des traces de chaussures sculptaient la terre. Étaient-ce les empreintes de Mirko ou celles de l'inconnu venu le chercher pour le tuer ?

– Dis donc, tu piétines tes propres plates-bandes ? constata Nadia devant le désastre.

Alice fit la moue et disparut dans le pavillon sans répondre.

Attablées devant un café réchauffé et un assortiment de biscuits à la cannelle un brin mous, Alice lui narra sa folle soirée par le détail.

– Il a peint cette fresque pour te remercier de l'avoir

soigné, résuma Nadia quand sa copine eut terminé. Il a bon cœur, ce type.

— Il est innocent.

— C'est évident, s'il avait tué Marie-Madeleine, il ne serait pas venu te rendre ton sac ! C'est pas lui qui a commis cette horreur. Il faut prouver son innocence avant que la police ne lui mette la main dessus !

Nadia avait sa petite idée, elle y avait pensé toute la nuit. Elle lui expliqua comment les inspecteurs opéraient dans les séries télé qu'Alice regardait rarement jusqu'au dénouement final. Elle mélangeait les suspects, se perdait dans les multiples rebondissements plus improbables les uns que les autres, pour finir par ne plus rien comprendre. Elle se réveillait devant le générique de fin en se demandant comment l'enquête avait été résolue aussi rapidement.

— Allons faire un petit tour sur la scène de crime, proposa Nadia qui ne tenait pas en place, transcendée par une énergie inhabituelle.

— Tu as une idée de comment on va entrer dans le pavillon ? s'inquiéta Alice.

— Maria a les clés, répondit sa copine du tac au tac.

— Elle ne les a pas rendues ?

— Personne ne lui a demandé de le faire, alors tu la connais, elle ne s'est pas gênée pour les garder... On passe la prendre, elle nous attend devant chez elle.

— Tu as prévenu Thérèse ? demanda Alice en se levant pour aller chercher son manteau.

Nadia se renfrogna. Elle lui avait téléphoné et était tombée sur son répondeur. «Bonjour, vous êtes chez Thérèse. Je m'absente pendant quelques jours, ne vous inquiétez pas. Vous pouvez laisser votre message, je vous rappellerai dès mon retour.»

– Je lui ai souhaité bonne chance, que veux-tu que je lui dise d'autre?

– J'avais pas remarqué que ça recommençait, fit Alice en se rasseyant. Elle avait pourtant l'air en forme à la «Maison pop». Quelle saleté, cette maladie. J'espère qu'il lui reste de la «Tisane spéciale des Panthères grises»...

Les deux amies échangèrent un sourire triste. Elles savaient que Thérèse s'isolait dès qu'elle ressentait les attaques de sa sclérose en plaques. Les filles ne la reverraient pas tant que les poussées de sa maladie la feraient souffrir. Thérèse attendrait une rémission et une stabilisation de ses symptômes pour réapparaître en public. Les Panthères patienteraient, elles avaient l'habitude.

– Alice, tu es là?

Un vacarme provenant de l'extérieur les tira de leur réflexion.

– Ça fait une heure que je poireaute devant chez moi! cria une voix désagréable, au filet nasillard.

Alice se précipita à la fenêtre de la cuisine.

– Zut! C'est Ginette, elle m'a réservée pour descendre en ville.

– Et tu l'as oubliée ? Tu ne l'as pas noté sur un de tes post-it ?

Nadia désignait les nombreux autocollants qui tapissaient les endroits stratégiques : le réfrigérateur, le congélateur, les placards, la porte...

– Non, qu'est-ce que tu crois ? Ces trucs, je les mets pour faire plaisir à mes enfants... je ne les regarde jamais !

– C'est bien utile quand même, tu devrais...

Nadia n'alla pas plus loin et ronchonna :

– Si tu oublies de noter de ne pas oublier, t'es mal partie, ma fille.

Alice conduisait la R25 Baccara avec prudence, à ses côtés, Ginette, sa cliente, même tranche d'âge en plus coquette, tirée à quatre épingles, la permanente parfaitement structurée quoique franchement trop bleue, causait avec un débit de mitraillette. Nadia à l'arrière maintenait son béret sur sa chevelure dévastée par les tourbillons de vent qui s'engouffraient par la lunette brisée.

Avant de partir, Nadia, obéissant aux consignes d'Alice, était redescendue passer un coup d'éponge pour nettoyer le sang de Mirko. Après avoir manqué de s'évanouir devant le spectacle, elle s'était mise au boulot. L'eau froide et l'huile de coude avaient eu raison des taches superficielles ; par contre, malgré ses efforts, elle avait été obligée de jeter un plaid sur la banquette pour dissimuler les marques les plus tenaces.

Ginette poursuivit son monologue.

– Quand j'ai entendu qu'il s'était servi de toi comme bouclier pour fuir, je me suis dit que tu allais avoir un tas de détails à me raconter. Quelle histoire ! Aux informations, ils n'ont causé que de ça. Faudrait tous les enfermer, ces gens-là. Allez hop, pas de pitié : direct au trou. Ton type est blessé, il n'ira pas loin, la police est à ses trousses. Tuer une vieille sans défense, il faudrait rétablir la peine de mort pour ces ordures ! Un étranger par-dessus le marché, comme si on n'avait pas assez de tarés chez nous !

Alice pinçait les lèvres, s'interdisant de réagir. Nadia levait les yeux au ciel en silence. Toutes deux savaient qu'il était fondamental de se taire devant Ginette, la pipelette. Important ou dérisoire, tout ce qu'elle entendrait serait répété, transformé, exagéré. Si Ginette apprenait que les Panthères grises enquêtaient sur le meurtre de Marie-Madeleine, elles pouvaient dire bye bye à leurs investigations, tout le quartier allait être informé dans les plus brefs délais, ça risquait de jaser dans les halls d'immeuble et finir en eau de boudin.

– T'es bien mystérieuse, vas-y raconte, fais pas ta timide, insista la concierge avide de confidences.

– Tu sais déjà tout…

– Allez, fais pas ta chochotte. Tu l'as vu de près, le tueur…

Nadia se pencha vers l'avant et s'adressa à Ginette au plus près de son oreille.

— Alice a subi un choc, le médecin nous a demandé de la ménager et de la distraire. T'as pas un truc à lui raconter pour lui changer les idées ?

Ginette, flattée d'être mise dans la confidence, afficha une grimace de conspiratrice et se lança dans un monologue d'une voix guillerette :

— Pendant que Madame jouait aux gendarmes et aux voleurs, eh bien moi, je me faisais faire une beauté au salon de coiffure. Là, y a un petit gars qu'est rentré, mignon comme tout, un amour… et devine sur quoi il tombe ?

Alice, concentrée sur sa conduite, ne fit même pas mine de chercher. Ginette la pipelette répondait à sa question avec l'enthousiasme exagéré d'un présentateur de jeux télé.

— Des vieilles peaux… un vrai catalogue, des bleues, des roses, des mauves… On a toutes cru qu'en découvrant les horreurs, il allait prendre ses jambes à son cou, le pauvre chéri. Eh bien, non, Chris ne lui a pas laissé le temps. Tu vois qui c'est, Chris ?

Le soliloque berçait Alice qui écoutait d'une oreille distraite. Elle vérifiait souvent l'heure affichée sur le tableau de bord high-tech de la Baccara en pensant à leur rendez-vous avec Maria qui devait faire le pied de grue devant son immeuble. Son ancienne femme de ménage détestait attendre, bientôt, elles allaient subir son humeur exécrable qui s'envenimerait au contact de Ginette. Les deux femmes ne se supportaient plus depuis qu'elles s'étaient bagarrées pour le même bonhomme, proie décédée de mort naturelle avant de s'apercevoir qu'il serait le trophée d'une compétition implacable entre les deux cougars. Alice devait supporter Ginette et terminer sa course, elle s'était engagée, la pipelette l'avait payée en avance. Si elle annulait un trajet déjà encaissé, l'affaire s'ébruiterait dans le quartier et elle perdrait sa clientèle.

– Tu sais bien : Christèle, la jolie shampouineuse, celle qu'en a plus devant que derrière, elle l'a attrapé par la main et hop, le petit gars, la tête sous la douche… On perdait pas une miette du spectacle… et c'est là que Paulette a lâché, bien fort : « Pour une fois que la petite va pouvoir tripoter un homme, ça va lui faire du bien aux hormones ! » Mais qu'est-ce qu'on a rigolé ! Parce que nous, les sorcières toutes ridées, on ne doit pas être marrantes tous les jours pour une gamine en pleine forme… Tu vois ce que je veux dire ?

Ginette riait aux éclats en se trémoussant sur son siège, Alice et Nadia participèrent poliment, histoire de ne pas la vexer. L'hilarité de leur copine se tarit quand elle désigna, un doigt posé sur le pare-brise, une silhouette qui patientait devant un immeuble au loin.

– Dis donc, c'est pas ton ancienne femme de ménage, là-bas ?

En effet, Alice reconnut l'allure de Maria vêtue d'une de ces robes improbables, trop colorées pour son âge, qu'elle affectionnait sans avoir conscience de son ridicule. « La couleur est un accessoire anti-âge qui permet de ne pas faire mémé ! » proclamait-elle à l'envi sans se douter une seconde qu'elle n'en était qu'une déguisée en jeune.

Tandis qu'Alice ralentissait pour s'arrêter à son niveau, Ginette devint franchement désagréable.

– Tu promènes tout le quartier maintenant ?
– C'est juste Maria !
– Et alors, elle paie celle-là ? Non, elle paie pas ! Je ne vois pas pourquoi il n'y aurait que moi pour passer à la caisse... Déjà que je n'ai rien dit pour Nadia, ni pour la vitre cassée qui va me refiler la grippe, ou une autre saloperie qui traîne. Si tu te transformes en taxi collectif, on va où ? Le coin c'est déjà l'Afrique, alors si toi aussi tu fais taxi-brousse... je vais être obligée...
– ... de prendre le bus, articula Nadia qui utilisait les transports en commun sans en faire un roman.

– Ave, les Panthères, salua Maria d'un geste impérial de la main.

Nadia fit les gros yeux en désignant Ginette. Maria comprit illico le message et n'ouvrit pas la bouche du trajet. Irritée par le silence de ses copines, Ginette, qui avait un avis sur tout, repartit dans une diatribe sur les Asiatiques qui s'appropriaient le quartier. Elle conclut son réquisitoire au moment où la R25 s'immobilisait devant un institut de beauté tenu par une armée de

Chinoises drapées de blouses et de masques bleus et roses.

— Tu n'oublies pas : la semaine prochaine, j'ai besoin de toi pour descendre en ville. J'ai enfin pu prendre un rendez-vous avec mon médecin acupuncteur. Tu sais ce que c'est, les spécialistes...

Alice acquiesça de la tête en conservant scrupuleusement le silence. Elle ne voulait pas risquer de relancer Ginette pour qui n'importe quelle anecdote pouvait servir de trame à une série télé déclinée en douze saisons.

Sa passagère releva ses cheveux en cherchant son reflet dans le rétroviseur.

— Avec tout ça, je ne vous ai pas demandé : qu'est-ce que vous pensez de ma coloration, les filles ?

— Épatante ! réagit Alice avec un enthousiasme forcé, sans même prendre le temps de la regarder.

Les deux autres Panthères confirmèrent en hochant la tête.

— Tu comprends, c'est jamais facile de choisir entre deux couleurs...

Maria, qui s'était retenue tout le trajet, craqua dans la dernière ligne droite et ferma sèchement le clapet de la reine des pipelettes.

— Tu nous excuses mais faut pas qu'on tarde.

— Qu'est-ce que vous avez de si urgent à faire ?

Alice et Nadia comptaient sur la verve de Maria pour décocher la repartie qui tue, mais rien ne vint. Ginette la pipelette lui avait aspiré la cervelle. Maria avait perdu son « peps » habituel comme si un « Détraqueur », échappé de *Harry Potter*, l'avait embrassée à travers la vitre de la voiture.

9

Chez Marie-Madeleine

Maria déverrouillait la porte d'entrée du pavillon de Marie-Madeleine à l'aide du double de clés qu'elle avait « oublié » de remettre à la police. À quelques pas, Nadia montait la garde, à demi cachée derrière le massif de roses du jardin de la défunte. Alice, planquée dans la voiture garée cinquante mètres plus loin, moteur allumé, vitesse enclenchée, ressentait la même montée d'adrénaline que le chauffeur d'une bande de braqueurs de banques.

Maria tendit le pouce vers le ciel dans un signal convenu à l'avance :

– La voie est libre.

Les Panthères grises foncèrent, avec la complicité du soleil qui jouait à cache-cache en découpant le bord d'un nuage d'un ourlet brillant.

Depuis la reconstitution, rien n'avait bougé à l'intérieur de la maison : le fauteuil, où avait été retrouvée la propriétaire assassinée, trônait abandonné au centre du salon, le luxueux lampadaire douchait la pièce de sa lumière jaunâtre, le bulleur de l'aquarium glougloutait, le poisson rouge dérivait le ventre en l'air.

– Maintenant que nous sommes entrées comme des voleuses, quelle est la suite du programme ?

Le temps de Maria était compté, elle avait rendez-vous pour le déjeuner avec son journaliste rencontré à la reconstitution, et ne voulait en aucun cas arriver en retard à ce premier rencard.

– La première fois, ça la fout mal, claironna-t-elle aux autres Panthères grises imperméables à ses soucis d'agenda surchargé de séductrice.

– Si on veut prouver l'innocence de Mirko, il ne faut pas tout faire n'importe comment, déclara Nadia, concentrée sur leur affaire.

Nadia avait travaillé toute sa vie à la cantine du collège Colonel-Fabien. Elle préparait les repas, faisait le service, la plonge, rangeait le réfectoire… et rentrée chez elle, rebelote, elle remettait ça. Jour après jour. Elle n'avait pas eu de temps pour elle mais, depuis sa retraite, elle se rattrapait. Ses lectures l'avaient transformée en investigatrice chevronnée. Aujourd'hui, au cœur de l'action, elle ne cachait pas son exaspération devant l'amateurisme des Panthères grises qui s'autoproclamaient détectives.

– Vous ne lisez pas, d'accord, mais ne me dites pas que vous ne regardez pas la télé ? Il n'y a plus que des histoires de flics sur le petit écran, à croire qu'après le boulot les gens se détendent en regardant leurs voisins se faire trucider !

– Puisque tu sais tout mieux que tout le monde, vas-y : on t'écoute ! Plus vite on sera parties, mieux ça sera ; cet endroit me file la chair de poule.

Maria étalait sa mauvaise humeur. Elles reprirent du début sous les ordres d'une Nadia transformée en inspectrice de la police judiciaire.

– La première chose à faire, c'est de délimiter la scène de crime.

– Rien de plus facile, on est au cœur du drame, fit Maria en s'écroulant dans le fauteuil.

– Bien, c'est un début, maintenant il faut mimer ce qui s'est passé... sans oublier le moindre détail.

Nadia se tourna vers Alice, hypnotisée par le cadavre du poisson rouge qui dessinait des ronds, emporté par le tourbillon de bulles. Elle se grattait l'arrière de la tête, son regard perdu traversait la paroi de l'aquarium vers un monde connu d'elle seule.

– Comment Mirko a-t-il opéré ?

Maria claqua des doigts pour attirer l'attention de son amie.

– Alice, tu nous entends ? T'es avec nous ? Fais un effort, tu étais la seule d'entre nous à la reconstitution...

Alice s'arracha à sa contemplation pour répondre.

– Bah, il a fait comme on lui a dit de faire.

– Je sais... tu nous en as déjà parlé, mais pour de vrai,

comment le tueur a-t-il assassiné Marie-Madeleine ? insista Maria.

– Comment veux-tu que je le sache ? Je n'y étais pas…, s'énerva Alice.

Nadia ne se découragea pas et répartit les rôles avec détermination.

Alice refusa de faire la morte.

– J'ai déjà donné, une fois ça suffit.

Maria râla, elle piaffait d'impatience de retrouver son gratte-papier devant un plat du jour appétissant, sans parler d'un après-midi qui s'annonçait riche en possibilités.

– Commence pas avec tes caprices de star ! Bon, O.K., puisque je suis installée dans le fauteuil de Marie-Madeleine, je fais la morte et toi le tueur… Des objections ?

Alice n'en avait pas, elle attendait les instructions qui tardaient à venir.

– Je fais quoi ? demanda-t-elle.

– Tu me tues, c'est pas compliqué ! répondit Maria en prenant ses aises.

– Je le ferais avec plaisir, mais comment je m'y prends ?

– Comme ça ! hurla Maria en se jetant sur Alice pour lui tordre le cou.

– Non, non ! Qu'est-ce que tu fabriques ? Marie-Madeleine n'a pas agressé le tueur, intervint Nadia.

Maria se rassit et croisa les jambes en prenant conscience de son erreur.

– Désolée, j'avais oublié que je jouais la morte.

– En plus, Marie-Madeleine n'a pas été étranglée, on l'a assommée…, précisa Alice avec malice.

– Tu vois que tu sais comment ça s'est passé !

Après plusieurs tentatives peu concluantes, les efforts du trio ne débouchèrent sur rien de probant sinon que Marie-Madeleine avait été retrouvée morte dans son fauteuil, tuée par un coup reçu sur l'arrière du crâne, ce qu'elles savaient déjà… Nadia, convaincue des vertus de sa méthode, insistait, tandis qu'Alice et Maria se décourageaient.

– Si on découvre l'arme du crime, ça nous aidera, claironna-t-elle, enthousiaste pour motiver ses troupes.

– Et le médecin légiste, il a pratiqué une autopsie ? demanda Maria.

– À la télé, c'est ce que la police aurait fait ; mais dans la réalité, je ne sais pas, admit Nadia. Il faudrait demander au lieutenant Dupuis. En attendant, tu n'as rien remarqué quand Mirko t'a strangulée ?

Nadia, investie à fond dans son rôle, adoptait le vocabulaire des héros des feuilletons qu'elle connaissait par cœur.

– Non, rien de spécial, répondit Alice, à part que Mirko avait la force de le faire.

– Ça nous avance pas beaucoup, n'importe quel bonhomme normalement constitué peut serrer le kiki d'une mamie assise ! constata Maria, sur la défensive. Surtout si elle est morte d'un coup sur la calebasse !

Elle enchaîna en accablant Alice d'une grosse voix :

– Tu as la chance d'avoir le suspect sous la main et rien, tu lui demandes rien ! C'est pourtant toi qui voulais te transformer en Sherlock Holmes pour sauver un innocent. Comme quoi, Nadia a raison : détective, ça ne s'improvise pas. Ce Mirko a tout du profil d'un tueur : un vagabond qui a forcé le pavillon d'une vieille sans défense pour lui piquer ses économies. Marie-Madeleine veut se défendre, il la pousse, elle se fracasse la tête sur un meuble. C'est un banal fait divers, un crime de rôdeur. Laissons les professionnels faire leur boulot et retournons répéter notre pièce de théâtre. On a du pain sur les planches ! Moi je vous laisse, c'est pas que je m'ennuie, mais j'ai un rencard sur le feu et à nos âges faut pas laisser passer une occasion.

Directement mise en cause, Alice craqua. Elle s'en voulait de ne pas avoir posé les bonnes questions à Mirko quand il était chez elle ; par sa faute, les Panthères grises ne pouvaient pas grand-chose pour le sauver. Elle se mit à sangloter, et tritura le mouchoir en tissu qu'elle sortit de son sac. Elle renifla, puis se moucha avec le son d'un cornet à pistons. Nadia, troublée par sa réaction, culpabilisait. Elle la prit dans ses bras pour lui faire un câlin et la consoler. Nadia se

désespérait de la tournure grotesque que prenait son initiative.
— Tu as fait du mieux que tu pouvais, c'est rien, ma belle ! Faut pas te mettre dans des états pareils.
Maria aussi s'était radoucie.
— Tu te rappelles bien quelque chose ? demanda-t-elle gentiment.
Alice replia son mouchoir en quatre et tamponna ses yeux humides de larmes.
— La mémoire et moi, tu sais bien…
— T'inquiète, nous c'est pareil, les souvenirs ça va ça vient… mais en insistant… parfois ça revient.
Alice se concentra. Elle s'appliquait à reboucher ses trous de mémoire aussi nombreux que ceux d'une tranche de gruyère. Ses intenses efforts portèrent leurs fruits, un élément lui revint.
— Bien sûr, comment j'ai fait pour oublier !
— Oublier quoi ? voulut savoir Nadia.
— Le tableau et l'inconnu qui s'est mis en colère parce qu'il ne l'aimait pas !
— Qui n'aimait pas qui ? fit Maria abasourdie.
Elle ignorait les détails de la nuit mouvementée d'Alice.
— Mirko a surpris un intrus chez Marie-Madeleine, affirma Alice avec assurance.
— Comment il était : grand, beau gosse, costaud ?
L'emballement de Maria perturba Alice qui en bégaya.

– Je… je… ne sais pas, j'ai… je n'ai pas posé la question en fait. Si, si, je lui ai demandé, non, je ne sais plus. Je sais, j'aurais dû, mais…

Sa voix perdit toute son assurance. Un sanglot l'étreignit. Elle déplia son mouchoir et resta silencieuse, les yeux fixes devant les carreaux du tissu comme si la réponse se cachait dans les formes géométriques. Maria lui pressa la main et l'encouragea.

– Concentre-toi, ma belle. Qu'est-ce qu'il t'a dit exactement, ton russkof ?

Alice prit son temps avant de déclarer d'une voix solennelle :

– Il m'a parlé d'un homme qu'il a surpris chez Marie-Madeleine, si j'ai bien compris, parce que Mirko était tout sauf clair, il divaguait à cause de la « Tisane spéciale des Panthères grises ».

– Mais c'est pas vrai ! s'emporta Maria. Tu l'as forcé à boire votre saloperie ? Vous avez le diable dans la peau, c'est pas du sérum de vérité !

– Je l'ai pas fait exprès, je me suis trompée de bocal, geignit Alice qui avait horreur de se faire enguirlander.

Nadia foudroya Maria du regard.

– Vas-y, l'écoute pas, continue.

– L'inconnu se disputait avec Marie-Madeleine au sujet d'un tableau qu'il n'aimait pas quand Mirko les a surpris… et après… Après, il a voulu tuer Mirko, et comme il l'a raté, il l'a suivi chez moi, voilà…, souffla Alice, épuisée par l'effort de concentration.

– Et ?
– C'est tout. Je ne me rappelle rien d'autre.
– Ce type est venu chez toi ?

Nadia fit signe à Maria d'y aller mollo. Alice n'avait pas l'air dans son assiette. Maria comprit le message, elle se redressa d'un bond.

– Un tableau, voilà, c'est un début ! s'exclama-t-elle. On sait quoi chercher ! Allez, au boulot, les Panthères ! On se met sur la piste de la mystérieuse toile.

Maria s'engagea dans le couloir qui menait aux chambres.

– On va le sauver ton Mirko, ma choupinette !

Nadia s'élança sur ses pas.

Maria ayant laissé la place libre, Alice en profita pour s'effondrer dans le fauteuil de la défunte. La fatigue et la lassitude la submergèrent. Elle percevait, à travers un filtre sonore, le vacarme des deux Panthères qui fouillaient le pavillon à la recherche du tableau. Maria jurait, Nadia chantonnait ; chacune selon son caractère. Le ventre d'Alice répondit en gargouillant. Elle se rendit compte qu'à part les biscuits mollassons avalés au matin, elle avait sauté le dîner de la veille, et quasiment rien avalé le midi précédent. Sans oublier le jour de la reconstitution où son estomac rétréci sous l'effet du trac de son premier grand rôle n'avait rien voulu accepter.

Alice sombra, accablée de fatigue, bercée par les remarques lointaines de ses amies.

– Regarde ce que j'ai trouvé !

Alice se réveilla en sursaut, requinquée par la microsieste réparatrice qu'elle venait de s'accorder.

Qu'est-ce que Maria fabriquait, attifée d'une robe moulante, largement échancrée, qui ne cachait rien de ses formes ? Son ex-femme de ménage défilait, château branlant, sur des talons aiguilles. Dans un demi-tour digne d'une cabriole de top-modèle sur l'estrade d'un défilé de la Fashion Week, Maria présenta un dos nu vertigineux. Nadia survint à son tour, éberluée en découvrant la Panthère qui roulait des fesses en minaudant, les lèvres offertes dans un baiser vulgaire d'héroïne de télé-réalité.

– Où as-tu trouvé ça ?

– Allez, admets-le, je ne suis pas hyper sexy dans ma chouette tenue de princesse ?

– Retire ce... ce déguisement, cette robe ne t'appartient pas... Elle n'est pas à ta taille, tu vas la faire craquer !

Nadia bredouillait, elle serrait les poings de colère, ce qui ne troubla pas une seconde Maria, qui mitraillait de poses lascives son reflet dans le miroir de l'armoire normande.

– Faut pas gâcher, la Marie-Madeleine, elle n'aura plus l'occasion de la mettre. Là où elle est arrivée, c'est pas la même ambiance.

– C'est pas une raison pour que tu te serves dans son armoire.

— Tu crois que son fils va la porter ? blagua Maria. Cette magnifique robe va terminer à la benne...

Elle jeta un œil sur l'étiquette en relevant le bord de la robe.

— *Sexy-Coquette*, vous connaissez cette marque de fringues, les filles ?

Les Panthères n'en avaient jamais entendu parler ; à leur décharge, le contenu de leur penderie, nettement plus sage et conventionnel, privilégiait le confort et la discrétion à la provocation.

Maria n'avait pas fini de les surprendre. Elle disparut une nouvelle fois dans le couloir du pavillon.

— Venez jeter un œil par là, c'est pas le seul trésor que j'ai déniché !

Alice et Nadia la suivirent jusqu'à une pièce exiguë, aménagée en bureau. Qu'avait-elle encore découvert ? Elles craignaient le pire.

Un ordinateur du siècle dernier, à l'unité centrale et au disque dur séparés, était installé sous une étroite fenêtre-abattant. Maria, penchée sous la planche de contreplaqué qui pliait sous le poids de la volumineuse et ancestrale machine, cherchait un moyen de la mettre en marche.

— Vous avez demandé à Thérèse de passer ? Madame « Je-Sais-Tout » a beau être chiante, elle est super balèze en ordinateur, grogna-t-elle la tête en bas et les fesses en l'air, en prenant le risque de faire craquer le tissu au bord de la rupture.

Nadia et Alice lui répondirent par un rictus penaud. Maria qui émergeait, un mouton de poussière collé sur les sourcils, en comprit le sens sur-le-champ.

– Merde, elle choisit pas son moment la Thérèse !
– C'est pas de sa faute ! réagit Alice.
– Je sais… mais ça nous arrange pas.

Maria replongea derrière le disque dur.

– Depuis qu'on n'est plus à son service, le ménage laisse à désirer dans le royaume de la princesse Marie-Madeleine Lambrat.

Elle appuya sur un bouton au hasard. Miracle de la technologie, le disque dur démarra.

– Et voilà le travail, pas la peine d'avoir fait Polytechnique ! Voyons voir ce que ce truc a dans les tripes.

L'enthousiasme de Maria se fracassa sur le message affiché à l'écran du moniteur. « Entrez votre mot de passe. » Il en fallait plus pour que Nadia cède au défaitisme naissant :

– Essaie sa date de naissance.
– Parce que tu la connais ?
– Doit bien y avoir une carte d'identité ou un passeport qui traîne quelque part.
– Attention, quelqu'un arrive !

Alice, figée comme un chien de chasse à l'arrêt, venait d'apercevoir, à travers le vantail de la fenêtre, une ombre furtive traverser le jardin.

Des cliquetis de clé dans la serrure de l'entrée, la porte grinça. Mouvement de panique. Trop tard pour s'échapper, un mystérieux visiteur bloquait leur retraite. Les Panthères se cachèrent où elles le purent. Maria adossée à la porte de la chambre de Marie-Madeleine, Nadia allongée sur une carpette le long du lit, et Alice enfouie derrière les lourds rideaux de velours.

Des bruits parvinrent du salon, des pas se rapprochèrent, s'arrêtèrent, hésitèrent, redémarrèrent. On bougonnait dans le couloir. Nadia se cacha le visage sous un oreiller. Alice, les narines chatouillées par la poussière accumulée dans la tenture, n'arriva pas à retenir plus longtemps un éternuement. Elle s'ébroua bruyamment.

– Qu'est-ce que c'est ? fit une voix étonnée.

Alice éternua une seconde fois.

– Ne bougez pas !

L'avertissement tomba à propos. Maria avait besoin d'action, elle fonça sans réfléchir sur le gêneur qui approchait à grands pas.

Il repoussa son assaillante avec force.

Maria, surprise par la réaction de l'intrus, dansa d'un pied sur l'autre avant de partir à la renverse comme une quille percutée d'un strike au bowling. Elle valsa sur le fauteuil qui valdingua, entraînant l'aquarium dans sa chute. Le bocal se renversa. La vague saumâtre noya les pieds d'Alice et de Nadia à l'instant où elles débouchaient dans la pièce.

– Qui êtes-vous ?
– Et vous ?

Alice reconnut sur-le-champ Stéphane Lambrat, le fils de Marie-Madeleine, qu'elle avait côtoyé à la reconstitution. Lui aussi l'identifia. La surprise passée, il la dévisagea d'un air accusateur et surpris.

– Qu'est-ce que vous fabriquez chez moi ?
– Vous n'êtes pas chez vous, vous êtes chez Marie-Madeleine.

Maria retrouvait du mordant.

– Mirko n'a pas tué votre maman, déclara Alice en y mettant toute la conviction possible.
– Qu'est-ce que vous en savez ?
– Il me l'a dit.

Stéphane se retint de rire, il ne trouvait pas ça drôle du tout. Il toisait les vieilles dames d'un air désolé, et s'adressa à Alice d'une voix suave et posée en articulant exagérément, persuadé d'être en face d'une mamie gâteuse.

– Si je vous affirme que je suis un extraterrestre qui débarque de Pluton, vous me croirez ?

Maria laissa échapper un gloussement étranglé qu'elle ravala aussitôt, ce n'était pas le moment de rigoler des blagues du fils Lambrat. Alice étudiait vainement le visage du quinquagénaire pour y trouver un signe d'affliction. Elle se focalisa sur sa barbe de trois jours faussement négligée, travaillée pour renforcer sa virilité ; sous les traits durs de cet homme, se dégageait quelque chose de fragile, de féminin. Stéphane s'emporta devant l'absence de réaction de son interlocutrice. Alice le contemplait, pensive, les lèvres ouvertes, tandis qu'il vociférait à plein volume.

— Ça vous plaît de remuer la merde ? Un meurtrier est passé aux aveux et s'est échappé en se prenant une balle dans la poitrine, c'est pas suffisant comme confession ?

Stéphane souleva les épaules de dépit pour accentuer son irritation.

— Vous n'avez pas autre chose à foutre de vos journées ? Allez, comportez-vous comme des adultes, rentrez chez vous avant que j'appelle la police...

— Les gens dans cette affaire ont trop envie que Mirko soit le coupable, c'est pas normal..., répliqua Alice.

— Moi ce que j'aimerais, hurla-t-il, ivre de fureur, c'est que ma mère soit vivante... Si je mets la main sur l'enflure qui l'a massacrée, j'en fais de la bouillie.

Sa diatribe terminée, il s'écroula comme si la vie l'avait subitement quitté, telle une poupée de chiffon avachie.

— Comment êtes-vous entrées ? parvint-il à articuler dans un effort extrême.

Face au silence des Panthères, il fit un geste mou du bras vers le téléphone posé sur le seul meuble : une table basse, encore sur ses pieds.

— Vous voulez que j'appelle la police et que je porte plainte ?

Alice et Nadia dévisagèrent Maria qui ne bougeait pas.

– Quoi ? fit-elle, hargneuse.
– Rends les clés, fais pas l'imbécile, lui intima Nadia.
Maria s'exécuta à contrecœur.
– On s'excuse…
– Comment vous les avez eues ?
– Nous sommes ses femmes de ménage…
– Attendez, me dites pas… Non, taisez-vous… Allez, rentrez chez vous avant que je fasse une connerie !

Il shoota dans l'aquarium vide qui pivota sur lui-même comme une toupie avant d'exploser contre le bas du buffet. Leur inspection de la scène de crime virait au fiasco intégral. La proposition de Stéphane Lambrat semblait sage, il était grand temps de rentrer à la maison.

Cinq minutes plus tard, les Panthères reprenaient leur souffle à l'abri dans l'habitacle de la R25 Baccara de Marcel. Alice caressait la photo de Marie-Madeleine dérobée discrètement sur la commode pendant que son fils leur faisait la morale. Elle inclinait le cliché pour éliminer les reflets du soleil qui tapait à travers le pare-brise. Elle interrogeait Marie-Madeleine en silence en espérant qu'elle lui livre le nom de son assassin.

– T'attends quoi pour partir, qu'il neige ? piaffa Maria.

Alice abandonna la contemplation du portrait de la morte et tenta un demi-tour dans l'allée pour éviter de repasser devant le pavillon. Piètre conductrice, elle échoua dans la manœuvre et, par sa faute, elles subirent l'humiliation de recroiser Stéphane sorti exprès pour les observer déguerpir.

Il gueulait quand la voiture hoqueta devant lui.

– Je te foutrais toutes ces vieilles en maison de retraite !

10

Le boxeur tatoué

Arrivées devant le Café de la Mairie situé au cœur de Vincennes, Alice demanda à Maria d'interroger son journaliste, peut-être aurait-il des informations à partager qui les aideraient dans leur enquête. Maria acquiesça distraitement, son attention se concentrait ailleurs. Elle s'extirpa de la R25 en se contorsionnant comme une couleuvre, ondulant de la croupe pour ne pas déchirer la robe provocante qui l'engonçait. Le fils de Marie-Madeleine, en les expulsant manu militari, ne lui avait pas laissé l'occasion de se changer. Maria avait abandonné ses affaires personnelles en vrac sur le lit de la morte. Elle se voyait mal demander l'autorisation de récupérer ses vêtements vu l'état dans laquelle elle avait laissé la chambre : tiroirs vidés, matelas retourné. Une descente de police n'aurait pas fait pire.

Moulée dans cette tenue, Maria était persuadée de subjuguer son journaliste. Elle en était loin ; pour l'instant, elle devait s'assurer de ne pas déchirer la fragile étoffe en s'accrochant à la portière de la voiture.

— La soie est une matière douce mais tellement délicate à porter, se moqua Nadia. Si tu te présentes en haillons, tu risques de faire fuir ton chroniqueur.

En la voyant chanceler au milieu du carrefour, Alice proposa de la ramener à son domicile pour se changer.

— Qu'elle se débrouille ! trancha Nadia en colère. Tu imagines ce qu'elle vient de faire subir à cette pauvre Marie-Madeleine ? Tu verras, pour nous ça sera pareil, elle n'attendra pas qu'on soit refroidies pour se pavaner avec nos affaires devant le premier blanc-bec qui lui fera du gringue.

Alice n'était pas persuadée que sa garde-robe, composée de caracos, jupes droites et gilets tricotés de laine épaisse en dégradé de gris, convienne à Maria.

Les goûts et les couleurs !

Déjouant les probabilités, Maria évita la chute et dans un rétablissement acrobatique disparut dans la brasserie où l'attendait le gratte-papier.

Alertée par le coup de barre qui l'avait terrassée chez Marie-Madeleine, Alice décida de faire le plein de sucre pour éviter la récidive et l'évanouissement. Les deux Panthères grises se garèrent en double file devant la boutique *Aux Merveilleux de Fred* et achetèrent deux meringues enrobées de crème fouettée qu'elles dévorèrent sans échanger le moindre mot. La dernière calorie avalée, Alice se retourna vers Nadia en la menaçant.

— Pas un mot au docteur Herbomel !

– Juré craché, baragouina Nadia en suçotant les dernières miettes qui poissaient l'emballage des pâtisseries.
– On ne vit qu'une fois !

Alice, requinquée, proposa d'aller faire un tour du côté du château.
– Il y a tout le temps des cars et des camionnettes qui rapatrient les travailleurs des pays de l'Est. Avec son accent à couper au couteau, Mirko vient probablement d'un de ces coins. Quelqu'un connaîtra peut-être notre gars, ça ne coûte rien d'essayer.
– On n'a même pas de photo à leur montrer !
– T'occupe, un gars avec une cicatrice au milieu du visage, ça ne court pas les rues !

Lorsqu'elles atteignirent la rue de Paris, le soleil était haut et commençait à chauffer leurs épaules. Les deux Panthères remontèrent le cours des Maréchaux direction le Parc floral et longèrent le château de Vincennes, ancienne résidence des rois de France avec ses tours médiévales, sa Sainte-Chapelle et son donjon du XIVe siècle.

Une trentaine de véhicules en tout genre stationnaient le long des douves de l'édifice. Les plaques minéralogiques indiquaient toutes des pays de l'Est.

Autour d'elles, les travailleurs nomades préparaient leurs affaires pour affronter le long voyage de retour qui leur ferait traverser l'Europe d'ouest en est vers leur domicile. Les chantiers ne manquaient pas en région parisienne, les résidences et immeubles poussaient comme des champignons tout autour des futures gares des communes du Grand Paris. Certains promoteurs peu scrupuleux, mais qui l'étaient quand la perspective de faire fortune avec un taudis vite aménagé en «splendide loft» se profilait, embauchaient à la journée, et au noir, de costauds ouvriers. Très mal payés, les maçons, peintres, plombiers et autres artisans du bâtiment bivouaquaient à la dure. Ils installaient leur couchage entre deux sacs de ciment à même les chantiers ou directement dans leurs camionnettes stationnées dans les allées du Bois de Vincennes, avant de rentrer dans leurs pays, exténués par leur labeur.

La cavale de l'un des leurs, accusé du meurtre d'une respectable vieille dame, faisait une bien mauvaise publicité à un secteur en pleine expansion qui préférait l'ombre et la discrétion à la une des journaux.

Le portrait du Russe balafré se révéla inutile, le récit de ses exploits s'était propagé. Mirko avait acquis une célébrité peu enviable. Tous le reconnaissaient même si personne n'affirmait le connaître.

Des hommes massés en grappes sur les bancs publics éclusaient des bières en prévision de l'interminable transhumance qui s'annonçait; des groupes de femmes s'affairaient, stockant des victuailles et des denrées de base, aérant les matelas humides de sueur et autres literies de fortune qui permettaient d'économiser sur les loyers prohibitifs imposés par les marchands de sommeil. La pelouse centrale, habituellement occupée par des clubs d'amateurs de Quidditch, servait de terrain à des gamins qui shootaient dans un ballon dégonflé. Nadia en profita pour intercepter la balle avec la dextérité d'un footballeur pro et la renvoya au milieu du groupe sous les applaudissements admiratifs des jeunes joueurs ; pratiquer régulièrement avec ses petits-enfants l'avait affûtée à la manière d'une pro de première division. Elle profita de cette fugace popularité pour s'approcher d'une femme qui remontait l'allée, ployant sous le poids de lourds packs de bouteilles d'eau minérale. Malheureusement pour les Panthères, à l'évocation de Mirko, la femme qui jusqu'ici parlait et comprenait correctement le français ne déchiffra plus un mot, sa mémoire s'évapora, elle perdit l'ouïe et, subrepticement, son fort accent rendit ses réponses incompréhensibles.

– Comprendre pas… moi… vous dire.

Les tentatives suivantes connurent le même échec, personne n'avait vu Mirko traîner dans le secteur. La proximité du départ ne facilitait pas la conversation. Les voyageurs accéléraient leurs préparatifs dès qu'ils apercevaient les deux Panthères se diriger vers eux.

Avant d'abandonner, elles avisèrent une camionnette garée à l'écart, vers l'entrée du Parc floral, et tentèrent une dernière fois leur chance. Elles saluèrent un grand échalas en survêtement et casquette kaki qui empilait des sodas à l'arrière de son fourgon Boxer Peugeot à la carrosserie cabossée, quand un groupe d'hommes s'approcha à grandes enjambées.

– Holà ! Pourquoi vous poser questions… à tout le monde ? demanda le leader sans perdre de temps inutile en présentations.

Les Panthères tournèrent vivement la tête.

– Vous… travailler pour police ? se marra l'homme en détaillant leur look de ménagères. Babouchka brigades spéciales ?

L'homme aussi large que haut se tapait sur le ventre, satisfait de sa bonne blague. Son menton carré et son nez cassé évoquaient un passé de boxeur. Le colosse portait un débardeur blanc taché et percé au niveau de l'abdomen comme s'il avait réchappé à un coup de couteau. Sa peau était ridée à cause du soleil et couverte de multiples tatouages de femmes nues et d'occultes symboles religieux. L'homme exhibait sa blessure pour montrer qu'il ne craignait personne… et surtout pas un duo de mamies qui s'aventurait sur son territoire.

Malgré la menace, les Panthères n'eurent pas peur, elles devinaient, en voyant les voyageurs, tout autour, cesser leurs activités et les observer, que les familles ne laisseraient pas faire ces brutes s'il leur venait l'idée de s'en prendre à elles. Les travailleurs ne donnaient pas l'impression de les porter dans leurs cœurs. Alice et Nadia avaient vite compris que cette clique de nervis, sous prétexte de protéger ses compatriotes, devait les martyriser et les rançonner. Les gentils se font rares quand on a la malchance d'être né pauvre.

– Nous pas connaître Mirko... Alors vous... dégager !
Les Panthères n'insistèrent pas, et s'éloignèrent sans les saluer.

11

Beethoven

Forêt dans la ville, le Bois de Vincennes, avec ses presque mille hectares de superficie, restait le plus grand espace vert à l'est de Paris. Il avait servi autrefois de terrain de chasse aux rois de France, puis de zone d'entraînement militaire après la Révolution. Aujourd'hui, avec à l'ouest son jumeau, le Bois de Boulogne, il faisait office de poumon vert de la capitale. Mais, au-delà de la carte postale touristique, c'était aussi un gigantesque hôtel sauvage pour les plus démunis exclus de la Ville lumière qui les narguait de ses feux de l'autre côté de la frontière tacite du périphérique. Ils étaient des centaines de pauvres bougres à y avoir construit leurs abris de fortune, cabanes, tentes, camping-cars, pour de singulières vacances immobiles à la saveur d'exclusion.

– Il est là-bas !

Le chemin faisait un coude, le soleil pénétrait par plaques de lumière, Alice venait de repérer Mirko. Une certitude. Elle courut, au risque de s'étaler, son pied s'enfonça dans du mou. Elle glissa dans une flaque de boue. Elle se mit à avancer à pas comptés, en frottant la tranche de sa chaussure contre le sol humide, ce qui ne fit qu'aggraver les choses et étaler la gadoue. Une chance qu'elle ne se soit pas affalée.

– Monsieur Mirko ! hurla-t-elle.

Assis sur un monticule de feuilles mortes en décomposition, l'artiste russe ignorait ses appels, son éternel bonnet enfoncé sur la figure lui masquait le visage. Il ne broncha pas quand elle arriva face à lui.

Des cadavres de bouteilles de vodka enterrées par le goulot, le cul en l'air, formaient un cercle au centre duquel Mirko dormait. Alice secoua le vagabond si vigoureusement qu'il s'effondra à ses pieds en entraînant le poteau auquel il était attaché dans sa chute.

– Mirko !

– Perds pas ton temps, il ne te répondra pas.

Nadia venait de rejoindre Alice. Le Russe était ligoté, les manches de son k-way nouées dans le dos, les jambes croisées par-devant, mort dans d'affreuses souffrances, martyrisé, abandonné à la vermine.

– Ton Mirko, c'est un épouvantail, constata Nadia en dégageant le bonnet pour mettre au jour une esquisse de visage.

Une tête masquée, sculptée dans de l'écorce, des lunettes de soleil en équilibre sur une vis plantée au centre du front, des tatouages tribaux rouge et bleu, un collier serti de pierres en plastique multicolore... et voilà le travail.

Alice s'était laissé berner par le pantin. Elle souffla, Mirko n'était pas le supplicié du bois.

– Il y en a un autre là-bas !

Nadia avait raison. Cette fois, elles ne s'affolèrent pas et progressèrent avec prudence pour ne pas glisser sur le tapis de feuilles mortes détrempées. Alice pestait de ne pas avoir chaussé les bottes en caoutchouc qu'elle laissait à demeure dans le coffre de la Baccara, accessoire indispensable pour accompagner Marcel à la cueillette aux champignons.

Une femme les attendait en tailleur et chaussures de ville. Elle serrait un sac à main d'où dépassaient des journaux déchiquetés par la pluie. Un autre épouvantail, un enfant cette fois, en short et casquette, les fixait de ses orbites vides. D'une sculpture à l'autre, elles parcoururent un circuit artistique sauvage, hors musée et subventions, qui les mena jusqu'à une clairière occupée, à sa lisière, par un curieux monument, composé d'un socle, et de rien d'autre pour le surmonter.

En les apercevant, un homme adossé à l'édifice, une cigarette cabossée coincée entre ses longs doigts, écrasa son mégot d'un coup de talon nerveux. Il tapa dans ses mains pour se motiver et fit un pas en avant. Il portait une doudoune bleue crasseuse, lardée de déchirures. Il avait les cheveux coupés à la mode mulet, courts sur le haut du crâne et longs sur les côtés, un visage bouffi et de colossales poches couperosées sous d'immenses yeux globuleux. Il titubait plus qu'il ne marchait, en équilibre précaire sur des jambes arquées comme s'il était né sur une barrique.

– Une visite touristique contre une petite pièce?

Le guide improvisé ne leur laissa pas le choix.

– Admirez à travers ces sculptures les représentations de la *Symphonie héroïque*, de la *Neuvième*, de la *Sonate pathétique*, et de la pas moins géniale *Sonate au clair de lune* : quatre œuvres majeures de ce bon vieux Ludwig. Comme ces dames peuvent le constater par elles-mêmes, ces génies sont ailés et musculeux. C'est que l'affaire pèse son poids de béton !

Nadia s'approcha, intriguée, et posa sa main sur la gigantesque table qui aurait pu accueillir une vingtaine de convives, de préférence des géants.

– Pourquoi il n'y a pas de statue? s'étonna-t-elle.

– Ce socle majestueux a été conçu pour recevoir celle de Beethoven, manque de pot son créateur a eu la bien mauvaise idée de jouer au héros pendant la grande boucherie de 14. Résultat, notre poilu s'est fait buter par les copains de Ludwig, eh oui, les fridolins ne sont pas tous mélomanes. Total, l'œuvre n'a jamais été terminée. Un plâtre de travail a bien été installé, mais pas longtemps, la flotte l'a détruit. Et voilà pour l'histoire rocambolesque de la statue de Beethoven qui n'existe pas. Je vous rappelle que le guide vit de la générosité de ses trop rares visiteuses !

Tandis que Nadia cherchait une pièce dans son sac, Alice se demandait pourquoi cette intervention la perturbait autant. Avait-elle oublié un détail en cours de route ? Une information importante lui manquait, elle le pressentait mais ne trouvait pas quoi.

Le guide attrapa la pièce et se roula une nouvelle cigarette. Nadia rangea son porte-monnaie ; le clic métallique du fermoir ramena Alice parmi eux.

– Savez-vous qui a fabriqué les épouvantails tout autour ? s'enquit-elle subitement.

L'homme coinça sa clope entre ses lèvres sans l'allumer, et prit l'air sévère.

– Vous avez vu des épouvantails, dites-moi où ?

Il haussa le ton.

– Vous voulez parler de ces œuvres majestueuses ? s'énerva-t-il. De ces sculptures qui rendent hommage aux morts du Bois, à cette population ignorée des pouvoirs publics sauf quand il s'agit de leur envoyer les flics qui font mumuse à brûler leurs abris et à badigeonner d'essence leurs duvets et couvertures. Puisqu'on les laisse crever sans pitié, moi je les honore, je les vénère comme d'autres le firent avec Beethoven !

– Beethoven ! Voilà, j'ai retrouvé... Beethoven ! hurla Alice.

– La statue, tu as retrouvé... la statue ?

Nadia ne comprenait pas ce soudain enthousiasme pour le compositeur allemand.

– Mirko m'a parlé de Beethoven !

Les morceaux du puzzle s'assemblaient dans la mémoire d'Alice. Elle se rapprocha du gars et lui demanda comme si sa vie en dépendait :

– Mirko, vous connaissez un dénommé Mirko ?

À voir les rides qui se creusaient sur son front, aucun doute, il le connaissait, mais pour l'instant, sa priorité se résumait à se faire un peu plus de monnaie. Il fixa la pièce de deux euros que venait de lui donner Nadia. Alice comprit qu'il faudrait lâcher un peu plus pour en savoir davantage. Elle lui tendit un billet de dix euros et expliqua à Nadia interloquée :

– Mirko n'a pas cessé de me parler de Beethoven sans que je comprenne pourquoi. Ce type est un artiste, Mirko aussi, les cars qui font la navette avec les pays de l'Est stationnent pas loin, le pavillon de Marie-Madeleine est situé à moins d'un kilomètre. Tout se tient dans un espace restreint. Nous sommes sur la bonne piste !

Leur guide avait profité de cette explication pour se décider. Il affichait l'air émerveillé d'un chercheur d'or qui vient de découvrir le filon qui le rendra riche, ou au moins lui permettra de payer ses prochaines bouteilles d'alcool.

– Je connais un Mirko, il est artiste, il peint…
– C'est ça, c'est lui !

Alice explosait de joie. Elles allaient bientôt le retrouver et le sauver. Elle trépignait d'entendre la suite. Les pupilles du type s'illuminèrent en flairant le bon coup.

– Attention, Mirko, c'est pas quelqu'un de fréquentable, risqua-t-il en allumant sa cigarette. Il trucide les vieilles dames…

– C'est faux, Mirko est innocent, il est accusé à tort, affirma Alice.

– C'est vous qui voyez…, fit-il, l'air désinvolte, en exhalant un long panache de fumée.

– On peut le trouver où ?

Le type fit mine de ne pas savoir et retourna s'adosser à la gigantesque table en béton. Le message coulait de source, Alice replongea la main dans son sac pour pêcher un billet de vingt euros qui disparut aussitôt dans la main du guide amateur. Le type ne parla pas plus pour autant.

– Ça suffit maintenant, tu vas te mettre à causer ! se fâcha Nadia. On a une tête à bosser à la Banque de France ? Non, on cherche à sauver ton pote Mirko. Tu nous aides ou pas ? C'est à toi de voir !

Nadia s'était métamorphosée, une femme si effacée d'habitude. Alice aurait bien aimé être son petit doigt pour assister à la réaction de Jean, son mari, quand elle rentrerait à la maison transformée par cette enquête. Resterait-elle l'épouse soumise qu'il avait côtoyée toute sa vie ?

Le type les dévisagea, il doutait de leur capacité à sauver celui qu'il surnommait Soutine à cause de ses peintures torturées et de son accent russe. Mais comment savoir de quoi étaient capables ces deux grands-mères ?

— Mirko couche dans le bois, se décida-t-il en désignant la forêt alentour, comme moi, comme nous tous... Ne me demandez pas où exactement, je ne sais pas. La première fois que je l'ai vu, il était dans une vieille voiture, une épave et racontait à tout le monde que sa famille allait le rejoindre. On débite tous les mêmes conneries au début, ça nous donne l'impression d'être normal. Avec le temps, il n'en a plus parlé, je crois qu'il s'est fait arnaquer par des margoulins, je ne sais pas trop, on se vante rarement quand on se fait blouser. Ils sont un paquet de pauvres bougres à débouler de l'Est pour bosser, le problème c'est qu'ils ne connaissent personne et ne parlent pas notre langue. Alors, une espèce de mafia, pas des rigolos-rigolos, leur met le grappin dessus et après... Je sais juste que sa bagnole a brûlé et que le Mirko, quand on l'a retrouvé, il était pas mal amoché. On l'a vu traîner la patte pendant des mois.

Alice commençait à avoir froid, l'apport en sucre de sa meringue n'était plus qu'un vague souvenir, son attention se dispersait, si ce drôle de guide n'allait pas rapidement à l'essentiel, elle allait décrocher. Nadia, qui se rendait compte de l'état de sa camarade, secoua l'artiste pour le presser.

— Nous raconte pas sa vie, on veut le sauver, pas écrire ses mémoires.

Elle avait bouffé du lion.

— C'est à cette période qu'il a repéré mes installations dans le bois, reprit-il. Il les trouvait «kharacho».

On a sympathisé et on a passé de longues soirées à philosopher…

Il s'égarait, le regard noir de Nadia le remit sur les rails.

– … et à picoler. Ne croyez pas qu'on a fait que se bourrer la gueule, on a essayé de bosser sur des projets communs, plusieurs fois, mais c'était pas possible, il était tout le temps défoncé, la vodka le rendait agressif. Un jour, les types aux tatouages sont revenus… Y a eu une méchante bagarre. Je ne m'en suis pas mêlé, quand on vit dehors vaut mieux s'occuper de ses affaires si on tient à rester en vie. Il s'est mangé un vilain coup de couteau. Il a disparu un bon moment, je croyais qu'il était mort… Puis, un jour, il a réapparu. Il a été soigné à l'hôpital militaire, à Saint-Mandé à ce qui se dit, il avait changé, et pas seulement à cause de sa balafre; il racontait qu'il avait rencontré quelqu'un, qu'il s'était remis à peindre. Il allait partir maintenant qu'il était devenu un artiste reconnu, il disait que ses toiles étaient exposées dans une galerie à Paris… Le Mirko, il filait un mauvais coton à prendre ses délires pour des réalités. Par contre, je peux pas me plaindre, depuis son retour c'est lui qui payait les bouteilles. Sa dernière marotte, c'était de dire qu'il ne couchait jamais dans le même pays.

– C'est-à-dire ? demanda Alice, qui ne comprenait pas.

– Il racontait qu'une nuit, il dormait en Tunisie, le lendemain au Laos. La vérité, c'est qu'il ne savait plus où il habitait, il mélangeait tout, le Mirko... Il avait trouvé le moyen de s'évader ailleurs tout en restant ici, c'est la force... et le danger de l'alcool.

– Vous devez bien avoir une idée de l'endroit où il se cache ?

Alice ne voulait pas s'avouer perdante après avoir frôlé son but de si près.

– J'en sais pas plus, je vous jure. Il doit se planquer dehors, ici ou là.

Il désignait le bois sans montrer d'endroit particulier.

– Maintenant qu'il a buté une vieille, il se planque, mais les bleus sont sur les dents, ils vont pas tarder à lui mettre la main dessus. Je ne donne pas cher de sa peau.

Alice et Nadia n'étaient pas plus avancées. Elles allaient partir quand leur guide les interpella.

– Mesdames... les infos, c'est pas gratuit !

– Pour ce que tu nous as raconté, ce qu'on t'a donné, c'est déjà trop cher payé, rétorqua Nadia.

Furibard, il l'attrapa par le bras avec une vivacité étonnante.

– Donne-moi ton chapeau ! gueula-t-il.

– Et puis quoi encore ?

Nadia ne comprenait pas pourquoi son béret l'intéressait.

Alice devina la première ce qu'il voulait, elle dénoua son foulard et le tendit à l'artiste qui la remercia en lui baisant la main.

– L'art vous le rendra au centuple.

— Donne-lui ton vieux galure, ordonna Alice.

Nadia ne bougeait pas, ne saisissant pas ce qui se passait.

— Il veut des vêtements pour fabriquer ses épouvantails, lui expliqua Alice.

— Mes installations, reprit-il vexé, c'est de l'art urbain… appliqué à la forêt, du land art. Je vais créer une nouvelle œuvre que j'intitulerai *Les Mamies du Bois à la poursuite de la vérité*. Vous serez mes mécènes, fit-il pour encourager Nadia à se séparer de son béret.

— Faites-nous plaisir, intitulez plutôt votre œuvre *Les Panthères grises à la poursuite de la vérité*, ça sonne mieux, suggéra Alice.

— D'accord pour les Panthères grises, ça envoie…

Alice le salua et fit quelques pas avant de s'apercevoir que Nadia ne la suivait pas.

— Qu'est-ce que tu fabriques ? cria-t-elle en direction de sa copine qui était restée en arrière à discuter avec le drôle d'artiste.

12

Suicide

À l'extrémité est du Bois de Vincennes, à la limite de Nogent-sur-Marne, existait un lieu où le temps s'était figé. Qui aurait cru, en traversant la végétation de lauriers, d'érables et de noisetiers, qu'il y a à peine plus d'un siècle une végétation tropicale abondait sur cet espace visité par deux millions de personnes lors de l'exposition coloniale de 1907 ? Après cet événement, les pavillons laissés à l'abandon représentant les différentes colonies françaises s'étaient lentement et progressivement dégradés, ou avaient disparu. À la place, un jardin agricole colonial avait été conçu afin de cultiver des plantes exotiques dans le but de choisir les meilleurs procédés pour leur développement.

Nadia, qui s'était inscrite dans de nombreuses associations culturelles depuis qu'elle profitait de sa retraite, avait visité ce lieu l'an passé, sous la houlette d'une conférencière. Les vantardises de Mirko lui avaient rappelé l'existence du jardin d'agronomie tropicale. Les vestiges de ses pavillons coloniaux constituaient un endroit parfait pour qui se flattait de dormir sous les étoiles d'un pays différent chaque nuit.

Les deux Panthères passèrent sous une porte chinoise en bois rouge qui s'élevait entre les pins majestueux de l'allée centrale, puis rejoignirent un monument de pierre solennel. L'étrange nom prononcé par la conférencière revint en mémoire à Nadia.

« Le stûpa érigé en hommage aux soldats cambodgiens et laotiens morts pour la France se dresse au centre de cette clairière tapissée de pommes de pin. »

Les filles s'assirent sur un petit pont en ciment. Elles avaient traversé une bonne partie du Bois de Vincennes et mouraient de faim.

– Nous sommes sur le pont aux najas, il s'appelle ainsi à cause des quatre créatures qui représentent des divinités khmères mi-hommes, mi-serpents, récita Nadia en dépiautant une barre énergétique.

Elle la brisa en deux et en proposa la moitié à Alice.

– J'en ai systématiquement une sur moi, quand il m'arrive d'avoir un coup de mou, c'est efficace, mais ça donne rudement soif…

Alice croqua dans la sucrerie en remerciant d'un mouvement de tête, elle n'avait plus la force de parler. Les deux Panthères, la bouche empâtée par le mélange de chocolat et de sucre, déglutissaient en silence quand, tout à coup, un claquement sec comme une détonation d'arme à feu provoqua l'envolée d'une nuée de corbeaux. Les rapaces croassèrent, furieux d'être dérangés.

– T'as entendu ?

Nadia était déjà debout et montrait les vestiges d'anciennes serres tropicales, une cinquantaine de mètres plus loin. Elles foncèrent et trouvèrent sur leur chemin une sorte de hangar en ruine, couvert d'un toit en pente, jadis en verre, effondré, qui s'inclinait, l'extrémité enfoncée dans les épineux. Elles entrèrent en traversant deux grandes fenêtres aux vitres explosées. Alice eut une drôle d'intuition, une mauvaise... le spectacle qu'elle découvrit lui donna malheureusement raison.

Une flaque de sang encerclait le corps de l'artiste balafré et basculait dans les rainures des planches pourries du parquet défoncé. Alice s'accroupit, la respiration haletante. L'oreille de Mirko s'était envolée, emportant son bonnet et un bon morceau de joue. Le Russe respirait faiblement. Il frémissait de gargouillis humides de bulles écarlates, ses paupières papillonnaient pour filtrer la lumière d'un soleil déclinant. Il fixait la verrière brisée et tentait d'ouvrir ce qui lui restait de bouche, sa lèvre supérieure pendait dans le vide, flasque ; une dent cassée empalait sa langue, iceberg blanc aux contours acérés. Il se noyait, étouffé par le sang qui coulait à flots de toutes parts.

– Mets-le en PLS.

– En quoi ? cria Alice qui ne comprenait rien au charabia de Nadia.

– Position latérale de sécurité, presse-toi !

Quand elle travaillait au collège Colonel-Fabien,

Nadia avait appris les gestes qui sauvent. Sur un mannequin en plastique, la manœuvre de secours était aisée à mettre en application, mais devant un blessé qui agonisait, elle perdait ses moyens. Figée, incapable d'aider son amie, Nadia lui indiquait la démarche à suivre. Alice obéit et poussa le blessé délicatement sur le flanc.

– Maintenant, remonte le genou.

Les indications de Nadia permettaient à Alice de rester lucide et surtout de ne pas s'évanouir. Elle maintint Mirko en équilibre, allongé sur le côté.

Tout à coup, des soubresauts secouèrent le corps.

– Il faut vérifier que rien ne l'empêche de respirer, réagit Nadia en montrant ce qui restait de sa bouche.

Alice la fixait, hagarde, blanche comme la toile avant le premier coup de pinceau. Elle se trouvait dans l'impossibilité de vérifier quoi que ce soit et était incapable de lui farfouiller dans la profondeur de la gorge, enfin ce qu'il en restait, sans s'évanouir. Le suicidé parla dans un remugle de bulles qui ponctuait ses silences de virgules spongieuses.

– Babouchka... quoi faire là ?

– Ne dites rien...

– Mirko paradis... toi morte aussi ? Vie pas juste... toi si gentille...

– Restez tranquille.

– Dire police Mirko pas tuer... Marie-Ma...

Un dernier sursaut. Mirko ne bougeait plus.

Alice restait pétrifiée, les genoux plantés dans le sol, l'esprit paralysé, répétant ce que le Russe venait de murmurer, et qu'elle savait depuis le début.
– Mirko pas tuer Marie-Madeleine, répéta-t-elle.
Alice se sentait vidée de son énergie, empêchée de bouger, étouffée par les lianes qui emprisonnaient cette serre abandonnée. Elle regrettait de s'être lancée dans cette aventure et d'avoir entraîné les Panthères grises, elle regrettait le fauteuil de Marcel, les jeux télévisés de la fin d'après-midi où les candidats répondaient avant même d'avoir écouté les questions du présentateur. Son esprit divaguait tandis que son regard se perdait sur le corps du malheureux sans vraiment le voir, car si elle l'avait vu, elle aurait vomi. Nadia, davantage vaillante – à croire que depuis que Mirko ne bougeait plus, elle ne craignait plus rien –, s'était approchée, et lui faisait les poches. «Pince-toi, ma fille!» Non, Alice ne rêvait pas, son amie, la fidèle Panthère, transformée en charognarde, détroussait le cadavre encore tiède de l'artiste russe. Alice allait s'interposer quand elle comprit : un rectangle de carton plastifié dépassait de la poche de Mirko. Nadia l'attrapa du bout des doigts et le tourna vers Alice. En découvrant la carte de visite d'une galerie d'art, Alice reprit espoir. Une piste, ténue, apparaissait, un fil qu'elles allaient pouvoir remonter jusqu'à la vérité. Alice vit Nadia fourrer la carte dans son sac tandis que les hululements des sirènes de police s'amplifiaient autour d'elles.

L'éclat bleuté des gyrophares redonna une vie artificielle à ce lieu engourdi. Alice se réveilla entourée d'une foule active, des policiers s'éparpillaient autour d'elle.

Elle reconnut le gros flic à la tache sur le front, suivi comme son ombre par le potentiel béguin de Peggy. Son embonpoint était tel que sa veste ne parvenait pas à l'envelopper ; son arme, accrochée à sa ceinture, disparaissait sous son immense bedaine qui battait à chacun de ses pas.

– Vous devez être content, Dupuis !

« Content, pour quelle raison ? » se demanda le jeune lieutenant sans rien dévoiler de son étonnement. Le spectacle qu'il découvrait n'avait rien de réjouissant. C'était son premier suicidé par balle, et Dupuis avait du mal à supporter le spectacle. Le lieutenant ne comprenait pas pourquoi Gorby lui posait cette question. Il ne répliqua pas, préférant attendre la suite qui ne tarda pas. Le capitaine désignait la main de Mirko qui tenait encore l'arme serrée dans son poing. Il lui décocha un coup d'œil acerbe qui tranchait avec le ton badin qu'il emprunta pour poser la question.

– N'est-ce pas votre arme de service qui se trouve dans la main de cet individu ?

Le capitaine dégagea le pistolet à l'aide d'un mouchoir en papier, il affichait la même moue de dégoût que s'il ramassait une déjection canine abandonnée sur le trottoir. Il vérifia le nombre de balles restantes en retirant le chargeur qu'il fit sauter dans la paume de sa main.

– On dirait que notre ami n'a pas chômé pendant sa petite virée. Il a défouraillé à tout va, le gentil Mirko.

Il fit mine de tendre le flingue à Dupuis mais le récupéra au dernier instant.

– À bien y réfléchir, je le garde, vous seriez capable de l'égarer, ce qui pourrait être dommageable pour nos concitoyens… et, accessoirement, parce que c'est une pièce à conviction.

Une femme en uniforme approcha, un calepin à la main. Elle s'arrêta et fixa le corps. Elle prit un air blasé, comme si elle était confrontée à ce type de spectacle quotidiennement, et s'éloigna sans presser le pas. Alice fit signe à Nadia, elles baissèrent la tête, en laissant les nombreux policiers faire ce qu'ils avaient à faire. Elles espéraient disparaître sans se faire remarquer.

Alice ramassa un mot au passage. La police ne l'avait pas encore découvert. La feuille était posée en évidence sur un tabouret couvert de peinture sèche. Elle la déplia et lut ce qui se révéla être la lettre d'adieu laissée par le Russe.

« Je ne peux continuer à vivre après l'acte abominable que j'ai commis. Marie-Madeleine et les siens me pardonneront peut-être. Paix à son âme. Mirko Losevich. »

Alice avait beaucoup de mal à se concentrer sur sa lecture, ses doigts tremblaient, le mot s'envola. Il n'y avait pourtant pas de vent. Moelleux venait de lui arracher des mains.

– Merde, vous n'en ratez pas une... Vous avez foutu vos empreintes partout ! C'est pas vrai, c'est une manie de saboter mon enquête ! Qu'est-ce que vous fabriquez dans mes pattes ? Ôtez-moi d'un doute, c'est pas vous qui l'avez buté au moins ?

L'extravagance de la demande laissa Alice interdite.

– Je blague... Si ça se trouve, il est même pas mort, notre Mirko national. Les suicides par arme à feu sont peu fiables. Si un jour vous en avez marre de la vie, je vous conseille la corde, simple et efficace. Un bon vieux nœud du pendu est la garantie d'un suicide réussi !

L'attitude du gros flic choquait Alice. Elle avait conscience qu'il la provoquait, mais pour quelles raisons ? Mirko s'en sortirait-il ? Elle n'en savait rien, mais ça ne l'empêchait pas d'espérer de toutes ses forces qu'il survive.

Le personnel médical écarta le groupe de policiers agglutinés autour du corps, des hommes et femmes en blouse blanche prirent Mirko en charge en urgence.

Les Panthères profitèrent du mouvement pour s'éclipser, ce qui n'échappa pas à l'attention de Gorby, qui les héla avant qu'elles ne disparaissent de sa vue.

Il montrait la lettre qu'il venait de parcourir.

– Alors, vous le croyez toujours innocent, notre ami le suicidé ?

Alice se remémora la lettre d'adieu de Mirko, les

mots lui revenaient en tête comme une rengaine populaire un peu trop bien écrite… surtout pour un étranger qui massacrait la langue. Si Mirko était capable de s'exprimer aussi bien, il aurait dû parler autre chose qu'un sabir dans la vie courante. Alice ne croyait pas une seconde à cette mise en scène de suicide qui pourtant avait l'air de satisfaire le capitaine Moelleux.

Les Panthères, chassées de la scène de crime, essayèrent de voir si elles trouvaient des toiles de Mirko perdues dans le fatras ; mais elles n'eurent pas le temps d'approfondir leurs recherches, les agents en faction les repoussèrent à l'extérieur de la zone désormais interdite au public. Alice pensait que Mirko était venu pour se planquer, et pourquoi pas pour travailler, le tabouret couvert de peinture multicolore, sur lequel elle avait découvert la lettre d'adieu, confortait son intuition. L'atelier du Russe devait se trouver aux alentours, mais ce n'est pas aujourd'hui qu'elle le découvrirait.

13

Galerie d'art

Alice avait raccompagné Nadia, celle-ci devait s'occuper de ses petits-enfants ; sa fille, infirmière, faisait une nuit de garde à l'hôpital André-Grégoire. Alice gara sa voiture dans le sous-sol de son pavillon, et marcha jusqu'à la place Jean-Jaurès pour prendre la ligne de métro numéro 9, Mairie-de-Montreuil/Pont-de-Sèvres, qui traversait la capitale. Elle ne se risquait jamais dans Paris en voiture, trop compliqué, en perpétuels travaux, des sens interdits qui changeaient de place d'une semaine à l'autre dans un permanent jeu d'orientation, sans parler de l'impossibilité de se garer sans risquer sa maigre pension en P.-V. Alice se contentait de circuler dans son quartier, elle empruntait des itinéraires qu'elle connaissait par cœur et ne conduisait jamais après le coucher du soleil, ni sous la pluie, trop dangereux. Les clientes de son taxi « clandestin » connaissaient ses règles et les respectaient, elles savaient qu'elle n'en changerait pas, même si elles insistaient ou lui proposaient une rallonge conséquente sur leur course. Alice resterait inflexible sur sa sécurité et celle des personnes qu'elle transportait.

Un peuple de travailleurs blafards emplissait la rame du métro. En prenant la ligne dès sa station de départ, Alice avait pu trouver une place assise en face d'une mère qui s'était mise à somnoler dès la station Croix-de-Chavaux ; le bambin emmailloté dans le tissu wax multicolore couvrait Alice de sourires pour l'aider à réfléchir.

Cette dernière profita du trajet pour faire le point sur son enquête. Mirko, artiste peintre d'origine russe, avait surpris un inconnu chez Marie-Madeleine qui avait tenté de le tuer. Cet homme s'était mis en colère à cause d'un mystérieux tableau qui ne lui plaisait pas. Qu'était devenu ce tableau ? Que représentait-il ? Avait-il de la valeur ? Existait-il vraiment ? Alice n'en avait pas la moindre idée. Marie-Madeleine avait été retrouvée assassinée, Mirko, après être passé aux aveux, profitait de la reconstitution du crime pour crier son innocence, et s'enfuir en tentant de prendre Alice en otage. Blessé par le capitaine Moelleux, il se cachait chez Alice où il se faisait agresser par l'inconnu, ou par la bande du boxeur tatoué, ou par personne... Le Russe disparaissait au petit matin, après avoir peint une fresque un peu spéciale pour la remercier. Un peu plus tard, il se « suicidait » dans son atelier de fortune du Bois de Vincennes en laissant une lettre qu'il n'avait de toute évidence pas écrite. Alice venait de faire le tour de la situation sans trouver de nouvelles pistes quand l'horloge interne de sa voisine sonna à l'approche de Nation. Le bébé et sa mère descendirent en compagnie de la moitié des passagers de la rame pour s'entasser dans les longs couloirs de correspondances de la station. Alice continua sa route. Elle palpa la carte de visite de la galerie d'art que Nadia avait récupérée dans la poche de Mirko en espérant qu'elle lui fournirait la réponse à ses nombreuses questions. Elle ne savait pas ce qu'elle allait y faire, mais son instinct lui ordonnait d'y aller, elle improviserait sur place.

La première chose qu'elle décida, lorsqu'elle sortit sur la place de la République, fut de s'acheter un kebab inondé de sauce blanche. Elle adorait ça et même si la viande suintant de gras lui détruisait l'estomac, elle ne pouvait s'en empêcher. « Pourquoi est-ce qu'on adore ce qui nous fait le plus de mal ? » Alice mourait de faim et, malgré les promesses qu'elle s'était faites, elle n'allait pas pouvoir attendre sa soupe de légumes du soir.

Personne ne la dénoncerait à son médecin, elle ferait vraiment preuve d'une malchance extraordinaire en croisant une de ses connaissances si loin de chez elle.

Aménagée à la place d'une boucherie dont elle avait conservé la devanture ainsi que le comptoir et la caisse enregistreuse pour la décoration vintage, la galerie d'art était située dans le quartier historique du Marais.

« Chez Mme Moz est un lieu chaleureux qui invite à la découverte et à l'audace. » Alice poussa la porte

vitrée et entra, accompagnée des tintements du carillon d'époque. Des œuvres d'art tapissaient les murs carrelés de blanc jusqu'au plafond.

Alice cherchait, au milieu de sérigraphies, de gravures et d'œuvres graphiques d'artistes pour elle inconnus, une peinture qui lui évoquerait l'univers coloré de Mirko. Elle en repéra une au format gigantesque. Sur cette toile, rien ne dépassait, aucun élément en relief, mais une manière de représenter les corps qu'elle reconnut aussitôt, sauvage, violente et étonnamment... apaisante à la fois. Alice ne fut pas surprise de voir la signature de Mirko au bas de l'œuvre.

– Fort, n'est-ce pas ? Et encore... fort, ce n'est pas assez fort !

Une femme approcha, le nez retroussé, son regard flottait, une épaisse couche de maquillage la rendait hors d'âge. Sa tête imposante et ronde comme un ballon de basket, surmontée d'une touffe de cheveux vif-argent, dominait un corps maigrelet, tout en longueur, qui lui donnait l'allure d'une aiguille à tricoter. Un embouteillage de bracelets encerclait ses bras trop courts, tintinnabulant sans fin, tout en faisant office de contrepoids qui l'empêchait de s'envoler.

Alice fit face à l'apparition, qui lui souriait trop généreusement pour être bien intentionnée. Elle la dévisagea, et lui affirma sans hésiter :

– C'est un Mirko, n'est-ce pas ?

Mme Moz savait par expérience qu'il fallait

s'abstenir de juger au look. Une grabataire habillée par les 3 Suisses pouvait très bien cacher une richissime héritière passionnée d'art moderne, elle en avait récemment fait l'expérience. Elle chercha discrètement des indices dans la tenue de cette femme – un bijou hors de prix par exemple – qui auraient pu trahir son appartenance de classe, elle ne trouva rien qu'une alliance ordinaire.

– Vous connaissez l'œuvre de ce jeune créateur ?
– Mirko, oui, enfin un peu... Une amie m'en a parlé.
– Une amie ?

La galeriste se demandait quelle attitude adopter devant cette femme qui appelait son poulain le plus à la mode par son prénom. Son pressentiment ne l'avait pas trompée, elle n'allait pas laisser s'échapper une cliente aussi prometteuse.

– *Hymne aux savoirs luxuriants*, fit-elle, sans préavis.
– Pardon ?
– Il s'agit du titre de l'œuvre. *Hymne aux savoirs luxuriants*. Titre fort pour une œuvre forte, n'est-ce pas ? Fort, trop fort.

Alice se perdait dans tous ces « fort », l'adjectif devait être le mot à la mode cette semaine. Elle lui montra son dos pour masquer le rictus qui lui montait au visage. Les derniers jours avaient été éprouvants pour ses nerfs, et cette femme lui faisait un effet tout à fait exotique.

– Vous aimez ?

Alice prit du recul pour admirer l'œuvre dans son

ensemble. Si elle aimait n'était pas la question. Elle nota la présence du petit encart qui indiquait le prix qu'elle n'avait pas remarqué jusqu'à maintenant. Alice, qui avait pourtant eu le temps de s'habituer au passage en euros, crut qu'il était affiché en francs; en fait, elle se trompait, il l'était en dollars (avec la conversion en euros entre parenthèses). Dollars ou euros, la somme demandée dépassait l'entendement. Elle n'avait pas fait le voyage jusqu'au centre de Paris pour retourner à la maison bredouille.

– On peut espérer une remise? demanda-t-elle au culot.

La galeriste laissa échapper un étrange rire de gorge. Cette demande iconoclaste classa directement Alice au rang d'acheteuse potentielle. Qui d'autre qu'une très très riche aurait le culot de marchander un Mirko?

– Malheureusement, ça ne va pas être envisageable, répondit-elle.

Elle s'approcha presque à la toucher.

– *Hymne aux savoirs* est déjà réservé.

Elle décolla l'étiquette indiquant le prix qui laissa une empreinte poisseuse sur le mur immaculé.

– Et c'est malheureusement le dernier Mirko en ma possession.

Cette fois elle la guida par le bras, presque de force, jusqu'au fond de l'espace d'exposition. Elles se retrouvèrent dans une des anciennes chambres froides de la boucherie. Les crochets qui autrefois servaient à suspendre les carcasses supportaient une série de sculptures métalliques, des œuvres plus lourdes que des tableaux classiques, mais pas moins abstraites.

– Comme je vous le disais, *Hymne* est réservé, se désola la galeriste. L'artiste peint peu et c'est bien dommage pour ses nombreux et impatients admirateurs.

Elle laissa le temps filer pour laisser le désir s'amplifier.

– Je le rencontre régulièrement, je pourrais lui toucher un mot si un acheteur… une amatrice en l'occurrence était intéressée… vraiment intéressée. Je peux tenter de le décider. Il peint de très beaux portraits, dans des formats plus petits, plus abordables que ses œuvres monumentales, idéaux pour un accrochage à la maison, dans une chambre, dans la pièce à vivre… Posséder une œuvre d'art chez soi, n'est-ce pas l'objectif de tout amateur d'art ?

Cette femme agissait avec méthode quand elle avait une idée derrière la tête. Alice en eut la confirmation lorsque la galeriste lui demanda de laisser ses coordonnées.

– Je vais voir ce qui est en mon pouvoir. Si je peux le convaincre de vous rencontrer, je vous appelle. Quand il connaît et apprécie les gens, Mirko peint plus facilement. Comme tous les artistes, il a besoin de se sentir aimé pour créer, et lui adore les femmes mûres dont le visage irradie une histoire authentique. Il sait sublimer la beauté là où elle se trouve.

Au-delà des flatteries, Alice doutait que Mirko la peigne un jour. Même si, par bonheur, il survivait à la balle qui lui avait arraché la mâchoire, elle ne le pensait pas capable de tenir un pinceau de nouveau.

— Il faut satisfaire ses coups de cœur sur le moment, sinon on change d'avis, la chance passe, et il nous reste une existence entière pour regretter nos hésitations… Je vais essayer de le joindre, mais vous savez, c'est un artiste et les artistes ne vivent pas comme nous.

— Si une de ces personnes se lasse…, essaya Alice en inscrivant son numéro de téléphone sur le dos d'une carte de la galerie.

— Vous voulez dire si un acquéreur n'acquérait plus ?

— Oui, ou si quelqu'un voulait revendre une des œuvres qu'il possède !

— Se débarrasser d'un Mirko, impossible… Son travail est trop fort quand vous l'aimez, vous ne pouvez plus vous en passer.

Alice se contenta de sourire.

En tout cas, la galeriste ignorait la tragédie qui venait de mettre un terme à la carrière de son poulain.

14

Invitation

Alice remarqua l'ombre étirée qui s'allongeait jusqu'à l'entrée de son pavillon. Elle plissa les paupières pour se protéger des rayons du soleil couchant qui disparaissait derrière les tours jumelles des Mercuriales. Elle ne rêvait pas, une silhouette sombre découpée dans le contre-jour violent se dissimulait à l'abri des massifs d'hortensias en fleur. Alice poursuivit sa route en ralentissant sa marche, elle longeait son pavillon, sans y entrer ni faire mine de s'y intéresser, comme si elle ne vivait pas là. Si l'inconnu qui avait été vu chez Marie-Madeleine se cachait pour lui sauter sur le dos, elle était foutue. Elle observait son jardin, du coin de l'œil, tout en se demandant si elle devait se réfugier chez Nadia qui n'habitait pas loin ou foncer prévenir la police. Non, mauvaise idée, cet énorme flic avec sa tache de vin ne la croirait jamais et l'enverrait promener, à moins qu'elle ne tombe sur le lieutenant Dupuis. Perturbée par ses réflexions, elle percuta le bord du trottoir et manqua de s'étaler dans

le caniveau, le juron qu'elle lâcha déchira la tranquillité de la zone pavillonnaire.
– Crotte !
Et fit sortir l'inconnu de l'ombre.
– C'est vous, Alice ? Vous ne vous êtes pas fait mal ?
Le visage d'André se matérialisa dans les dernières lueurs du soleil.

André faisait le pied de grue sur le perron d'Alice comme Roméo sous le balcon de Juliette. Le jouvenceau, fin prêt pour son rôle, attendait le retour de sa dulcinée un bouquet de roses à la main, il ne lui manquait que la mandoline pour roucouler une sérénade. Alice savourait le spectacle. Elle touchait du bout des yeux, comme disait sa mère, activité sans risque à la saveur de préliminaire.
André approcha en chaloupant. Il lui sourit et se courba dans un élégant salut en déclamant :
« J'ai escaladé ces murs sur les ailes légères de l'amour : car les limites de pierre ne sauraient arrêter l'amour. »
Alice frissonna en reconnaissant des extraits de *Roméo et Juliette*.
« Ce que l'amour peut faire, l'amour ose le tenter ; voilà pourquoi tes parents ne sont pas un obstacle pour moi. »
La réponse d'Alice vint sans réfléchir.
« S'ils te voient, ils te tueront. »
Les mots de Juliette naissaient sur ses lèvres sans

qu'elle y pense. André avait appris le rôle de Roméo pour lui faire la cour.

« Hélas ! il y a plus de péril pour moi dans ton regard que dans vingt de leurs épées… »

André afficha son plus beau sourire et lui tendit le bouquet de roses en jouant l'audacieux intimidé par sa dulcinée.

– Pour ma Juliette.

Alice, épatée, accepta les fleurs et en oublia de le remercier.

– Je connais un bon italien pas loin, à Vincennes, rebondit le rusé Dédé en profitant de son avantage. Si vous me répondez par l'affirmative, nous porterons bientôt serviette autour du cou. J'ai réservé pour deux, à dix-neuf heures, ça vous laisse le temps de vous rafraîchir.

La proposition prit Alice au dépourvu, bien sûr cette invitation lui faisait envie mais…

– Je ne peux pas accepter, fit-elle à contrecœur.

– Comment ça ?

André piétinait sur place et tirait sur ses doigts, dans un parfait portrait d'amoureux meurtri.

– Si vous n'aimez pas la nourriture italienne, nous pouvons changer.

– Non, non, j'adore, ce n'est pas la question…

– Alors, c'est moi… Vous ne voulez pas dîner en ma compagnie ?

– Exactement.

André accusa le coup.

– Non, attendez, ce n'est pas ce que vous croyez... Mon refus n'a rien de personnel. C'est à cause des essais de demain... Voyez-vous, si j'accepte votre invitation, les autres candidats crieront au favoritisme, sans parler de la réaction de mes amies...

Alice n'osait pas imaginer les remarques assassines que Maria inventerait pour l'occasion.

André, perplexe, aspirait l'intérieur de ses joues.

– Si nous sommes vus ensemble avant de choisir le candidat qui aura la chance d'interpréter Roméo, notre rencontre passera pour une faveur, répéta Alice. Je dois me montrer équitable envers les autres candidats.

André haussa les épaules, ces arguments ne le convainquaient guère.

– Êtes-vous sûre de votre décision ?

Alice l'était, et n'en démordrait pas. La déception altérait les traits d'André. Il comprenait mais souffrait.

– Ce désir d'équité est tout à votre honneur mais les exceptions confirment les règles, voyez-vous. Personne ne saura rien de notre escapade si vous n'en parlez pas, insista-t-il avec ferveur. Si je deviens votre partenaire, ce que j'espère le plus au monde, il nous faudra faire connaissance à un moment ou à un autre, commençons ce soir, ça sera notre tout premier secret.

Sa douce voix résonnait dans la tête d'Alice comme la sirupeuse complainte d'un crooner qui vous invite à partager des plaisirs interdits. À cet instant, le visage revêche de Maria en colère se superposa à celui d'André. Son ex-femme de ménage proférerait une salve de sarcasmes bien choisis qui aidèrent Alice à maintenir sa décision.

André ne s'avouait pas vaincu, il tenta une approche différente.

– Hier, je n'avais pas entendu parler de cet épouvantable fait divers ! Ma pauvre amie, prise en otage, comme vous avez dû être terrorisée ! Je comprends votre état, l'autre soir, lors de notre première rencontre, vous sortiez à peine de ce terrible cauchemar. Quelle aventure ! Je brûle d'impatience de vous entendre me raconter cela par le détail devant un assortiment d'antipasti !

André partageait sa douleur, son empathie la touchait. Alice le trouva bon comédien, de ceux qui gardent une touche de naturel tout en surjouant. Il était convaincant ; en l'écoutant, elle se trouva courageuse et compatit sur son propre sort. Il porta l'estocade finale.

– Vous pourrez tout me raconter, je sais être une tombe quand on me livre ses secrets, se confier fait le plus grand bien. Avez-vous participé à une cellule psychologique ?

Il n'attendit pas sa réponse pour ajouter :

– Bien sûr que non. La police est au-dessous de tout dans cette affaire !

André changea de ton pour se confier :

– Parfois, il faut accepter de se faire aider. J'ai

moi-même suivi une thérapie quand ma femme m'a quitté...

— Vous êtes divorcé ?

Alice s'était précipitée sur cet aveu sans prendre garde. Avait-il remarqué cet empressement qui dévoilait trop facilement son intérêt ? Elle désirait se renseigner pour ne pas commettre d'impair. « Surtout ne flirte jamais avec un homme marié », rabâchait-elle à sa fille à compter du jour où elle avait constaté que les pères de famille ne restaient pas insensibles à ses shorts découpés dans ses jeans usés. Elle n'allait pas commencer à faire le contraire de ce qu'elle ordonnait.

À son âge, Alice refusait de tomber dans le piège de la passion dévorante, elle redoutait une déception à la hauteur de son engagement.

— Je ne suis pas divorcé, ma pauvre Jeanine est décédée il y a une dizaine d'années. Le temps passe..., chuchota-t-il au bord des larmes.

— Je suis désolée...

— Non, non, vous ne pouviez pas savoir, c'est moi qui m'excuse de vous importuner avec ces souvenirs douloureux.

Pendant qu'il se mouchait bruyamment, Alice nota leur veuvage en commun. Qui se ressemble s'assemble...

Il rangea son mouchoir dans sa poche, et insista :

— Venez... ça me ferait tellement plaisir.

Le ventre d'Alice gargouilla à la perspective de manger de la burrata : fromage, bien trop gras, bien trop onctueux, mais trop délicieux, qu'elle adorait. André, grand seigneur, fit semblant de n'avoir rien entendu de cette alerte gastrique et lui proposa son bras pour qu'elle s'y accroche. Il portait la victoire à venir sur ses traits, les yeux brillants, fronçait juste ce qu'il faut les sourcils. Il se trompait, Alice ne flancha pas, tint sa décision, évita son bras tendu. Elle trottina jusqu'au portillon en bois vermoulu qui ouvrait sur le jardin. André, en parfait gentilhomme, s'arrêta à la limite de la propriété en renonçant à s'engager plus loin sans y être invité. Attendrie par son regard de chien battu, Alice lui aurait bien proposé de rentrer partager un thé mais la nuit tombait, elle était éreintée et la théine l'empêcherait de dormir. Il y avait une autre raison : elle craignait qu'André, dès qu'il aurait franchi le seuil de la porte, ne remarque sa collection de post-it tapissant les murs. Ce serait un grand malheur s'il découvrait ses pertes de mémoire. Cette affection atteignait son intégrité, elle ne voulait pas passer pour une semi-gâteuse.

Elle refusa la bise qu'il lui proposait et lui serra la main. Alice sentit le lourd regard du mâle peser sur sa croupe jusqu'à l'instant où elle ferma la porte derrière elle. Elle avait parcouru le chemin en apnée jusqu'à la protection de son pavillon. Elle engloutit une bolée d'air revigorante en se collant les épaules contre la porte, ses jambes vibraient comme des joncs chahutés par les bourrasques. Par la faute ou la grâce d'André, elle se sentait fiévreuse. Elle ferma les yeux et expira longuement pour apaiser son cœur qui battait la chamade.

La première chose qu'elle vit, en les rouvrant, ce furent ces satanés post-it qui battaient dans le courant d'air comme des ailes de papillons à mites. Elle les arracha, dévorée par une colère indicible. Ils représentaient ce qu'elle ne voulait pas devenir.

Pauvre folle. Qu'avait-elle fait ? Elle s'interdisait l'occasion qui serait peut-être la dernière. Les carrés de papiers jaunes collaient sous ses pieds. Elle s'assit, pleurant sur son sort. Elle espérait qu'André, fougueux, ivre de frustration, faisant fi de sa décision, tambourinerait contre sa porte dans les minutes à venir. Elle attendit, impatiente. Compta dans sa tête pour passer le temps, mais comme souvent quand elle devait se concentrer trop longuement, elle s'embrouilla et renonça avant d'atteindre la fin de son énumération.

Elle tenta de se calmer en tournant en rond dans le salon comme un hamster dans sa cage, voilà ce qu'elle était devenue : un rongeur emmuré dans son confort rassurant. Finalement, elle éteignit la lumière de la cuisine pour ne pas être aperçue de l'extérieur, et ne pas passer pour une folle qui ne savait pas ce qu'elle voulait. Elle souleva délicatement les rideaux et jeta un œil. Rien en vue, le lampadaire découpait un rond de lumière sur le bitume désert. Elle scruta attentivement : personne, pas même un chat errant, André lui avait obéi et s'en était allé.

Une heure plus tard, elle tournait et retournait sur sa couche, l'esprit accaparé par cet homme qui lui plaisait. Les sensations se mélangeaient. Elle se perdait dans le lit trop grand, trop froid pour une femme seule. Malgré son refus de le recevoir, et l'heure tardive, elle entretenait l'espoir que la sonnette retentisse : elle se lèverait en robe de chambre légèrement ouverte... Non, elle n'emploierait pas les ruses de Maria. Les robes *Sexy-Coquette* ne faisaient pas partie de son registre.

Elle se mit en colère contre elle-même, pourquoi avait-elle refusé son invitation alors qu'elle en crevait d'envie ?

Alice finit par s'endormir, épuisée par sa journée, chamboulée par ses pensées contradictoires, enivrée par les effluves du magnifique bouquet qui l'entraînèrent dans des rêves qu'elle n'avait plus faits depuis des lustres mais dont elle n'eut plus le moindre souvenir à son réveil.

Seule, et en larmes.

– Il faut savoir ce que tu veux, ma fille ! fut sa première réflexion matinale, juste avant de s'apercevoir qu'elle mourait de faim.

15

Agent double

En milieu de semaine, l'emballement de la presse pour ce sordide fait divers se calma, les commentateurs retrouvèrent le sens des proportions. Une horreur chassant l'autre, l'opinion publique se passionna pour un meurtre éminemment plus sordide.

Alice et Nadia s'étaient retrouvées à la Maison populaire et attendaient Peggy qui n'était pas encore arrivée pour les accueillir. Pour la première fois, leur professeure avait du retard. Aujourd'hui était pourtant un jour particulier, le jour de l'audition du nouveau Roméo. Le rendez-vous à ne rater sous aucun prétexte.

Une cavalcade provint des escaliers, les premiers prétendants arrivaient et rien n'était prêt. Fausse alerte, Maria déboulait avec sa discrétion habituelle.

– C'est ça, faites la gueule quand je débarque, vous gênez pas !

Du Maria tout craché. Elles ne l'avaient pas revue depuis son déjeuner avec son journaliste, Nadia posa la question qui leur brûlait les lèvres à toutes les deux.

– Qu'est-ce que ton rencard a pensé de ta robe ?
– Que du bien, répondit une Maria glaciale en retirant son manteau.

Elle avait renoncé à sa robe *Sexy-Coquette* et arborait une tenue plus sage.

Piètre comédienne à la ville comme à la scène, Maria était incapable de masquer ses sentiments, à en croire sa mauvaise humeur, son rendez-vous ne s'était pas déroulé comme elle l'avait espéré. Nadia insista, elle qui n'avait pas le sens de la repartie tenait une manière d'assouvir sa revanche sur la langue de fiel de la Panthère.

– Tu nous racontes pas comment ça s'est passé ? D'habitude, t'es plus expansive.

– Tu veux des détails croustillants ? Oublie, tu vas être choquée, ma bichette !

Alice ne s'immisça pas dans leur duel. Tôt ou tard, Maria ne pourrait pas s'empêcher de raconter son déjeuner, il suffisait d'être patiente. Pour le moment elle était trop contrariée pour se livrer, mais ça ne durerait pas. En attendant ses confidences, Alice se lança dans un résumé de leurs péripéties. Quand elle évoqua la découverte de Mirko dans le Bois de Vincennes, Maria, fascinée, s'assit et écouta la suite avec attention. Une fois l'épisode du « suicide » rapporté, Alice décrivit sa visite à la galerie d'art MOZ, en insistant sur l'étrange proposition que lui avait faite la propriétaire.

– Elle m'a encouragée à entrer en contact avec Mirko pour qu'il peigne mon portrait.

— Marie-Madeleine l'a rencontré dans cette galerie, c'est évident !

Maria avait oublié son irritation passagère et se passionnait pour l'enquête menée par Alice.

— Cette femme ne sait pas que Mirko s'est tiré une balle dans la tête.

— Ce n'est pas un suicide, je viens de te le dire, rectifia Alice.

— Il est mort ou pas loin, ça revient au même. Ces histoires de toiles qu'elle déclare ne pas avoir en stock, ça sent la stratégie pour faire s'envoler les prix… J'imagine déjà la marge qu'elle doit se faire sur les ventes, fit Maria en réfléchissant à haute voix.

— Je pensais pas que Marie-Madeleine traînait dans les galeries d'art, s'étonna Nadia.

— Et pas seulement…

La remarque énigmatique de Maria attisa l'attention des deux autres Panthères.

— Qu'est-ce que tu veux dire par là ?

Alice ne s'était pas trompée : Maria se montrait intarissable sur son rendez-vous avec le journaliste. Elle passa par le menu les sujets de conversation évoqués entre l'entrée et le dessert jusqu'au moment où Alice craqua devant la revue de détail sans fin qui lui mettait l'eau à la bouche. Cette dernière avait terminé sa boîte de gâteaux mous à la cannelle au petit déjeuner et, depuis, elle n'avait rien avalé. Rêver d'antipasti et de burrata ne suffisait pas à se remplir l'estomac.

– Viens-en au fait, on s'en moque de savoir si tu as repris des frites ou pas !

– Faudrait savoir, tout à l'heure vous piaffiez d'impatience de connaître des détails !

– Ce n'est pas savoir ce que tu as mangé qui nous intéresse, mais ce que tu as appris au sujet du meurtre de Marie-Madeleine ! Presse-toi, nos Roméo vont pas tarder à arriver.

– Si vous avez l'impression que ça a été une partie de plaisir, vous vous trompez, j'aurais aimé vous y voir… Je n'ai pas réussi à lui soutirer d'infos sur l'affaire Mirko avant la poire Belle-Hélène.

– Qu'est-ce que tu as dû souffrir ! rigola Alice en donnant un coup de coude complice à Nadia.

Le suspense rendait Maria indispensable. Elle jubilait de voir les deux autres s'impatienter. En vérité, elle enviait leurs incroyables aventures dans le Bois et essayait, par tous les moyens, de donner de l'importance à son rendez-vous qui lui semblait, d'un coup, bien ordinaire.

– Donc, qu'est-ce qu'il t'a raconté de beau pendant que tu t'empoisonnais avec cette poire Belle-Hélène ? demanda Alice.

Maria ménagea son effet le plus longtemps possible mais, à un moment donné, il fallait bien conclure.

– Marie-Madeleine adorait danser… Elle fréquentait assidûment les guinguettes du coin.

– N'importe quoi fit Nadia, dubitative. Ton journaliste délire !

– T'imagines bien que je lui ai demandé de répéter...

– Marie-Madeleine qui s'encanaille dans les thés dansants ?

Alice n'y croyait pas plus que Nadia.

– Il t'a fait d'autres révélations, ton gratte-papier ?

– C'est la seule chose que j'ai obtenue, et encore, à quel prix...

Alice et Nadia se dévisagèrent.

– Qu'est-ce que tu as été obligée de faire ? chuchota Nadia, qui imaginait le pire.

Maria hurla de rire, contente de son effet. Elle lui fit un clin d'œil appuyé, l'air coquin.

– Qu'est-ce que tu crois ? Je me sacrifie pour la collectivité, c'est la preuve de mon abnégation et de mon esprit d'équipe.

– Arrête de raconter n'importe quoi, et dis-nous ce qu'il a exigé en contrepartie, trancha Alice qui ne portait aucun crédit à ses insinuations.

– Il aimerait qu'on partage nos infos avec les siennes pour faire avancer le schmilblick. Gagnant-gagnant... c'est équitable, non ?

Alice et Nadia ne savaient pas quoi en penser. La seule chose dont elles étaient certaines, c'est qu'elles n'avaient aucune envie que leurs découvertes s'étalent en première page de son journal.

L'arrivée de Peggy leur sauva la mise. La jeune professeure entra, les joues cramoisies, essoufflée mais en forme.

– Désolée de mon retard, je quitte Jean-Claude à l'instant.

Peggy revenait d'une mission secrète commandée par Alice, qui lui avait téléphoné le matin même pour lui demander de questionner discrètement le lieutenant Dupuis.

– J'ai des infos, annonça-t-elle en retirant l'habituel ciré rose qu'elle portait même par beau temps. D'abord, un détail : Mirko n'est pas russe, c'est un Ukrainien qui a fui la guerre au Donbass. Il est venu pour travailler au noir sur des chantiers avant de finir sans-abri dans le Bois de Vincennes. Il est connu défavorablement des services de police, et s'est fait arrêter pour coups et blessures à la suite d'une bagarre... Tous les gars se trouvaient sous l'emprise de l'alcool. D'après les infos de Jean-Claude, c'est une vraie éponge, notre Mirko. Il vivotait depuis plusieurs mois au jardin d'agronomie tropicale, où vous l'avez découvert.

Peggy fit une pause et secoua sa tignasse afro. Les informations qu'elle ramenait concordaient avec celles que les Panthères avaient glanées.

– Il va s'en sortir ? s'inquiéta Alice en chassant l'image terrifiante de la mâchoire en lambeaux.

– Les dernières nouvelles n'ont rien de rassurant. Il n'est pas mort... mais c'est tout comme. Les médecins l'ont placé en coma artificiel pour le soigner, son état est végétatif. Jean-Claude a discuté brièvement avec le chef de service, et il n'est pas franchement optimiste, ils vont commencer par lui faire une greffe de la mâchoire. C'est pas gagné, l'avenir le dira.

– La police sait-elle que Mirko est un peintre à la mode exposé dans les galeries parisiennes ? demanda Alice.

– Qu'est-ce que tu racontes ? notre Mirko, un artiste connu ?

Peggy tombait des nues.

– C'est pas tout, le copain journaliste de Maria affirme que Marie-Madeleine écumait les dancings de la région. Tu pourrais questionner discrètement ton lieutenant pour savoir si la police confirme ?

– Non, c'est terminé, j'arrête… Désolée, Alice, mais je ne peux plus faire ça.

Peggy avait réfléchi pendant le trajet vers la Maison populaire et prit sa décision sans hésiter une seconde.

– Quand je me regarde dans la glace, je me fais l'impression d'être une menteuse. Le pauvre Jean-Claude croit que je m'intéresse à lui, alors que je cherche juste à le faire parler de son enquête.

– Nous fais pas croire que t'es pas contente de fricoter avec ton flic, lança Maria, qui ne voyait pas où était le problème.

– Je ne peux pas envisager une relation basée sur le

mensonge, c'est comme si je monnayais mes sourires contre des infos.

– Tes sourires, c'est la meilleure ! À qui tu espères faire croire que t'es pas passée à la casserole ?

– Maria !!!

– Depuis le temps qu'il te tourne autour, tu vas coiffer sainte Catherine et virer sèche comme une bonne sœur.

– Il ne s'est rien passé entre nous !

– J'y crois pas ! En te comportant comme une sainte-nitouche, il va se barrer avec une autre qui sait ce qu'elle veut !

– Une autre qui ne pense qu'à coucher ? Ce n'est pas une relation de ce type que je cherche.

Une des qualités de Maria dans son genre, c'est qu'elle se fâchait rarement. Elle ne ménageait personne avec ses commentaires mais quand il lui arrivait de se faire chambrer, elle était magnanime. En réponse à l'attaque frontale de Peggy, elle se contenta d'un bruit de bouche. Le manège de Dupuis et de la jolie professeure n'avait échappé à personne. L'attraction était d'évidence réciproque. Le pauvre n'avait pas choisi le meilleur moment pour leur première rencontre. La dernière histoire d'amour de Peggy s'était conclue de manière désastreuse par un œil au beurre noir et une plainte pour coups et blessures que le lieutenant Dupuis avait consignée. Le hasard avait bien fait les choses mais sur le mauvais tempo. Les aventures d'un soir de la jeune femme débouchaient systématiquement sur un immense sentiment de gâchis. De son point de vue, les hommes n'en voulaient qu'à ses fesses, ce qui n'était pas loin d'être la vérité. Les Panthères se rappelaient la tête du lieutenant quand il avait croisé la jeune créole au retour de son jogging, court vêtue de son short vert pomme, le T-shirt humide de sueur. La chance lui avait souri, pour une fois elle ne se cachait pas sous son ciré rose.

Les interrogations existentielles de Peggy ouvrirent le cœur des Panthères, chacune se lâcha sur son homme en particulier et les hommes en général. Maria décrivit la ville comme un gigantesque terrain de chasse, Nadia parla de Jean, son mari bricoleur, qui lui convenait comme il était, Alice de solitude et de veuvage… Jusqu'au moment où les Panthères évoquèrent le cas d'André qui n'allait pas tarder à montrer son nez pour passer son audition. Encore heureux qu'Alice se soit abstenue d'évoquer sa visite d'hier.

Elle s'impatientait et s'angoissait, les essais allaient bientôt débuter et il n'était toujours pas arrivé. D'autres Roméo viendraient-ils nombreux pour le concurrencer ?

Et si André ne venait pas, vexé qu'elle ait refusé son invitation au restaurant ?

16

Audition

Les Panthères grises n'étaient pas les seules à avoir remarqué l'interminable parade nuptiale du jeune flic avec leur prof de théâtre. Le capitaine Moelleux n'était pas dupe, et surtout, il était bien moins balourd que son attitude et son gabarit ne le laissaient supposer. Il abusait de cette situation depuis son adolescence : passer pour un abruti ne le gênait pas le moins du monde, surtout si cette « infirmité » lui permettait d'avoir une longueur d'avance sur les autres.

– On ne se méfie jamais assez d'un crétin fini, mon petit Dupuis !

Depuis qu'il avait surpris Alice et Nadia au chevet de Mirko, la moitié de la tête détruite par la balle du pistolet de service de son adjoint, le capitaine avait décidé d'utiliser le lieutenant pour découvrir ce que manigançaient ces vieilles folles. Ces satanées bonnes femmes l'avaient contrarié en mettant au jour le repaire du tueur avant lui, et ce n'était rien en comparaison des remarques perfides qu'il avait entendues dans la bouche de ses collègues.

« Alors Gorby, tu te fais doubler par un club de grands-mères ? », « Oublie pas ton déambulateur quand tu sors, tu risques de te faire larguer en cas de course-poursuite ! », « Échange ta carte de flic contre une carte senior, ça sera plus efficace pour tes enquêtes ! »

Il les avait laissés déblatérer en attendant l'heure de sa revanche.

Lors du premier rapport de Dupuis, Gorby avait cru mourir de rire en apprenant que les vieilles du club de théâtre se faisaient appeler les Panthères grises et avaient décidé de se lancer à la poursuite du meurtrier de leur amie Marie-Madeleine. Pour qui se prenaient ces mémères ? Grises, d'accord : Moelleux comprenait pourquoi en les voyant piétiner, courbées, à la recherche d'un second souffle qui ne viendrait jamais, mais Panthères ? Elles poussaient le bouchon un peu loin ; à leur âge, leurs griffes devaient être sacrément émoussées, contrairement à leurs moustaches. Il n'y comprenait rien aux bonnes femmes, et ça ne s'arrangeait pas avec l'âge. Cette situation ne le traumatisait pas outre mesure, il vivait seul avec Gaston, son vieux chat incontinent.

Missionné par Moelleux, Dupuis devait ramener des infos concernant l'enquête des Panthères en laissant fuiter en contrepartie quelques indiscrétions triées sur le volet par son supérieur. Empêtré, sans le savoir, dans le même dilemme que Peggy, ce drôle d'espion détestait cette situation.

Au moment où les Panthères grises s'interrogeaient sur leur rapport aux hommes, les deux policiers patientaient dans une voiture banalisée garée en face de la Maison populaire.
– Elles tapinent ou quoi ? fulmina Gorby dont la tache de vin, véritable baromètre de ses émotions, gagnait du terrain. Quand on dépasse les bornes, il n'y a plus de limite. Je vais leur envoyer la mondaine, on va voir ce qu'on va voir, les collègues vont se faire un plaisir de les embarquer… et vite fait ! Une bonne nuit en garde à vue va leur faire passer l'envie de pourrir mon enquête !
Le capitaine s'étonnait de voir quatre ou cinq types faire la queue à l'extérieur du bâtiment. Les bonshommes, dont l'âge avancé était le seul point commun, échangeaient quelques mots entre eux, fumaient une cigarette, lisaient et relisaient un texte, avant de marmonner dans le vide en faisant leur intéressant, la bouche en cœur, la main levée, le genou planté dans le sol.
– Ils sont pathétiques !
Rien dans leurs attitudes pour calmer le courroux de Moelleux, qui trépignait.
– Qu'est-ce que ces crétins attendent pour entrer ? Non mais, vise cet hurluberlu, il s'est mis sur son trente et un pour la fête du slip ou quoi ? Qu'est-ce qu'ils leur

trouvent, à ces vieilles biques ? Ce monde de pervers se barre en cacahuètes, ou j'y comprends plus rien !

Dupuis tourna la tête pour échapper aux élucubrations de son patron. L'humour de son supérieur lui échappait, il ne savait jamais s'il blaguait ou non. Néanmoins, le lieutenant ne put rater l'homme élégant qui arrivait, tête haute, nœud papillon rose serré autour du cou sur une chemise à carreaux du meilleur effet.

Peggy s'était abstenue d'évoquer l'audition du prochain Roméo dans ses conversations avec Dupuis. Le lieutenant, à l'image de son capitaine, se demandait pourquoi ces hommes se regroupaient devant la Maison populaire ; par contre, il lui semblait totalement improbable que les soupçons de son supérieur soient justifiés. Il ne se voyait pas poser la question à sa dulcinée sans friser le ridicule.

Pendant ce temps, à l'intérieur du bâtiment, l'audition des comédiens débutait. La foule des grands jours ne se pressait pas au rendez-vous : seulement cinq prétendants. Alice préférait ça, moins de postulants signifiait plus de chances qu'André soit l'heureux élu. Elle essayait de se rassurer tout en donnant la réplique aux Roméo qui défilaient devant elle. Aucun des concurrents n'avait la grâce de Dédé. Le premier monté sur les planches montrait de la bonne volonté mais son bégaiement rendait les dialogues particulièrement laborieux et interminables.

– Deux… deux… deux per… per… personnes, hor… hor… mis une, peu… peu… peuvent garder un se… se… secret.

Le second s'était trompé de salle, une réunion de son club d'échecs avait lieu au même moment ailleurs dans le bâtiment. Il s'éclipsa en s'excusant.

Les trous de mémoire du troisième firent pitié à Alice qui aurait pu, dû l'aider, mais qui ne le fit pas ; quant au quatrième, il était venu pour rencontrer des femmes et ne s'en cachait pas.

– Je suis en pleine forme et j'ai besoin de me dépenser… si vous voyez ce que je veux dire ? Si vous êtes intéressées, je suis ouvert à toutes propositions.

Peggy n'avait pas apprécié le regard libidineux qu'il avait posé sur sa personne, même Maria le trouva lourd et vulgaire.

En donnant la réplique à ses prétendants, Alice avait fait de son mieux pour n'en privilégier aucun. Elle attendait André avec nervosité. Elle s'inquiétait pour rien, il pointa son nœud papillon en bon dernier, et attaqua bille en tête.

« *La mort qui a sucé le miel de ton haleine n'a pas encore eu de pouvoir sur ta beauté.* »

Alice fondit, son Roméo la comblait, à peine arrivé. La suite ne fut que succession de bonheur et douceur.

À la fin des essais, les filles se réunirent après avoir demandé aux postulants de patienter dans le couloir, le temps d'attendre le résultat de leurs délibérations. Aucun n'avait l'emphase, le bagout, le charme d'André, qui fit l'unanimité du jury.

Les candidats malheureux repartirent déçus mais satisfaits d'avoir occupé quelques heures de leur journée et, pour certains, de s'être fait de nouveaux camarades. Seul André resta pour remplir les formalités d'adhésion au club, prendre connaissance des horaires et des jours de répétition.

L'administratif promptement réglé, Maria entra dans le vif du sujet.

– Dites-moi, vous qui êtes un adepte de la danse de salon, vous savez sûrement où l'on peut gambiller dans les parages ?

– Vous voulez monter une comédie musicale, du théâtre chorégraphié ? Je suis votre homme. Voyons voir…

André attrapa Maria par la main et l'entraîna dans une valse sous les yeux des Panthères admiratives… et d'Alice, piquée par le douloureux dard de la jalousie.

– Notre copine Marie-Madeleine – vous savez, celle qui s'est fait estourbir – fréquentait des salons et autres thés dansants. Alors nous nous demandons dans quels lieux elle allait guincher.

– Je croyais que l'assassin avait avoué…

André marqua les temps de la valse en tapant du pied pour remplacer la musique.

– Un, deux, trois, et un, deux, trois…

Les Panthères se dévisagèrent : allaient-elles mettre André dans la confidence ? Maria, qui n'avait pas les états d'âme de ses consœurs, ne perdit pas son temps en tergiversations.

– Notre charmante Alice est persuadée de l'innocence du dénommé Mirko. Alors nous, les Panthères grises, nous menons l'enquête pour empêcher une erreur judiciaire.

– Les Panthères grises, répéta-t-il épaté. Avec un tel nom de guerre, le coupable a intérêt à se tenir à carreau.

Évidemment cela fit rire Maria, un peu faux, un peu trop fort, un peu trop longtemps. André profita de son avantage et l'entraîna dans une danse endiablée en fredonnant une valse de Vienne en guise d'accompagnement.

– Pom pom pom !

Alice en voulait à Maria d'avoir mis André dans la confidence, elle lui avait révélé leurs activités secrètes sans leur demander leur avis. La traîtresse avait transgressé une règle tacite chez les Panthères grises : les décisions importantes se prenaient toujours en commun.

Alice la détestait d'autant plus qu'elle lui avait sifflé son amoureux sous le nez. Elle ne se rappelait pas avoir été autant en rogne depuis le jour où Rolande, sa prétendue meilleure amie, avait essayé de séduire son Marcel au cours d'un voyage scolaire.

17

Dancing

L'odeur de nicotine ne s'était pas dissipée depuis la décision d'interdire le tabac dans les lieux publics, le fumet rance imprégnait l'atmosphère comme si les danseurs n'avaient jamais respecté cette interdiction. Le plateau des tables laquées, disposées en cercle tout autour de la piste, reflétait les visages des consommateurs en estompant les rides et les défauts. Attention sympathique si l'on considérait la moyenne d'âge élevée des amateurs de paso doble et de rumba qui se trémoussaient sur le dancefloor tacheté par les éclats de lumière projetés par la boule à miroirs accrochée au plafond.

André s'était fait prier avant d'accepter d'accompagner les Panthères grises jusqu'au Relais du Château, situé à la lisière du Bois de Vincennes, du côté de Saint-Mandé. Maria avait profité du trajet vers le dancing pour disparaître, Alice avait compris la raison de cette absence en la voyant resurgir vêtue de la tenue *Sexy-Coquette* piquée chez Marie-Madeleine. Elle remarqua d'un coup d'œil expert que la robe ne la boudinait plus.

– Si Maria l'a retouchée, c'est qu'elle n'a aucune intention de la rendre. On appelle ça du vol, pesta Alice.

À peine arrivée, Maria avait avalé sa boisson, comprise dans le prix de l'entrée, puis avait sifflé celle délaissée par André.

– On ignore ce qu'ils mettent dans ces cocktails, je m'en méfie comme d'un poison, avait-il proclamé en lui cédant volontiers le sien.

Il avait raison. Maria, bousculée par l'effet euphorique de ses deux verres engloutis sans respirer, oublia vite Marie-Madeleine, Mirko, et la mission des Panthères. Elle accaparait André, le draguait sans retenue, engluait les larges épaules de l'homme comme du goudron frais. Elle ne quitta la piste de danse que pour siffler le « cocktail d'accueil » abandonné par ses copines qui s'étaient brûlé les lèvres en le goûtant.

Alice et Nadia n'étaient pas venues pour profiter de la guinguette, ce qui les arrangeait bien car elles étaient, l'une comme l'autre, de piètres danseuses. Elles avaient fait connaissance avec Annette, la responsable des après-midi à thème au Relais du Château. La femme reconnut immédiatement Marie-Madeleine sur la photo qu'Alice lui montra.

Annette était habillée d'une jupe droite, coupée au-dessus du genou ; ses longs et épais cheveux blancs tressés en une queue-de-cheval, elle portait un gilet de laine sans manches sur un chemisier moutarde. En s'asseyant, Alice remarqua ses chaussures rigolotes, bicolores, en cuir souple, qui lui permettaient assurément d'être à l'aise pour danser. Elle répondit à leurs questions avec franchise et simplicité. Oui, elle connaissait Marie-Madeleine, elles avaient bavardé ensemble à de nombreuses occasions.

– Nous avons vite sympathisé. Marie-Madeleine était le prototype de la veuve, un peu fanée, qui s'est ennuyée toute sa vie à briquer son intérieur et à faire la popote en attendant que son mari daigne rentrer.

Annette avala une gorgée de son jus de tomate au sel de céleri qui fit regretter aux deux Panthères de ne pas avoir choisi ce rafraîchissement, quitte à payer le supplément demandé. Alice ne s'attendait pas à une description aussi crue. L'organisatrice du thé dansant reprit son récit sans plus s'occuper de la bienséance et des bonnes manières habituelles quand on évoque le souvenir d'une morte.

– Marie-Madeleine a décidé de s'éclater avant de mourir, c'est son droit, même si, à mon avis, elle aurait dû le faire plus tôt. Je vois souvent passer des veuves dans sa situation. Elles s'encanaillent mais c'est déjà trop tard, tout part à vau-l'eau, le corps, le reste…

Annette resta suffisamment vague pour qu'Alice et Nadia puissent y mettre ce qu'elles voulaient.

– Ça leur fait du bien de se confronter à leur démon de minuit. Les hommes, c'est avant qu'ils en ont profité, ils se sont amusés ; arrivés à cet âge, la plupart sont morts.

Une quinzaine de couples tournaient sur la piste. André et Maria se donnaient à fond, en faisant l'admiration des connaisseurs et le dégoût d'Alice.

– Marie-Madeleine fait partie de ces femmes qui réalisent que leur mari a passé sa vie à les tromper le jour de son enterrement. Elles admettent la situation quand elles découvrent qu'elles sont plusieurs à pleurer sur la même tombe. Elle voulait se rattraper, satisfaire une revanche tardive... mais, en fait, elle s'est vite rendu compte que la vengeance n'était pas son truc. Les maris se moquent de ce que font leur veuve ; là où ils sont rendus, c'est le cadet de leurs soucis. Il faut être pragmatique : si Marie-Madeleine faisait du mal à quelqu'un, c'était à elle-même.

– Pourquoi vous a-t-elle raconté tout ça ? demanda Alice en essayant de se soustraire à la vision de Maria et André qui s'éclataient sur la piste en lui crevant le cœur.

– Vous savez, c'est souvent plus facile de se confier aux gens que l'on ne connaît pas, on leur raconte sa vie avec moult détails sans oublier d'enjoliver, quitte à mentir, puisqu'on ne les reverra jamais.

– Marie-Madeleine venait régulièrement ?

– Les premiers temps, oui, notre club organise des après-midi dansants deux fois par mois, mais, très vite, on ne l'a plus vue, rien d'étonnant à ça.

– Pourquoi vous dites ça ?

– Regardez, rien ne vous choque ?

À ce moment précis, les lèvres tendues de Maria

étaient si proches de celles d'André qu'Alice préféra détourner son regard. À part le couple de débauchés qui la scandalisait, Alice ne trouva rien de particulièrement révoltant.

– Ici, viennent dix femmes pour un homme, alors ces messieurs se la jouent sultans dans leur harem, ils font leurs courses, essaient, choisissent, embarquent, emballent, déballent, un vrai supermarché. Je ne me vois pas les mettre dehors, on est déjà pauvres en cavaliers.

– Il y a quelques jeunes…, constata Alice.

En effet, deux ou trois garçons d'une vingtaine d'années dansaient avec des femmes qui auraient pu être leur mère, leur grand-mère pour certaines.

– Ceux-là, c'est différent, des étudiants pour la plupart, ça paie leurs études.

Annette avait mis une drôle d'intonation dans sa phrase qui résonnait étrangement aux oreilles d'Alice.

– Qu'est-ce que vous entendez par « ça » paie leurs études ?

– Ils viennent pour danser… Ils s'éclatent, c'est de leur âge.

Cette explication contredisait ses paroles, jusqu'à preuve du contraire la java n'était pas la danse plébiscitée par les jeunes gens.

– Et alors, tu ne l'as pas acheté. Il n'est pas pour toi toute seule !

Les esprits s'échauffaient sur la piste de danse. Maria

se disputait avec une femme drapée d'un chemisier léopard au décolleté plongeant et aux boucles d'oreilles en forme de grappe de raisin qui lui étiraient les lobes. La femme-léopard voulait danser avec André... mais la Panthère ne voulait pas.

– Vous voyez : dès qu'un coq fait le beau dans la basse-cour, les poules se chicanent... Excusez-moi, mais je vais devoir m'en occuper avant qu'elles se crêpent le chignon. Ce genre de spectacle fait mauvais genre, c'est la pire publicité pour nos animations.

Alice et Nadia décidèrent de ne pas s'en mêler. Maria les avait ignorées depuis qu'elles étaient arrivées au Relais du Château, en retour elles firent semblant de ne pas la connaître : elle l'avait bien cherché. Elles remercièrent Annette pour ses informations et la laissèrent régler le problème.

Les deux Panthères grises sortirent, indifférentes à la situation qui empirait à l'intérieur.

– C'est pas ton mari, tu pourrais le prêter !
– J'ai pas envie !
– T'as vu comment t'es fringuée... c'est pas l'avenue du Trône, ici !
– Qu'est-ce que t'insinues ? Je suis pas une...
– Mesdames, un peu de tenue !

La porte tambour de l'entrée étouffa les feulements. Un beau combat de félins se préparait.

À l'extérieur, un jeune prenait l'air en fumant un cigarillo. L'ancien pavillon de chasse de Napoléon avait été entièrement restauré et le cadre bucolique à l'orée du Bois dégageait un charme paisible. Alice et Nadia s'approchèrent du garçon et lui montrèrent la photo de Marie-Madeleine, qui le fit sourire. Elle trouvait qu'il ressemblait à François, son jeune fils amateur d'herbe, à vingt ans, confiant, la vie devant lui. Le jeune homme portait un T-shirt noir impeccable, sans plis, repassé par sa mère, et un jean slim qui le moulait et mettait en valeur un physique filiforme et musclé de sportif. Il leur rendit la photo sans abandonner son air béat de premier communiant.

– Je l'ai déjà croisée, mais je ne la connaissais pas plus que ça.

– Pourquoi vous parlez d'elle au passé ? s'étonna Alice en récupérant le cliché.

– Parce qu'elle est morte.

La franchise du jeune homme les laissa interdites.

– Me regardez pas comme ça, c'est pas un secret, elle s'est fait étrangler par un rôdeur, un Russe…

– Ukrainien… c'est différent, rectifia Alice.

– Vous avez raison, la Russie et l'Ukraine, avec la guerre dans le Donbass, ne sont plus vraiment copines.

La politique internationale n'était pas la spécialité d'Alice ni de Nadia, qui ne renchérirent pas.

– Je suis étudiant en histoire, précisa-t-il.

Les Panthères échangèrent un regard perplexe.

– Vous vous demandez ce que je fais ici ?

Après leur discussion avec Annette, Nadia et Alice se doutaient des services qu'il proposait. Le jeune homme n'avait pas honte de ses activités.

– Je suis danseur mondain, taxi-boy comme on disait à votre époque. Je fais danser des femmes de votre âge. Je leur sers de confident, je leur parle, même si, le plus souvent, je me contente d'écouter. Je les rassure, pour qu'une fois au moins dans leur vie, une oreille attentive s'intéresse à elles.

– Marie-Madeleine venait chercher quoi auprès de vous ?

– Votre amie ? Je me souviens de la dernière fois… Elle était sinistre, rien à faire pour la dérider. Nous avons dansé sur des morceaux tranquilles, le rythme lent l'apaisait, son visage s'éclairait d'un sourire de nouveau-né. Cet instant de calme prenait une saveur considérable, elle le dégustait comme un moment de grâce. Elle s'est mise à pleurer. Je l'ai serrée, on n'a plus bougé du centre de la piste, pile sous la boule à facettes ; les autres couples nous frôlaient comme si nous étions transparents. Elle a relevé son visage vers moi, ses joues ruisselaient de larmes, et elle m'a embrassé en me remerciant. Je lui ai demandé : «Pourquoi ?» Elle m'a répondu : «Merci pour ce moment magique.» Je ne l'ai plus jamais revue, jusqu'au jour où j'ai découvert sa photo dans le journal… à la rubrique faits divers.

Le garçon refoula l'émotion qui montait dans sa gorge.

– Cette terrible nouvelle m'a rendu triste, un peu comme si ma grand-mère était décédée. Mais bon, faut s'y faire, la mort fait partie de la vie.
– Vous la connaissiez bien ?
– Pas plus que ça, elle venait seulement pour danser…
– Seulement… c'est-à-dire ?
– Ne jouez pas aux innocentes… Elle ne m'a pas embrassé comme un fils, mais comme un amant. L'espace d'une danse, elle a oublié son âge, ses douleurs ; retrouvé sa jeunesse.
– Et après ?
Alice voulait tout savoir.
– Ne vous méprenez pas, avec elle, ce n'est jamais allé plus loin qu'un innocent bisou. Vous savez, il m'arrive de ne pas me contenter de faire danser ces dames… Si elles le désirent, pour un billet ou deux, je leur fais passer d'agréables moments… Elles sont comblées, et moi, je paie mes études, chacun y trouve son compte.

– Où vous étiez ? On vous cherche partout !
Maria tenait debout uniquement parce qu'André la soutenait. Sa robe moulante était déchirée sur tout le flanc et dévoilait le haut de ses cuisses. Maria se tordit les chevilles dans le gravier en essayant de faire un pas en avant.
– Pourquoi vous ne dansez pas ? demanda-t-elle la bouche pâteuse, en se retenant au solide bras d'André

pour ne pas s'écrouler. On n'attend plus que vous ! Je garde Dédé, c'est un sacré bon cavalier, vous n'avez qu'à valser ensemble ! Ah oui, c'est vrai, vous ne savez pas danser !

Même ivre, Maria n'oubliait pas de lâcher une vacherie. Alice évitait de croiser les yeux d'André. Si elle s'était retournée, elle n'aurait aperçu que son front dégarni, car il fixait ses chaussures couvertes par la poussière de la cour. En arrière-fond, l'étudiant taxi-boy jetait son cigarillo d'une pichenette de l'index et du pouce, il retournait au travail en leur faisant un sympathique au revoir de la main. On ne sait jamais, ça ne coûtait pas grand-chose d'être prévoyant : un jour ou l'autre, ces deux femmes deviendraient peut-être ses futures clientes.

Maria s'avança brusquement vers Alice pour lui parler. André, surpris, la lâcha. Elle s'emmêla les pinceaux et voulut se retenir à sa copine qui s'effaça au dernier moment. Résultat de cette esquive, Maria s'écroula sur le gravier, de petits cailloux s'infiltrèrent sous la paume de sa main, son collant se déchira, son genou s'érafla, de minuscules gouttelettes de sang perlèrent à travers sa peau. Voir sa copine se casser la figure n'émut pas particulièrement Alice qui assouvissait son désir de vengeance. Maria flirtait avec André, qu'elle s'arrange avec son nouveau Jules pour la relever.

Son amie avait mis l'enquête entre parenthèses pour lui piquer son Roméo. Qu'était devenue leur solidarité de groupe ? « Panthères un jour, Panthères toujours ! » Tu parles ! Leur unité venait de prendre un sérieux coup sur la carafe. « Tout ça à cause d'un bonhomme, c'est à chaque fois la même rengaine », aurait dit Thérèse dont la présence rassurante manquait à Alice.

Son ex-femme de ménage lui tendit une main ensanglantée pour qu'elle l'aide, mais Alice se détourna et la laissa en plan. Elle avait bien mérité la monnaie de sa pièce.

Maria se retourna et sollicita André, qui observait Alice s'éloigner à petits pas, vite rejointe par Nadia clopinant derrière elle.

– Alice ! appela-t-il dans le vide.

– Laisse-la, elle fait la gueule, ça lui passera ! Dis donc Dédé, tu ne vas pas me laisser par terre à me vider de mon sang ! Tu m'aides ?

André, troublé, lui donna la main. Il ne pouvait pas faire autrement que de l'aider à se remettre sur ses deux jambes.

La robe *Sexy-Coquette* n'avait pas résisté à la chute. Le tissu souillé et lacéré remontait largement au-dessus de ses genoux blessés en lui dessinant une minijupe de la dernière vulgarité, ses collants filés, un talon cassé, Maria ressemblait à ce qu'elle était en ce moment : une pocharde.

– T'es de corvée pour me raccompagner, mon chou.

18

Sushi

– Tu fais la tête ?

Nadia connaissait suffisamment son amie pour savoir que ça n'allait pas fort, elle en devinait la raison mais hésitait à la formuler sans risquer de la blesser. Nadia avait horreur de se mêler des affaires des autres, Alice n'était plus une jeunette inexpérimentée qu'il fallait préserver de ses peines de cœur. Sacrée Maria, il fallait une bonne dose de culot pour lui souffler André sous le nez. « Viens, on danse ! » Nadia n'en revenait pas, Maria dans sa robe de… enfin, un accoutrement qu'on ne porte plus à cet âge, ni avant d'ailleurs, sauf si on a une idée derrière la tête, et Maria en avait évidemment une ! Les hommes sont tous les mêmes, dès qu'un centimètre de peau apparaît au grand jour, ils se transforment en cochons, la langue pendante, les yeux exorbités et la queue en tire-bouchon. L'âge n'y fait rien, il empire même, aucune excuse.

Assise à ses côtés dans la R25 Baccara, Nadia observait Alice concentrée sur la route, elle trouvait stupide de se fâcher avec sa meilleure amie à cause d'un baratineur dont elle ignorait l'existence deux jours auparavant, mais elle s'abstint de faire des commentaires.

Accrochée au volant, Alice était persuadée qu'André se désintéressait d'elle à cause de sa réaction de la veille, elle aurait dû écouter ses envies et l'accompagner au restaurant, au lieu de se préoccuper d'équité entre les potentiels Roméo.

— Moi, je ne couche pas le premier soir ! pensa Alice à haute voix.

Par chance, le bus de ville numéro 114 klaxonna au même moment, et couvrit la phrase.

— Qu'est-ce que tu dis ?

— Rien, j'ai rien dit, je réfléchis... tout haut... à notre enquête ! Je vois mieux les choses ainsi, autrement tout se mélange dans ma tête et ça s'embrouille, tu sais bien.

Nadia n'était pas dupe, mais elle eut la délicatesse de ne pas le montrer. Elle préféra relancer Alice sur leurs recherches.

— Je me demande ce qu'a voulu dire le jeune étudiant...

— Hein ?

Alice avait le plus grand mal à chasser André de ses pensées.

— L'étudiant en histoire, au Relais du Château, quand il a affirmé que « ça » n'intéressait pas Marie-Madeleine... Qu'est-ce qu'il voulait dire par là ?

– Il me semble que c'était clair... T'as pas compris, tu voulais qu'il nous fasse un dessin ?

En s'entendant, Alice se trouva agressive. Pourquoi reporter sa mauvaise humeur sur la pauvre Nadia qui n'y était pour rien ?

– Ces jeunes gens font plus que danser avec des vieilles dames, crois-moi, reprit-elle posément. Ils leur font des trucs qu'elles n'ont plus fait depuis longtemps... Elles paient pour ce genre de services ; à nos âges, il n'y a pas de tour de manège gratuit. En tout cas, grâce à lui, on sait que Marie-Madeleine ne venait pas pour la bagatelle, c'est déjà ça...

Alice souffla, elle se sentait soulagée par ce qu'elles avaient appris.

– Attention, c'est ce qu'affirme ce garçon, contesta Nadia. Elle n'est plus là pour le contredire. Il aurait très bien pu la connaître plus intimement que ce qu'il nous a raconté, et être passé chez elle le jour du meurtre. Je me demande si, en fait, Marie-Madeleine... n'avait pas recours à ses services. Cet étudiant pourrait l'avoir assassinée après lui avoir... ou même avant ?

– Pourquoi tu dis ça ?! se fâcha Alice. Il manquerait plus que... C'est pas possible, tu l'as vu comme moi, c'est un gamin, il pourrait être son petit-fils !

Nadia poursuivit son raisonnement sans s'inquiéter des cris de vierge effarouchée d'Alice.

– Cet étudiant connaissait Marie-Madeleine, elle

lui faisait confiance. Elle lui ouvre sa porte... le laisse entrer... le...

– Tais-toi, je ne veux même pas penser à ces horreurs...

– Et si c'était lui, l'inconnu qui n'aime pas la peinture ? Il est jeune et fort, tu l'as vu par toi-même, c'est un costaud, un sportif. Il n'aurait eu aucun mal à assommer sa maîtresse...

Nadia fit une pause, ça lui faisait tout drôle de s'entendre employer ce mot en parlant de Marie-Madeleine. Elle se frotta le front comme si elle pouvait activer ses neurones.

– Après le meurtre, reprit-elle pour terminer sa démonstration, Mirko débarque et se fait assommer. En plus, notre étudiant a un mobile, il a besoin d'argent pour payer ses études, c'est lui qui nous l'a dit.

– Mais s'il a volé Marie-Madeleine, il n'a plus besoin d'argent... Pourquoi continuerait-il son commerce au Relais du Château ?

Alice n'avait aucune envie que ce jeune garçon soit le coupable.

– Il ne veut pas changer ses habitudes, répondit Nadia du tac au tac. C'est une astuce pour ne pas être soupçonné par la police. N'oublie pas que c'est grâce aux indiscrétions du lieutenant Dupuis qu'on a découvert la passion de Marie-Madeleine pour la valse et le tango. Un jour ou l'autre, le capitaine Moelleux finira par fouiner autour des dancings.

Le jour déclinait, les éclairages dans les vitrines des magasins s'allumaient, la circulation dans le sens Paris-banlieue s'amplifiait. Nadia savait qu'Alice s'abstenait de conduire la nuit. C'est pourquoi, celle-ci la surprit quand elle continua vers le Bois au lieu de remonter en direction de Montreuil.

– On ne rentre pas directement ? Au cas où tu n'aurais pas remarqué, il va bientôt faire nuit.

– Je voudrais vérifier un détail du côté de la planque de Mirko. On n'en a pas pour longtemps.

Alice s'engagea sur l'avenue de Nogent. Nadia était incommodée depuis leur départ du dancing mais n'en avait pas fait état. Une vilaine odeur empoisonnait l'habitacle, des remugles qui lui rappelèrent le local poubelles de son immeuble un jour de grève des éboueurs. N'y tenant plus, elle se retourna vers l'arrière, le sac d'Alice trônait, posé au centre de la banquette tel un invité de marque dont elles auraient oublié la présence.

– Tu ne trouves pas que ça cocotte dans ta voiture ?

Alice renifla.

– Non, je ne sens rien de spécial.

Elle secoua l'arbre vert désodorisant qui se balançait, accroché au rétroviseur intérieur de la Baccara à la manière d'un supplicié.

– J'ai l'impression que ça vient de ton sac…, insista Nadia en ouvrant sa fenêtre.

Elle se pencha vers l'extérieur et inspira une bouffée d'air frais.

— De mon sac ?

— Tu permets que je jette un œil ?

Alice n'avait pas d'objections à fournir. Nadia attrapa l'objet par les anses, le posa en équilibre sur ses jambes et l'ouvrit avec autant de précautions que si elle désamorçait une bombe. Une odeur nauséabonde lui éclata aux narines.

— Pouah ! cracha-t-elle en plaquant sa main sur son nez. Tu transportes quoi là-dedans qui empeste à ce point la charogne ?

Alice leva les sourcils en signe d'étonnement.

— Rien de spécial, un paquet de trucs inutiles, comme dans tous les sacs à main.

Nadia se pinça les narines et extirpa, du bout des doigts, une drôle de variété de sushi enveloppé d'un mouchoir à carreaux. Un jus saumâtre et fétide lui goutta sur les jambes.

— C'est quoi, ce truc ? hurla-t-elle, écœurée, en repliant ses jambes sur le fauteuil pour éviter d'être souillée par le liquide immonde.

— Le poisson rouge de Marie-Madeleine !

Alice l'avait oublié, celui-là.

— Il a sauté dans ton sac ?

La blague de Nadia les fit décompresser, elles gloussèrent nerveusement sans arriver à stopper leur fou rire. Alice riait tellement qu'elle ne voyait plus la route à travers ses larmes. Par précaution, elle se rangea sur l'accotement pour éviter de provoquer un accrochage.

Quand elle fut remise de ses émotions, Alice expliqua qu'elle n'avait pas pu se résoudre à laisser le poisson rouge se décomposer dans l'aquarium chez Marie-Madeleine. Elle l'avait embarqué pour l'enterrer dans son jardin… et l'avait oublié dans son sac, où le cadavre avait entamé son processus de décomposition. Ce petit drame leur fit le plus grand bien. Elles repartirent du bon pied. Nadia prit délicatement ce qui restait du poisson enveloppé dans son linceul et le jeta dans le caniveau par le bas de la portière entrouverte. Il flotta jusqu'à la bouche d'évacuation et disparut dans le système des eaux usées.

– Amen, firent les Panthères.

19

Gilbert

La nuit tombait sur le jardin tropical. Les ruines fantomatiques hantaient le lieu désertique. Les ombres des arbres se dressaient en silhouettes spectrales qui progressaient, minute après minute, comme l'avant-garde d'une armée de géants. Les deux femmes parcoururent le chemin qu'elles avaient déjà emprunté, longèrent le stûpa, traversèrent le pont aux najas, pour arriver devant la planque de Mirko. Les rubans en plastique de la police délimitaient le lieu, gonflés de vent, sonores comme les spis d'un voilier. Ils encerclaient l'endroit où l'artiste ukrainien s'était tiré une balle dans la tête, à moins que d'autres ne l'aient fait à sa place. Le sang avait presque disparu, les insectes nettoyaient les indices délaissés par la police scientifique. Une colonie de fourmis, dérangée par les visiteuses, abandonna la scène de crime en moulinant de ses milliers de minuscules pattes.

– Qu'est-ce que t'as derrière la tête ? La police a ratissé le secteur de long en large.

Nadia ne se sentait pas tranquille dans cet endroit

lugubre. Le vent bruissait dans les branches, un chien aboyait à se casser la voix. Un décor de film à suspense.

– Tu ne trouves pas bizarre qu'on ne découvre aucune toile dans un atelier de peintre ?

– Qui te dit que c'était son atelier ? Personne ne sait s'il venait travailler ici.

– Ce tabouret est couvert de taches de peinture… Tiens, là derrière le gros caillou, un pinceau, si c'est pas des preuves, ça !

Alice souleva la pierre et exhuma des tubes de couleurs vides, enroulés sur eux-mêmes tels des escargots privés de coquille, des chiffons sales, divers pinceaux, pointes plates et autres, de vieux couvercles de conserves, des récipients récupérés pour les mélanges de teintes. Les instruments d'un artiste peintre.

– Étrange, il n'y a pas une seule œuvre, rien en cours, pas une esquisse, pas une ébauche, même pas un travail préparatoire, le néant.

Alice tenait un morceau de cageot explosé, une des lattes avait servi de palette improvisée. Aucun doute, Mirko venait là pour travailler.

– On a volé les toiles depuis notre visite.

– T'es sûre qu'il y en avait ? Moi, j'ai rien vu quand nous sommes venues !

– La police les a confisquées.

– Possible…

Un craquement. Puis un autre.

Alice posa son index sur sa bouche. Les deux

Panthères grises se turent et écoutèrent, à l'affût du moindre mouvement. D'un seul coup, des pas précipités ruèrent dans les feuilles mortes. Le chien aboya de nouveau. Une cavalcade.

– Qui est là ? cria Alice en s'élançant dans l'allée qui la ramenait vers l'entrée du jardin.

Le chien encore. Alice enjamba une poutre effondrée et contourna la serre défoncée. Une boule de poils lui passa entre les jambes en jappant.

– Gilbert, au pied !

Une femme surgit et fit semblant de découvrir Alice.

– Vous n'avez pas vu Gilbert ? C'est un chihuahua, il est charmant mais totalement indiscipliné !

La femme devant Alice, avec son tailleur chic, son sac à main orné des initiales d'une marque célèbre, ses bijoux anachroniques pour une promenade dans un bois, intrigua suffisamment Alice pour qu'elle lui demande ce qu'elle faisait là.

– Je sors mon chien pour ses besoins, répondit la femme avant de lui renvoyer la question. Et vous, qu'est-ce que vous faites à retourner ces vieux machins ?

Alice, prise sur le fait, jeta le pinceau usagé qu'elle tenait encore dans sa main. Nadia arriva en portant un chihuahua qui lui léchouillait la main en jappant.

– Ah, te voilà ! T'as trouvé le moyen de finir dans les bras d'une dame, petit coquin !

L'inconnue récupéra son animal et lui passa la laisse autour du cou.

Alice n'avait pas réfléchi à l'éventualité que l'assassin puisse être une femme. Une épouse jalouse peut-être, mais elle avait du mal à imaginer Marie-Madeleine briseuse de ménage, mais elle ne l'avait pas imaginée non plus entretenir un jeune étudiant en histoire, ni fréquenter un artiste ukrainien sans domicile fixe.

– Eh bien, mesdames, il ne me reste plus qu'à vous souhaiter une bonne soirée. Tu viens, Gilbert, il est temps de rentrer à la maison.

Alice n'avait pas envie de la voir disparaître aussi vite. Elle voulait qu'elle leur explique la raison de sa présence sur la scène de crime à la nuit tombante.

– On pourrait parler de vous à la police…, menaça-t-elle.

La femme se figea, un rictus amusé sur les lèvres.

– Bigre… En voilà une drôle d'idée… Et pour quelle raison ? Quelle loi interdit de promener son animal de compagnie dans la nature ?

Alice ne sut pas quoi lui répondre. Nadia, qui avait compris que cette femme ne représentait pas de danger, profitait de leur conversation pour continuer ses recherches dans le fatras. Elle dégageait des planches en provoquant un raffut du diable.

– Je peux me permettre de vous demander ce que vous faites ? fit la propriétaire du chien miniature.

Nadia ne s'embêta pas à trouver un argument crédible.

– J'ai perdu mes clés.

Le soleil allait bientôt se coucher et Alice n'avait pas de temps à perdre en enfantillages. Elle joua son va-tout et expliqua la raison de leur présence. La femme réfléchit un bref instant avant de décider qu'elle non plus n'allait pas tourner autour du pot.

– Vous cherchez une toile, eh bien moi aussi. Je cherche mon portrait… librement interprété par le dénommé Mirko.

Alice et Nadia n'eurent pas besoin de la pousser; une fois lancée, elle leur raconta ses mésaventures par le détail.

– Mon mari, mes enfants, mes connaissances, ne doivent en aucun cas savoir. Je compte sur votre discrétion. Voilà, je voudrais récupérer mon portrait… pour qu'il ne circule pas. J'ai fait l'erreur de sympathiser avec un artiste, un dénommé Mirko Losevich, à l'occasion d'un cocktail organisé à la galerie d'art contemporain MOZ, dans le Marais, à Paris. Flattée par la proposition, j'ai accepté d'être son modèle. Quelle sotte, quand j'y pense! J'ai posé, habillée d'abord, moins ensuite, pour l'art, pour lui aussi. Vous connaissez les artistes, ils sont si gentils, convaincants… Je ne suis pas la première à me dévêtir pour un peintre, à nos âges avancés, un compliment bien formulé fait tomber les barrières de la pudeur! Une fois le tableau achevé, quand j'ai découvert le résultat, j'étais sous le choc, c'était… comment dire?

– Pas ressemblant, proposa Nadia qui n'avait pas eu la « chance » de détailler la fresque de Mirko peinte dans le sous-sol d'Alice.
– Cru ? fit Alice qui avait eu le loisir de l'admirer.
– Bien pire, rebutant, déplacé, je ne m'attendais pas à ça. Je n'ai jamais ressenti une telle honte. J'étais représentée entre les pattes d'une sorte de satyre, mi-homme, mi-animal… dans une position… À part mon visage, rien n'était reconnaissable, mais le visage, lui, l'était, et c'est bien ce qui m'a alertée.

Alice rejetait la vision de cette femme aux prises avec le sexe qui l'avait sidérée.

– Je ne voulais pas que cette toile soit exposée, encore moins qu'elle circule ou qu'elle soit reproduite dans des catalogues. Je me suis précipitée à la galerie où j'avais rencontré Mirko. La propriétaire, Mme Moz, m'a proposé de lui acheter à un prix démentiel, rien à voir avec ce dont nous étions convenus avant l'exécution de la soi-disant œuvre. Elle n'en démordait pas : à ses yeux, la toile était autrement plus réussie que tout ce qu'elle avait espéré. D'après elle, nous étions en possession d'un véritable chef-d'œuvre. C'était trop…
– Fort ?
– Oui, c'est exactement ce qu'elle s'est exclamée : une œuvre marquante ! N'importe quoi, elle délirait, cette folle avec ses kilos de bracelets ! C'était juste le portrait pornographique d'une bourgeoise passée d'âge ! Elle menaçait de faire circuler le torchon, de l'exposer et le

mettre en vente dans sa galerie où Mirko avait soi-disant des admirateurs qui se précipiteraient pour acheter cette ignominie. J'étais tombée à pieds joints dans une arnaque du plus bas étage. Elle me tenait. Mon mari a un poste important dans une grosse société... Je ne voudrais pas lui faire du tort.
— Mirko, un vulgaire maître-chanteur ?
Alice n'en croyait pas ses oreilles.
— Mon argent personnel ne me permettait pas de payer ce que ces filous me demandaient. J'étais obsédée par ce tableau, j'aurais tout envisagé pour le détruire. J'ai négocié en direct avec Mirko, il me semblait plus facile à convaincre, et puis on se connaissait... À ce moment, je croyais encore qu'il m'appréciait. Il a accepté que je lui donne une partie de la somme en attendant le reste... et, évidemment, il a disparu, et la toile avec... Je n'ai jamais revu ni l'un ni l'autre. Je suis retournée à la galerie, la propriétaire m'a affirmé qu'à partir du moment où nous avions traité directement ensemble, ce n'étaient plus ses affaires, qu'elle avait assez de soucis avec tous ces artistes. Je n'avais qu'à l'acheter, et, si je ne voulais pas la garder, libre à moi, elle trouverait rapidement un acquéreur vu la qualité de l'œuvre. Elle faisait celle qui n'y est pour rien, mais je ne la crois pas. C'est dans sa galerie que j'ai vu pour la première fois ce voleur, pendant un cocktail qu'elle avait organisé. J'ai reçu l'invitation parce que je fais partie d'un club d'épouses d'hommes d'affaires, un club en

lien avec une banque privée. Je ne sais pas comment elle se débrouille pour récupérer nos coordonnées, en tout cas, ça lui permet d'avoir des invités triés sur le volet avec… disons, les moyens d'investir dans une œuvre d'art. Cette femme prend une commission que j'imagine conséquente. Voilà, vous savez tout, la toile a disparu… Mirko aussi… mais je reste persuadée que cette Mme Moz la cache quelque part. Elle va la ressortir un de ces jours, parce que la mort d'un artiste, ça fait forcément exploser les prix.

– Pour quelles raisons ne pas avoir contacté la police ?

Question stupide, Alice savait très bien pourquoi. La femme ne lui en tint pas rigueur.

– Quand j'ai appris qu'il avait assassiné une vieille dame, je me suis vue la prochaine sur la liste. Je ne sortais plus de chez moi, frissonnant au moindre craquement du parquet. Je devenais folle, heureusement la police lui a mis la main dessus. Je vous ai vue à la reconstitution… Lorsque vous avez été évacuée en ambulance, j'ai bien cru qu'il vous avait assassinée.

– C'est vous qui êtes venue chez moi pour tuer Mirko ?

– Vous êtes complètement folle. Pourquoi j'aurais fait ça ? protesta la femme, abasourdie par l'accusation d'Alice. Je ne sais même pas où vous habitez. Tuer quelqu'un, non mais, vous m'avez regardée ?

– Comment êtes-vous arrivée jusqu'ici ?

— Je réside en face, avenue de la Belle-Gabrielle... Hier soir, la police a débarqué sirènes hurlantes. C'est étonnant, la vie, je le cherchais partout et Mirko se cachait à quelques centaines de mètres de mon domicile, j'aurais pu tomber sur lui en promenant mon chien. Arrivée ici, il y avait déjà une foule de badauds, les policiers nous ont repoussés. Je suis partie et je ne suis revenue qu'aujourd'hui.

— Vous avez retrouvé votre portrait ?

— Rien du tout, j'ai retourné tout ce que j'ai pu, pas l'ombre d'une toile...

La femme jeta un coup d'œil dubitatif sur les Panthères. Personne ne relança, tout avait été dit. Elle éternua discrètement.

— Pardon, l'humidité tombe avec la nuit, je prends froid.

Son chihuahua aussi trouvait le temps long, il ne cessait de japper en tirant sur sa laisse qui l'étranglait.

— Je dois rentrer, c'est l'heure de la gamelle. Gilbert s'impatiente, c'est que ça impose sa loi, ces petites bêtes !

— Pensez-vous que Mirko a tué notre amie ? demanda Alice en se frottant les mains pour se réchauffer.

— Il a avoué.

— Je vous demande votre avis, pas ce qu'a décrété la police. Vous avez posé pour lui, ça crée des liens...

— De là à être une intime...

– Vous savez comment il raisonne, comment il se comporte...
– Qu'est-ce que vous insinuez ?
Alice n'insinuait rien de spécial, elle tentait de comprendre la situation. La femme l'observa les sourcils froncés, en proie à une intense réflexion. Elle prit son temps avant de répondre, comme si elle se remémorait les moments passés en sa compagnie : les bons, car il y en avait eu de nombreux, les mauvais aussi, pesant le pour et le contre. Une fois qu'elle se sentit prête, elle fit la description du Mirko qu'elle avait connu.
– À jeun, il est très gentil, affable, cultivé, drôle, mais dès qu'il boit, il se transforme, devient agressif, violent, irritable. Quand il a compris que je n'achèterais pas son tableau, je ne l'ai plus reconnu, il m'a insultée, menacée de mort... Je me suis même pris une claque. Pour répondre à votre question, oui, même si au début je... je l'appréciais, j'ai la conviction qu'il a tué cette femme.

Après le départ de la dame au chien, Alice écouta attentivement Nadia, qui fit le point à voix haute, assise sur un rondin de bois :
– Mirko fait chanter ses modèles. Les choses se passent mal avec Marie-Madeleine, qui ne veut pas payer le prix qu'il réclame pour sa toile. Ils se disputent, il la tue, conserve son tableau et l'argent... Rongé par les remords, il se suicide... Ça colle.
– C'est trop facile ! Et le tableau, il est passé où ? Il

le cache chez Marie-Madeleine ? demanda Alice. On a cherché, on n'a rien trouvé. Mirko ne se rappelle plus rien ! Il me jure qu'il n'est pas coupable, et tu oublies l'inconnu qui l'assomme avant de fuir.

– L'inconnu… c'est une de ses inventions pour sauver sa tête ! Cette bourgeoise peut très bien l'avoir tué, affirma Nadia après un instant de réflexion.

– Qui ça, Marie-Madeleine ?

Alice ne la suivait plus.

– Non, Mirko. Elle doit récupérer le tableau et son argent pour protéger sa réputation.

Alice dévisagea Nadia, son raisonnement la désorientait. Tout était possible, mais de là à imaginer cette femme et son chihuahua assassiner Mirko d'une balle dans la tête…

20

Le pardon du traître

Alice refermait la porte de son garage quand il approcha sans faire de bruit. Son arrivée par surprise la fit sursauter, elle ne s'attendait pas à sa venue. Passé la stupeur, elle se sentit contente de le voir, presque heureuse, mais, par fierté, elle ne le lui montra pas, et lui fit la tête.

– Qu'est-ce que vous faites chez moi ? l'apostropha-t-elle froidement. Vous n'avez pas invité Maria au restaurant italien ?

Elle le contourna sans attendre sa réponse.

– Pardon…

Alice s'excusa avant de le frôler, elle n'avait aucune envie de sentir son corps contre son corps. Elle remonta la butte pour rentrer chez elle, André sur les talons, le museau rentré dans le menton dans l'attitude pathétique d'un chien-chien qui s'est fait disputer par sa maîtresse.

– Alice, écoutez-moi…

– Pressez-vous de me dire ce que vous avez à me dire, je suis fatiguée.

– Non seulement je me suis mal comporté, mais je vous ai menti en omettant certaines choses...

Alice s'attendait au pire. Que pouvait-il lui révéler de plus monstrueux que sa liaison avec Maria ?

– De mieux en mieux... Je ne suis pas certaine d'avoir envie de découvrir vos turpitudes. Laissez-moi tranquille, cette journée m'a éreintée...

– Ce n'est pas la première fois que je vais danser au Relais du Château.

André lui avait annoncé cette nouvelle comme s'il confessait un meurtre ; sur le moment, Alice ne comprit pas l'importance de cette confidence.

– J'aurais dû vous en parler, mais je m'angoissais à l'idée que vous ayez une piteuse idée de moi.

– En ce qui concerne la mauvaise impression, c'est raté.

Mais en réalité, Alice respirait, cet aveu la soulageait, ce n'était pas si grave. Elle avait imaginé des choses bien pires... auxquelles Maria aurait participé activement. André fréquentait les thés dansants, rien de plus naturel pour un amateur de java et de valse inscrit dans un club de danse de salon, c'est le contraire qui aurait été troublant.

– Vous savez, j'adore danser, je fréquente ce type d'établissement pour cette raison, pas pour la bagatelle... comme certains le font.

Il étouffa un rire gêné en cachant ses lèvres avec la

main, à la manière d'un garnement qui vient de commettre une bêtise.

– Comme vous avez pu le constater, j'ai du succès sur la piste. Les dames apprécient mes performances, je pense être un valseur de niveau correct ; au tango, je me débrouille pas mal aussi.

André souriait, satisfait de ses capacités sur les planchers cirés.

– Par contre, je peux vous garantir, le jurer sur la tête de mes enfants si vous l'exigez, que je ne suis pas un homme à la recherche de femmes faciles.

Alice ne l'écoutait plus, elle repensait à son enquête, elle venait de comprendre l'importance de sa confidence.

– Mais alors, vous connaissiez Marie-Madeleine puisqu'elle aussi fréquentait le Relais du Château ?

André se frottait les mains comme s'il se les lavait avec soin. Il avait commencé piteusement, mais retrouvait son assurance habituelle au fil de ses justifications.

– Connaître est un bien grand mot. Nous avons dansé ensemble une fois ou deux.

Il rectifia ses comptes, sermonné par le regard réprobateur d'Alice.

– Disons une dizaine de fois… pas tellement plus… Votre amie était ce qu'on peut appeler une piètre danseuse. J'ai accepté parce qu'elle insistait à chaque fois qu'on se croisait. Ce n'est pas bien vu de rester avec la même cavalière ! Les jalousies s'épanouissent à la vitesse de la lumière dans ce petit milieu. Vous avez pu le constater avec l'incident qui vient de se dérouler… esclandre dont je ne suis pas fier, je dois le reconnaître. Le plus souvent, je m'arrangeais pour ne pas répondre à ses sollicitations, prétextant être réservé pour les autres danses. En plus, et sans lui faire insulte maintenant qu'elle est… enfin, qu'elle n'est plus…, Marie-Madeleine m'écrasait les pieds, elle était raide, jamais dans le tempo, à contretemps dans le meilleur des cas.

– Pas comme Maria…

Alice ne rata pas l'occasion de lui rappeler sa trahison.

– Soyez charitable, oubliez votre colère un instant et prenez une seconde pour m'écouter.

André interpréta le silence d'Alice comme un encouragement.

– Quand, après les essais pour le rôle de Roméo, j'ai appris que j'avais été choisi pour vous donner la réplique, merveilleuse Juliette, j'étais au comble du bonheur. Au même moment, je découvre par Maria que vous enquêtez sur l'assassinat de cette pauvre Marie-Madeleine. Vous, Alice, à la tête des Panthères grises sur la piste du tueur ! Que de surprises en si peu de temps ! Maria me demande si je connais les endroits où l'on danse. Que voulez-vous que je fasse ? Que je mente ? Ce n'est pas dans mes habitudes. Trop de nouveautés au même moment, je ne savais comment réagir. Je me suis senti pris de court, croyez-moi. Dans la précipitation, j'ai oublié de dire que je fréquentais les dancings et qu'évidemment je connaissais un peu Marie-Madeleine. Une fois cette omission faite, difficile de revenir en arrière…

– Vous nous avez menti, c'est ce que je retiens…

– Je l'admets… Je suis un odieux falsificateur. Je ne mérite ni votre pardon, ni votre amitié.

Alice n'avait pas de mal à imaginer André, monarque en sa basse-cour, bourreau des cœurs brisés. Comment croire que le coq se contente de valser sans profiter de la situation, encouragé par ce cheptel de femmes conquises, partantes pour s'encanailler ? En même temps, il se montrait sous un autre jour : penaud, maladroit, embarrassé, oubliant ses fanfaronnades, négligeant ses phrases douces et sucrées comme des loukoums. André venait d'accomplir le premier pas en s'excusant de son mensonge, son air de cocker triste apitoyait Alice.

– Je me suis mal comporté… Si vous pouviez m'excuser, j'en serais ravi et flatté.

André retrouva sa voix sensuelle, implorante, qui la faisait craquer. Elle étudia son visage tourmenté par les remords. Il plissait les lèvres sans arrêt en quête de pardon. Un gourmand surpris la main dans un pot de confiture à la fraise.

– Mon invitation au restaurant tient toujours. Il n'est pas tard, en y allant maintenant, vous serez rentrée tôt pour profiter d'un repos bien mérité.

Cette demande prit Alice au dépourvu, elle crevait

d'envie d'accepter mais elle devait trouver le parfait et difficile équilibre entre ce que son béguin lui dictait et la raison qui l'alertait. Elle désirait l'accompagner, le suivre au bout du monde, rentrer tard, et... pourquoi pas... À force de repousser toutes ses requêtes, André allait la prendre pour une mamie couche-tôt : le contraire de sa concurrente, Maria la dévergondée.

«Alice, ne te précipite pas», lui soufflait, presque inaudible, la minuscule voix de la raison.

Elle devait trancher, et fissa, avant qu'il ne se lasse de ses tergiversations et l'abandonne seule devant son pavillon à pleurnicher sur sa décision.

– J'ai la sensation que mon refus d'hier soir vous a précipité dans les bras de Maria, je me trompe ?

– Alice, je suis peiné que vous pensiez cela.

Elle se cacha derrière l'impartialité des essais pour, une nouvelle fois, justifier son refus.

– Hier, j'avais terriblement envie de vous suivre ; mais si j'avais accepté, ça n'aurait pas été équitable pour les autres prétendants au rôle de Roméo.

– Pour quelle raison ? Cette invitation n'avait rien à voir avec les essais...

– Parce que vous m'auriez grisée en me servant du vin capiteux et soudoyée en me faisant déguster d'exquis desserts italiens...

– Pour qui vous me prenez ? la taquina-t-il. Je ne suis pas homme à saouler les femmes pour en tirer profit.

Alice n'en doutait pas, André, le charmeur, n'avait

pas besoin de ces stratagèmes pour plaire. Au fil de leur conversation, les résistances d'Alice s'effondrèrent les unes à la suite des autres, un état de béatitude l'envahit, elle se liquéfiait. André triomphait sans réel combat, elle devait se ressaisir au plus vite, au risque de passer pour une midinette d'à peine vingt printemps... Même si, dans son cas, il allait falloir sortir la table de multiplication.

– Mon refus ne vous donnait pas le droit de draguer mon ex-femme de ménage pour autant.

– Votre ex-femme de ménage ?

– Oui, Maria a été à mon service pendant de nombreuses années avant de prendre sa retraite. Je la fréquente pour l'aider à rompre sa solitude. La pauvre femme n'a pas d'amis, elle est incapable d'en garder. Il faut dire qu'elle le cherche avec son caractère de chien et ses remarques assassines proférées à toutes occasions.

Oh, le vilain coup bas ! Alice n'était pas coutumière de ces mesquineries mais, à la guerre comme à la guerre, la jouissance d'André justifiait les moyens mis en branle pour le conquérir.

André encaissa l'information sans lui donner trop d'importance, mais Alice savait, en l'observant, qu'elle avait touché sa cible en plein cœur. André n'avait pas terminé, il inspira profondément, sérieux comme s'il se préparait à dévoiler un secret capital. Il prit son élan pour avouer ses faiblesses de mâle blessé.

– Je me suis retrouvé coincé, voyez-vous...

Alice voyait très bien, mais elle voulait l'entendre lui dire.

– Continuez, je vous écoute !

Ses hésitations le rendirent d'autant plus désarmant. Un homme qui confesse ses manquements la faisait fondre. Elle l'encouragea d'un hochement de tête, ce ne fut pas suffisant.

– Allez, un petit effort ! le poussa-t-elle.

– Une fois que j'avais accepté de danser avec votre amie Maria, impossible de revenir en arrière... J'étais, comment dire : cuit.

Si Maria l'avait décidé, il était difficile, voire impossible de passer outre. André s'était retrouvé pris au piège, dans la situation désespérée d'un misérable poisson aspiré par les tentacules d'une pieuvre affamée.

– Elle aurait abusé de moi si je n'avais repris mes esprits à temps. Je l'ai repoussée avec force en refusant ses avances.

André pouvait raconter ce qu'il voulait, Alice ne l'écoutait plus, la situation était limpide, elle faisait confiance à la force de conviction de Maria pour annihiler toutes les tentatives de résistance d'un homme. André n'en était qu'un après tout, et c'est précisément pour cette raison qu'il les intéressait toutes les deux.

Alice, hypnotisée par son allure, sa présence et ses révélations... même tardives, décida de tout lui pardonner. Elle l'abandonna sur le seuil de son pavillon, tandis qu'elle filait extraire ses plus beaux atours de la naphtaline.

Le dîner au restaurant italien passa trop vite, la faute au cadre, luxueux sans excès, intime juste ce qu'il fallait, aux mets délicieux, au vin agréable, au sirupeux dessert, à la conversation d'André, attentive, bienveillante, légère quand il le fallait, sérieuse quand elle tourna autour de l'enquête des Panthères grises. André voulait tout savoir sur leurs investigations, leurs théories sur l'assassin de Marie-Madeleine. Il dégustait ses paroles, époustouflé par leur professionnalisme et leur combat pour faire émerger la vérité et réhabiliter Mirko. Il fut particulièrement impressionné quand Alice lui raconta comment, en compagnie de Nadia, elle avait localisé la trace de l'artiste. La description détaillée de la découverte de son antre aux confins du Bois de Vincennes et la conclusion avec son possible « suicide » terminèrent de le bluffer.

– Vous avez trouvé sa planque avant la police, vous m'éblouissez, Alice !

– J'étais accompagnée de mon amie Nadia, rectifia-t-elle avec modestie.

– Quand même…

Au passage, elle n'hésita pas à charger une nouvelle fois Maria, partie séduire un journaliste au lieu de les épauler.

Au milieu de ce concert de louanges, André s'opposa

à la conviction d'Alice. Il était persuadé que les aveux de Mirko, et sa fuite lors de la reconstitution, renforçaient sa culpabilité. Le vagabond avait risqué la vie de son Alice en tentant de la prendre en otage. Encore une fois, elle défendit Mirko, en apprenant à André que l'artiste ne savait même plus comment il avait tué Marie-Madeleine.

– C'est une ruse, il fait le coup de l'amnésique, un classique.

Enivrée par le vin qui lui déliait la langue, Alice lui raconta l'apparition de Mirko dans son pavillon, les soins qu'elle lui avait prodigués. Elle oublia volontairement le sexe du satyre, ce détail lui semblait peu approprié à l'ambiance feutrée de la soirée ; elle fit de même, mais pour d'autres raisons, avec la « Tisane spéciale des Panthères grises ». André monta sur ses grands chevaux.

– Il aurait pu vous tuer, vous violer, on ne sait pas ce qui se passe dans la tête d'un fou !

Alice adorait qu'André tremble pour elle.

Alice renaissait.

Ces divergences furent les seuls désaccords de la soirée. Ces rares exceptions tombaient à point nommé pour confirmer leur complémentarité.

André paya l'addition, et refusa qu'Alice participe. Grand seigneur, il respecta sa promesse de la raccompagner tôt. Elle n'avait pas fait allusion à sa fatigue pendant le dîner mais, malgré sa volonté de paraître en pleine forme, elle n'avait pu bloquer l'irrésistible crise de bâillements qui l'avait submergée à l'arrivée du fastueux plateau de fromages.

Alice aurait voulu que la soirée ne finisse jamais.
Elle se retrouva transportée, des années en arrière, au cœur de son adolescence, à l'instant où le potentiel petit copain raccompagne sa dulcinée devant la porte de chez ses parents. L'heure de la séparation approche, on tergiverse à l'avant de la voiture, des phrases futiles sont dites, pourtant si utiles, pour ralentir le temps et prolonger l'instant magique. Alice savait que c'était à elle de proposer le dernier verre ou – plus approprié à leurs âges respectifs – une simple tisane (en prenant garde de ne pas se tromper de bocal). Elle devait se décider mais n'y arrivait pas.

Il la surprit en lui saisissant la main. Elle frissonna, mais ne se déroba pas. Les yeux d'André la transperçaient, l'hypnotisaient... Ses yeux, elle avait oublié combien ils étaient profonds. Il avança les lèvres.

« Décide-toi ! » hurlait l'impatiente voix dans sa tête.

Finalement, elle recula légèrement. Elle ne se sentait pas prête. L'histoire avec Maria, douloureuse et encore tiède, lui interdisait de céder. André patienterait le temps de se racheter de sa sortie de route. Elle allait lui montrer qu'elle n'était pas une fille facile, quand Roméo sortit un dernier tour de son sac.

« Restez donc immobile, tandis que je recueillerai l'effet de ma prière. »

Bluffée, elle se laissa embrasser sur la bouche, un baiser léger, la caresse du vent.

« *Vos lèvres ont effacé le péché des miennes* », déclama-t-elle, s'échappant à contrecœur de son emprise. Les mots de Juliette lui vinrent aussi naturellement que le souffle de sa respiration. À la trappe ses soucis de mémoire, ce soir elle fêtait de nouveau ses vingt ans !

« *Mes lèvres ont gardé pour elles le péché qu'elles ont pris des vôtres.*

– Vous avez pris le péché de mes lèvres ? Ô reproche charmant ! Alors rendez-moi mon péché », répliqua son Roméo en cherchant à la bécoter.

Cette fois, elle se déroba en riant, et renonça à l'agréable confort des fauteuils de la voiture pour traverser, avant de ne plus en avoir le courage, l'éternité la séparant de son chez-soi.

Un charmant coucou du seuil de son pavillon. Le baiser s'envola, elle feignit de le rattraper, et le renvoya à son expéditeur en guise d'au revoir.

Un ultime bye bye avant d'aller au lit.

21

La grabataire

La galerie d'art MOZ n'ouvrait pas avant dix heures. Le visage plaqué sur la vitrine et les mains en visière pour cacher les reflets, Alice discernait la femme aux bracelets, penchée, en pleine lecture d'un journal.

Alice s'était levée tôt, elle avait dormi profondément, d'une traite, d'un sommeil bref mais réparateur. Un sommeil d'amoureuse. Elle toqua à la vitrine pour signaler sa présence, la galeriste, surprise, releva la tête et la reconnut immédiatement. Elle posa son quotidien qu'elle laissa ouvert pour ne pas perdre sa page, tout en prenant soin de cacher le contenu de l'article qu'elle lisait, et vint lui ouvrir accompagnée du cliquetis de ses bijoux.

– Pour vous, c'est trop tard ! grogna-t-elle en guise de bienvenue.

Alice comprit à sa façon de réagir qu'elle suivait la bonne piste, elle décida de jouer son va-tout d'entrée. La soirée en compagnie d'André l'avait boostée, elle débordait d'énergie, autant en profiter. Si elle avait pris la peine de sauter dans le métro à peine réveillée, ce n'était pas pour jouer la timide une fois arrivée à destination.

– Et pourquoi donc ? J'ai réfléchi toute la nuit, répondit-elle d'une voix assurée. Votre proposition est alléchante, faites-moi rencontrer ce Mirko, j'ai hâte qu'il s'attaque à mon portrait.

La galeriste se tordait les mains, tourmentée par un dilemme difficile à trancher. Alice ouvrit son sac pour l'aider à se décider.

– J'ai de quoi payer, si c'est ce qui vous tracasse, bluffa-t-elle.

– Suivez-moi.

Mme Moz se dirigea vers la chambre froide transformée en salle d'exposition. Alice lui obéit. Elle longea l'imposante table en bois, laissant sa main frôler la surface rugueuse. Elle allait atteindre le magazine quand la femme l'appela.

– Jetez donc un œil sur ce petit bijou, qu'est-ce que vous en pensez ?

Alice la retrouva plantée devant une œuvre monumentale, en noir et blanc, austère, froide, représentant un monstre, les cheveux filasse, les lèvres gorgées de bave. Les joues de la créature dégoulinaient sur des dents acérées, mitées par de profondes caries. Alice retint un haut-le-cœur. Cette horreur avait remplacé le tableau de Mirko. La galeriste reprit son verbiage truffé de son adjectif habituel.

– Fort, n'est-ce pas ?

Cette fois, Alice ne rit pas.

– C'est très, très laid… Vous n'avez plus le Mirko ?

Alice dut se courber en deux pour déchiffrer le prix indiqué sur l'étiquette. En le découvrant, il lui sembla qu'il n'existait aucune limite au nombre de zéros.

– Je vous avais prévenue, l'acheteur est passé le chercher. Je n'en aurai pas d'autre avant longtemps… Si j'étais vous, je m'intéresserais à ce Rocky Magnus, cet artiste a un talent prodigieux, un véritable génie, il peint admirablement, voyez ces…

– J'aime pas, je vous dis… c'est, comment dire ? Moche !

Alice fit demi-tour en claquant des talons, et se dirigea vers la longue table en bois. Elle s'arrangea pour lire dans le quotidien *Le Parisien* le titre de l'article masqué.

LES PANTHÈRES GRISES SUR LA PISTE DU MEURTRIER
D'UNE VIEILLE DAME

La photo d'illustration montrait Alice, allongée sur un brancard. Le cliché avait été volé quand les ambulanciers l'avaient emmenée blessée, à l'issue dramatique de la reconstitution. De toute évidence, Maria s'était épanchée sur l'épaule de son nouvel ami journaliste sans aucune retenue. La galeriste lisait le journal à son arrivée, elle connaissait donc son identité, et continuait à la considérer comme une cliente. Pourquoi se comportait-elle de cette manière ? Alice joua cartes sur table.

— C'est vous qui avez mis notre amie Marie-Madeleine en relation avec Mirko ?

Mme Moz dévisagea Alice, elle s'en voulait. Comment avait-elle pu se laisser berner et confondre cette espèce de plouc avec une acheteuse potentielle ?

— Votre statut de détective amateur ne vous autorise pas à me harceler.

— Vous préférez répondre directement aux questions de la police ? menaça Alice. Je pourrais m'arranger pour que les enquêteurs fassent le lien entre Mirko et votre galerie, ce qui ne semble pas être le cas pour l'instant…

Mme Moz se demandait qui était cette bonne femme qui avait réussi à remonter jusqu'à elle avant les flics. Dans le doute, elle décida de faire profil bas. La prudence est mère de sûreté.

— Faciliter des rencontres fait partie de mon travail, ces mises en relation sont tout à fait habituelles dans ma profession. Pour faire découvrir les talents de demain, j'organise des expositions et des cocktails auxquels je convie les gens qui comptent dans notre milieu. Je suis une facilitatrice de convergences. Expliquez-moi en quoi c'est mal de faire se rencontrer les artistes et les amateurs d'art. S'il y a eu un désaccord entre votre amie et Mirko, je n'y suis pour rien. Ce sont de grandes personnes, me semble-t-il.

— Les sommes demandées pour les portraits sont prohibitives, j'appelle ça du vol !

Mme Moz s'empourpra, cette grand-mère en savait

décidément beaucoup trop sur son commerce, ses commentaires de ménagère lui pourrissaient la matinée.

– Qui êtes-vous pour déterminer la valeur d'une œuvre d'art ? Je vous contacterai si un jour j'ai besoin d'un conseil pour cuire une soupe de poireaux ou monter des blancs en neige, mais je me passerai de votre avis pour l'estimation d'un tableau.

« Alice, ne t'énerve pas, si Mme Moz se ferme comme une huître, c'est fichu. »

– C'est vous qui fixez les prix ?

– Puisque je vous dis que je n'ai rien à voir là-dedans, c'est une négociation entre l'artiste et son modèle. Ce qui se passe en dehors de ma galerie n'est pas de mon ressort.

– Vous devez bien prendre un pourcentage ?

– Tout travail mérite salaire.

– Vous faites un boulot de mère maquerelle.

– Si vous êtes venue pour m'insulter, vous savez où se trouve la porte de sortie, je ne vous montre pas le chemin.

Mme Moz se dirigea vers la chambre froide d'un pas alerte, toute son attention absorbée par le réglage d'un projecteur qui piquait du nez. Alice n'avait pas l'intention de quitter les lieux. Elle éleva la voix pour se faire entendre à l'autre bout de la pièce.

– Il semblerait que les modèles de Mirko terminent toutes nues !

— Attention à ne pas confondre imagination et information.

La galeriste avait raison. Alice extrapolait à la suite des déclarations de la maîtresse de Gilbert, le chihuahua. La femme au chien pouvait très bien lui avoir menti. Mais pour quelle raison l'aurait-elle fait ?

— À ma connaissance, aucune cliente n'a regretté sa commande. L'art transcende l'âme et le corps, c'est trop...

— Fort, je sais...

La galeriste réagit par une lippe aigre qui l'enlaidissait.

— Ces femmes n'ont aucune raison de se plaindre, posséder une toile de Mirko, c'est comme gagner au loto.

— Sauf pour celles qui en sont mortes... comme Marie-Madeleine !

Mme Moz revint vers Alice l'air pas commode du tout. Elle leva le bras, les bracelets glissèrent et s'entassèrent sur le pli de son coude.

« Un truc à se pincer la peau », songea Alice en grimaçant. La galeriste pointa l'index vers Alice qui recula instinctivement d'un pas pour se protéger.

— Vous n'êtes qu'une Miss Marple du dimanche qui devrait arrêter les feuilletons. Mirko n'a rien d'un tueur en série, c'est un artiste.

— Qui a avoué son meurtre.

Alice était passée en mode pitbull et ne lâchait pas

l'affaire, elle la harcelait en espérant la faire craquer, mais Mme Moz avait du répondant et contre-attaquait.

— Je vous croyais persuadée de son innocence, fit-elle en montrant l'article de journal.

Elle marqua un point, la remarque déstabilisa Alice.

— C'est vrai, fit-elle en se laissant tomber sur un des bancs placés autour de la table en bois. Je ne pense pas qu'il ait commis cette horreur. Par contre, je suis persuadée que ce tableau est au cœur de l'affaire.

— Vous ne manquez pas de culot. Comment pouvez-vous affirmer que ce monstrueux fait divers ait un quelconque rapport avec la toile qu'il a peinte ? Mirko et cette dame se connaissaient. Ils peuvent avoir eu un différend d'ordre personnel…

— Qu'est-ce que vous insinuez ?

— Vous savez, les relations entre un artiste et son modèle peuvent s'avérer plus compliquées qu'il n'y paraît.

Mme Moz n'avait pas forcément tort. Mirko était la seule personne à avoir évoqué ce mystérieux tableau, et ce n'était pas parce qu'il avait fait chanter la maman de Gilbert, le chihuahua, qu'il avait employé le même procédé avec Marie-Madeleine. Alice revint sur ce que lui avait affirmé la galeriste quelques instants plus tôt.

— Pourquoi les femmes qui possèdent une toile de Mirko vont-elles devenir riches ?

— La cote d'un artiste disparu monte toujours.

— Comment êtes-vous certaine qu'il va mourir ?

– Je l'ai lu dans la presse comme tout un chacun. Je croyais que les Panthères grises menaient l'enquête...

Alice, décontenancée par cette avalanche de reparties, attrapa l'exemplaire du *Parisien* qui traînait sur la table.

– Si ça ne vous dérange pas, je vais l'emporter pour me mettre à jour.

Alice profita du trajet retour en métro pour lire l'article du journal.

« De notre envoyé spécial sur les lieux du drame. »
« Après le meurtre particulièrement abominable de Marie-Madeleine Lambrat survenu à son domicile, un groupe de personnes âgées, dont deux des anciennes femmes de ménage de la victime, réunies sous le nom évocateur des Panthères grises, a décidé de mener l'enquête. Ces mamies Miss Marple considèrent que le capitaine de police Moelleux *"n'est qu'un gros balourd incapable de trouver un éléphant coincé dans un couloir"*. Je les cite, la police appréciera. C'est pendant le cours de théâtre amateur, où nos Panthères grises répètent la pièce *Roméo et Juliette* de Shakespeare, qu'Alice Lamour a été choisie par la police, pour sa ressemblance avec la victime. Mme Lamour, comme la décrit une de ses connaissances, *"est aussi décrépite que l'était la veuve Lambrat, des établissements Lambrat et fils. Souffrant du dos et de pertes de mémoire, cette grabataire*

s'avérait un parfait choix pour interpréter l'ultime rôle de sa vie". Seulement notre mamie comédienne ne s'attendait pas à être prise en otage par Mirko Losevich, le redoutable tueur présumé, lui-même blessé par le capitaine Moelleux en délivrant la vieille dame. Malgré les aveux du vagabond meurtrier, Alice Lamour a décrété qu'il était non coupable après qu'il lui ait confessé son innocence dans le creux de l'oreille. Souhaitons malgré tout bon courage à ces Panthères grises, à moins qu'elles ne se perdent elles-mêmes dans les méandres de leur mémoire défaillante. Cette terrible affaire n'a pas fini de nous tenir en haleine. Hier soir encore, dernier rebondissement en date, lorsque la police a trouvé le campement où se cachait Mirko Losevich perdu dans le Bois de Vincennes, l'assassin s'était suicidé en laissant une lettre d'adieu. Le capitaine Moelleux, chargé de l'enquête, nous a déclaré : "Ce suicide…" »

De rage, Alice laissa tomber son journal. Saloperie de Maria, langue de… vipère ! Elle l'avait traitée de grabataire… Qui d'autre que cette chipie pouvait avoir parlé à ce maudit gratte-papier ? Alice fulminait. Son voisin ramassa *Le Parisien* et le lui tendit avec le même sourire qu'il aurait affiché en lui cédant sa place assise. Elle le remercia, plia l'exemplaire et le conserva précieusement comme la preuve de l'infamie de Maria. Elle ferma les yeux en ourdissant sa vengeance.

– Grabataire, c'est ce qu'on va voir !

22

Thérèse.fr

En début d'après-midi, Georges, expert-comptable à la retraite, sortait son labrador et en profitait pour faire une promenade digestive. Il salua à l'ancienne, le doigt posé sur l'avant de sa casquette, les trois mamies qui patientaient devant le pavillon de feu sa voisine Marie-Madeleine Lambrat, récemment assassinée par un rôdeur. Le retraité s'éloigna à petits pas vers la rue des Trois-Communes, ignorant qu'il venait de croiser les fameuses Panthères grises dont il avait appris l'existence, le matin même, en parcourant son journal. Georges ne se doutait pas un instant que les célébrités qui venaient de flatter la croupe de son chien s'apprêtaient à entrer par effraction dans le pavillon de sa voisine trucidée.

– Allez, on ne l'attend plus, on y va ! On va se faire repérer à poireauter comme des andouilles sur le trottoir. Alice se débrouillera toute seule pour entrer ! déclara Maria, qui n'en pouvait plus de lambiner.

Nadia scrutait l'extrémité de la rue, elle appréhendait les retrouvailles de Maria et Alice qui ne s'étaient plus revues depuis l'épisode tragicomique du Relais du Château. Les connaissant toutes les deux, elle redoutait que leur confrontation tourne au vinaigre. Elle tirait sur les bords du béret qu'elle avait déniché dans le fond de son armoire pour remplacer celui donné au guide-artiste de la clairière du Bois de Vincennes. Ce nouveau couvre-chef empestait l'antimite.

– Il ne part plus, ce type avec son chien nous espionne ! fit Thérèse qui écrasait un sac plastique de supermarché au niveau de sa poitrine chaque fois qu'un scooter passait dans la rue.

La veille, Nadia avait rappelé Thérèse et avait laissé un long message sur son répondeur en concluant par : «Tu es la seule à pouvoir le faire, ta présence est indispensable. L'innocence d'un homme est en jeu. Les Panthères grises comptent sur toi.» Sensible à la flatterie, Thérèse s'était laissé convaincre. Profitant d'une rémission de sa maladie, elle avait accepté de quitter sa retraite pour participer à cette délicate mission.

Les premières heures de son retour à la vie normale étaient souvent chaotiques. Ses sautes d'humeur n'inquiétèrent pas particulièrement ses amies, qui avaient l'habitude de ses difficiles retrouvailles avec la vie sociale.

– N'aie pas peur pour ton sac, nous sommes dans un quartier tranquille ! blagua Maria.

– Où l'on trucide des vieilles dames…, ajouta Thérèse du tac au tac.

Les joutes avec Maria constituaient un remède efficace contre sa maladie. Nadia voulut la rassurer mais Thérèse montrait Georges qui les observait en laissant son labrador faire ses besoins dans le caniveau.

— Il se doute de quelque chose, on devrait filer…, fit Thérèse, proche de la crise d'angoisse.

— Il nous prend pour des professionnelles, fit Maria.

— En pleine journée, un gang de vieilles cambrioleuses, il ne manque pas d'imagination, répliqua l'innocente Nadia.

— Non, des professionnelles… du trottoir.

— Maria !!!

Au même instant, le trio aperçut la Renault 25 d'Alice passer devant le promeneur qui ramassait la crotte de son chien. Les trois Panthères contemplèrent sa manœuvre pour ranger la Baccara sans bouger un petit doigt pour l'aider. Quand elle eut terminé, en s'y reprenant à deux fois pour réussir son créneau, Georges et son labrador avaient disparu.

— On ne reste pas trop longtemps, déclara Alice, le pied à peine posé sur le bitume.

— Pourquoi, t'as un rencard ? lâcha Maria, pour qui l'attaque était la meilleure défense.

Alice fit mine de ne pas l'entendre et s'adressa à Nadia :

— J'en ai profité pour faire le plein de surgelés en emmenant Maud faire ses courses à Rosny 2. J'avais complètement oublié qu'on devait se retrouver ici. Si j'avais su, j'aurais annulé ma course.

– Comment ça, si t'avais su ? Nadia t'avait prévenue, râla Maria, passablement énervée.

Nadia confirma d'un mouvement de tête.

– C'est à cause du post-it, se justifia Alice.

– Quel post-it ? demanda Nadia, en retirant son béret dont l'odeur de renfermé lui donnait la nausée.

– Je l'ai collé sur le volant de la voiture... pour ne pas oublier notre rendez-vous... et il s'est envolé au premier courant d'air. Bon, y a pas mort d'homme, je suis là, on y va...

– Et tes surgelés ?

En bonne mère de famille, une potentielle rupture de la chaîne du froid préoccupait Nadia.

– Je les ai mis bien au frais, dans un sac glacière calé au fond du coffre, la rassura Alice. Allons-y, c'est pas une raison pour se mettre en retard.

Maria avait profité de leur échange pour gravir la volée de marches qui conduisait au perron de la villa.

– Qu'est-ce que tu fabriques ?

Nadia chuchota fort en la voyant arriver devant la porte d'entrée.

– Bah, je sonne...

– T'es folle ! Tu veux nous faire repérer par tout le quartier ?

– Les Panthères grises, le retour, plaisanta Maria en enfonçant le bouton marqué du nom Lambrat.

La sonnette résonna sans provoquer de mouvements dans l'entrée manifestement déserte. Les volets fermés, le pavillon était aussi silencieux qu'une confrérie de moines en retraite.

– Son fils n'est pas là, il travaille, j'ai vérifié, affirma Nadia.

– Pourquoi tu ne me l'as pas dit avant que je sonne ?

– Fallait me demander...

– Bon, et on fait comment pour entrer, maintenant que tu m'as obligée à lui rendre les clés ?

Maria descendit un couple de marches en rigolant de sa provocation.

– Comme si c'était de ma faute ?

Thérèse ignorait la dispute naissante, elle tremblait en murmurant comme une litanie :

– Il vaudrait mieux qu'on me ramène... Ça devient compliqué...

– On va passer par le sous-sol. Si je me souviens bien, la porte de la cave est branlante, annonça Maria, qui n'entendait pas les doléances de Thérèse d'où elle se trouvait.

Les Panthères descendirent l'escalier en ardoises de Trélazé usé par des années de passage. Nadia tenait Thérèse par la main pour la rassurer, sa démarche était encore chancelante, son équilibre instable. Maria se chargea de donner le coup d'épaule nécessaire pour faire sauter le verrou. Une fois dans le sous-sol, Nadia le remit sommairement en place pour rendre leur effraction invisible de l'extérieur.

— T'étais pas obligée de tout casser...

Les Panthères gagnèrent le rez-de-chaussée en file indienne dans le sillage de Maria, qui les mena directement jusqu'au cagibi transformé en bureau où elles s'entassèrent.

Thérèse jusqu'alors déboussolée, sous l'emprise de ses poussées d'anxiété, se métamorphosa à peine assise devant le clavier du vieil ordinateur. Deux clics de souris chassèrent son appréhension et ses difficultés à coordonner ses mouvements de bras. Elle renaissait, ses longs doigts décharnés couraient sur les touches, elle s'amusait comme une gamine avec un nouveau jouet. La Thérèse telle que les filles l'adoraient signait son grand retour au sein des Panthères grises. Elles en furent heureuses. Alice lui massa l'arrière du cou en signe d'encouragement. Les bras croisés, debout en observation dans le dos de sa copine penchée sur le clavier, elle devinait le rose de son crâne sous ses cheveux blancs regroupés en un chignon haut. Thérèse se concentrait sur le mot de passe, le visage tendu, la respiration saccadée, elle tentait des combinaisons, poussait d'étranges grognements, et jurait pour se motiver.

— Putain de merde, saloperie de truc à la noix !

Les Panthères firent mine de ne rien entendre et attendirent que l'orage passe. Elles craignaient que la moindre remarque ne déconcentre leur amie. Nadia, qu'aucune d'elles n'avait vue disparaître, revint et posa, à côté du clavier de l'ordinateur, le livret de famille déniché dans le tiroir de la table de nuit de la défunte.

– Jette un œil là-dedans, ça peut aider !

Thérèse attrapa le livret et essaya diverses combinaisons en mélangeant les dates de naissance de Marie-Madeleine, de son mari, et de leur fils.

– Bingo !

Le code n'était autre que la date de leur mariage : 180459, le 18 avril 1959.

Une fois la combinaison entrée dans la machine, le fond d'écran apparut sur l'ordinateur. Un photographe avait entassé une portée de bébés chats dans une corbeille fleurie. Les charmants chatons attifés de minuscules foulards se prélassaient, inconscients des tracas du monde.

Il ne restait qu'à fouiller dans les entrailles de la machine, un ancien modèle DELL, avec son unité centrale séparée. Quels secrets allait-il leur livrer ? Thérèse ne savait pas par où commencer.

– Vérifie s'il y a eu des transactions d'argent, des débits importants sur ses relevés de comptes ! lui conseilla Alice.

– M'étonnerait que Marie-Madeleine sache se servir d'un ordinateur pour faire un virement, grommela Maria.

Thérèse, qui avait recouvré ses capacités, ne se priva pas pour la moucher.

– Tout le monde n'est pas aussi ignare que toi.

— Pour payer le tableau, elle a forcément sorti du liquide, je ne vois pas Mirko accepter les chèques, alors épluchons ses comptes ! proposa Alice.

— J'ai besoin d'un peu de temps pour craquer ses codes de banque. Il me faut du calme pour réfléchir. Je préfère transférer les données sur les disques durs que j'ai apportés. Je serai plus à mon aise et tranquille à la maison qu'avec des cinglées qui se bouffent le nez dans mon dos.

Thérèse extirpa un disque dur amovible du précieux sac plastique qu'elle traînait avec elle et le brancha sur l'ordinateur.

— Y a même pas de prise USB, elle est encore plus démodée que nous, cette machine. Heureusement, j'ai apporté ma petite famille de câbles !

Thérèse n'était plus cette femme à l'hiver de sa vie, abattue, fatiguée par les attaques de la maladie qui entraînait de nombreux troubles moteurs, sensitifs et cognitifs.

Nadia feuilletait le carnet de notes qu'elle avait rapporté avec le livret de famille, une sorte d'agenda à spirale griffonné de numéros de téléphone sur toute la surface de sa couverture.

— Y a mon numéro, et là le tien, remarqua Nadia.

— On n'a pas que ça à faire ! Cherche voir si Marie-Madeleine a noté ses codes dedans, ronchonna Maria.

Nadia s'exécuta. Les pages étaient couvertes d'horaires, de chiffres, de rendez-vous, de phrases entendues par-ci, par-là, notées avec application et consignées dans le carnet. Tous les codes nécessaires à une vie moderne, pratique et connectée s'alignaient sur la dernière page, les uns en dessous des autres.

– Tu imagines si cette liste tombe dans de mauvaises mains ! s'offusqua Nadia.

– C'est bien pour cette raison que je n'ai pas ces satanés machins à la maison, râla Maria en montrant l'ordinateur d'un air dédaigneux.

– Dis plutôt que c'est parce que tu ne sais pas t'en servir ! l'attaqua sur-le-champ Alice.

– Si j'étais plus jeune, j'en achèterais un. C'est un moyen bien pratique de communiquer avec ses petits-enfants, intervint Nadia qui cherchait à s'interposer pour faire baisser la tension entre les deux Panthères.

– Si les nains ont un truc à me dire, ils viennent me voir ! déclara Maria.

– Et tu les fous dehors…

Thérèse avait profité de ce début de dispute pour taper le code qui permettait l'accès aux comptes de Marie-Madeleine. Ses relevés bancaires s'affichaient, réguliers et limpides comme ceux d'une dame âgée qui ne gaspillait pas ses sous au-delà des dépenses courantes. Cette normalité rendait les importantes quantités d'argent retirées au guichet et au distributeur automatique, quelques jours avant sa mort, d'autant plus visibles qu'énigmatiques.

– Ces retraits sont la preuve qu'elle a payé le tableau une fortune !

Alice bichait. Elle avait vu juste depuis le début.

– Je vois pas en quoi c'est une preuve !

Le feu ne couvait jamais bien longtemps entre Maria et Alice, une fenêtre ouverte, un coup de vent et hop, les flammes reprenaient plus puissantes encore.

– Pourquoi elle a eu besoin d'autant d'argent, d'après toi ? demanda Alice, qui voulait l'obliger à confirmer ses doutes.

– J'en sais rien. Pour s'acheter des bijoux, une nouvelle voiture, une…

– N'importe quoi !

– L'ordinateur garde en mémoire tous les sites que Marie-Madeleine a visités, expliqua Thérèse.

– Ça me fait une belle jambe de savoir où elle a passé ses vacances ! Maria voulait absolument avoir le dernier mot sur Alice, quitte à raconter des âneries.

Thérèse surfa sur l'historique de recherche que Marie-Madeleine n'avait pas effacé. Elle ouvrait les derniers sites visités, tout en expliquant ce qu'elle faisait à ses copines néophytes.

– Ce sont des adresses virtuelles ; de cette façon, je peux retrouver tous les sites sur lesquels elle s'est rendue. Elle a consulté la météo, des journaux, des recettes de cuisine, et…

– Et ?

– … et *Sexy-Coquette*.

Thérèse s'attarda sur le site de tenues affriolantes et de gadgets érotiques. Cette découverte les fit taire plus efficacement qu'une injonction préfectorale.

— Tiens, c'est pas ta robe qu'on voit là ? pouffa Nadia.

Maria et le mannequin n'avaient rien en commun. Âgée de vingt à vingt-cinq ans, plantureuse, en bas résille, perchée sur des chaussures à talons aiguilles, string apparent sous l'étoffe transparente, la créature fixait l'objectif dans une posture provocante.

— Ils ont dû retoucher la photo, je te reconnais pas dessus !

Alice s'étrangla de rire. C'était facile, bête et méchant, mais ça lui fit un bien fou. Maria continua comme si elle n'avait rien entendu.

— Cherche pas, on sait où il est passé, le pognon de la vieille bique... dans des sex-toys et autres accessoires de lupanar. Sacrément vicieuse, notre bigote !

— Maria !!! réagit le chœur des Panthères outrées.

Thérèse jonglait entre souris et clavier avec la dextérité d'une geek qui renaît de ses cendres. Quelques clics lui avaient suffi pour mettre au jour la liste des commandes passées sur *Sexy-Coquette*. Les anciens paniers de courses virtuels de la morte s'affichaient sur l'écran. Les filles écarquillèrent les yeux en découvrant de drôles d'accessoires sur les photos miniatures.

— On peut savoir ce qu'elle a acheté depuis sa première connexion, expliqua Thérèse aux Panthères grises, qui découvraient les us et coutumes des courses en ligne.

– Comment on se sert de ce truc ? demanda Nadia d'une voix innocente, en désignant un objet pour le moins intrigant affiché sur l'écran de l'ordinateur.

– Je t'expliquerai quand tu seras une grande fille, fanfaronna Maria, qui faisait son intéressante en se donnant l'air d'être une spécialiste de la question.

Thérèse relançait ses recherches sur Internet tandis que les filles s'interrogeaient en silence. Alice et Maria respectaient une trêve tacite après cette découverte surprenante, qui mettait en avant les mœurs de leur amie et confirmait qu'elles ne la connaissaient vraiment, mais alors vraiment... pas du tout.

Les Panthères grises n'étaient pas au bout de leurs surprises. En plongeant dans l'existence de Marie-Madeleine, elles ne s'attendaient pas à trouver sa vie si fascinante. L'historique de ses recherches les entraîna sur la chaîne YouTube d'un coach en séduction, dont la bannière publicitaire vantait « 93 % de séducteurs/trices satisfaits ». Marie-Madeleine avait commandé de quoi remplir une étagère avec de nombreux livres de formation et des DVD aux titres évocateurs : *Comment séduire après 60 ans*, *Être désirable sans en faire trop*, *À la découverte de votre charme secret*, *Rencontres faciles*, *L'Amour tantrique*, *En avant pour le slow love*. En complément de cette littérature spécialisée,

Marie-Madeleine s'était abonnée à des séances de coaching en ligne payées des sommes astronomiques.
– Et ça, c'est quoi ? fit Nadia, la voix chevrotante, en graissant l'écran de l'ordinateur avec son doigt tendu.

23

«Vieux-Gosse-Beau»

«*Grâce au site POIVRE et SEL, vos rencontres ne manqueront pas de sel*», promettait le slogan de la page d'accueil, plus que suggestive, d'un portail de rencontres pour personnes d'un certain âge.

Le message de mise en garde offrait le choix entre deux possibilités :

1/ «*Si vous avez moins de dix-huit ans, retournez devant votre console de jeux.*»

2/ «*Si vous n'avez plus dix-huit ans depuis longtemps, et que vous ne regrettez rien pour autant, ce site a spécialement été imaginé pour vous. Pourquoi hésiter ? Rejoignez-nous en cliquant ici !*»

– Tu peux choisir la deuxième proposition sans crainte : nous sommes majeures et vaccinées, plaisanta Maria en brisant le silence glacial qui avait envahi le bureau.

Thérèse se lança dans l'exploration du site. Parmi les abondantes suggestions proposées, les Panthères découvrirent une sélection de « films érotiques de qualité » conçus spécialement « pour le plaisir des femmes et des hommes mûrs ». Une icône clignotait pour inciter les visiteurs à visionner quelques images gratuites pour se faire une idée, « format ultra HD, paiement sécurisé par CB, anonymat garanti », précisait la bannière.

– Des intéressées ?

Puisque personne ne répondit favorablement à la demande de Maria, Thérèse se consacra à l'onglet « Espace privé » coincé en haut à droite de l'écran. Elle cliqua sur l'icône, mais l'accès lui fut refusé, faute de numéro d'identifiant et de code personnel.

– Laisse tomber, c'est écrit « privé ». Marie-Madeleine est libre de faire ce qu'elle veut ! Éteins-moi cet engin, j'aimerais pas qu'on farfouille dans mes affaires quand je serai morte !

– T'as des choses à cacher ?

Nadia haussa les épaules, outrée que Maria puisse seulement l'imaginer.

– Si on veut découvrir la vérité sur son meurtrier, il faut insister.

Alice se focalisait sur son enquête.

– Fouille dans le carnet de Marie-Madeleine ; avec un peu de chance, on va trouver les renseignements qui nous manquent !

Maria arracha le calepin des mains de Nadia qui ne réagissait pas assez vite à son goût. En un rien de temps,

elle trouva le mot de passe que Thérèse tapa dans la foulée. Un message personnalisé les accueillit :
« *Bienvenue "Coquine", il y a longtemps que l'on n'a pas eu de tes nouvelles.* »

— Normal, puisqu'elle est morte, la « Coquine » ! fit Maria.

— « Coquine », c'est qui « Coquine » ?

— Te fais pas plus bête que tu n'es, Nadia ! « Coquine », c'est le pseudo que Marie-Madeleine utilisait pour rester anonyme sur ce site.

Nadia, choquée, leva les yeux au ciel.

— « Coquine », pourquoi « Coquine » ?

Malgré de terribles efforts d'abstraction, elle n'arrivait pas à associer ce pseudonyme à une paroissienne qui ne ratait jamais la messe.

— Existe-t-il une liste de tous ceux avec qui elle a été en contact ? Alice restait concentrée sur leurs investigations.

Thérèse lança aussitôt une recherche. Le staccato strident des cliquetis de ses ongles percutant le clavier emplit la pièce confinée comme si un nuage de criquets frappait la fenêtre close avec la ferme intention d'envahir le pavillon. En peu de temps, Thérèse dénicha un service de messagerie en direct, des dizaines d'abonnés connectés participaient à un tchat en ce moment même.

— On devrait trouver la liste de ses correspondants par ici.

Thérèse cliqua sur «Historique des conversations» pour leur montrer.

– Tous les échanges de «Coquine» sont archivés dans ce dossier.

Thérèse s'empressa de faire défiler des lignes de conversations que Marie-Madeleine avait partagées avec les autres personnes inscrites sur le tchat. Elle avait échangé avec de nombreux hommes. Les pseudonymes variaient; des plus poétiques : «Un baiser sur ta joue», «Dans ton cœur», «Les larmes de tes yeux»; aux plus directs : «Comme une envie de toi»; sans oublier les plus explicites : «À chaque instant vaillant», «Ne pense qu'à ça», «Dès le réveil»...

– C'est un vrai roman de gare, son truc...

– Et pas seulement de gare, rajouta Maria en glissant une langue gourmande sur ses lèvres.

Le premier message datait de deux mois avant sa mort. Il provenait d'un dénommé «Vieux-Gosse-Beau». Thérèse sélectionna la correspondance, et afficha leurs premiers échanges sur l'écran de l'ordinateur.

«Vieux-Gosse-Beau» : Bonjour «Coquine».
«Coquine» : Bonjour «Vieux-Gosse-Beau».
«Vieux-Gosse-Beau» : En forme ?
...

Au fil du clavier, «Coquine» et «Vieux-Gosse-Beau» avaient fait connaissance, s'étaient évalués, rencontrés et, après plusieurs rendez-vous «en présentiel», s'étaient visiblement appréciés. Thérèse effectua un saut dans le temps, pour reprendre leur correspondance deux semaines avant l'assassinat de Marie-Madeleine, alias «Coquine».

«Vieux-Gosse-Beau» : Bonjour «Coquine».
«Coquine» : Bonjour «Vieux-Gosse-Beau».
«Vieux-Gosse-Beau» : On ne te voit plus sur le forum.
«Coquine» : Plus envie…
«Vieux-Gosse-Beau» : Plus envie… de moi ?
«Coquine» : C'est pas ça, plus envie de ce genre de rencontres en général, ça n'a rien à voir avec toi.
«Vieux-Gosse-Beau» : Moi, envie de toi… Me laisse pas.
«Coquine» : Cette relation ne me convient pas.
«Vieux-Gosse-Beau» : Tu ne disais pas ça quand tu te blottissais dans mes bras.
«Coquine» : C'était bien, mais c'était avant, arrêtons là.
«Vieux-Gosse-Beau» : Tu vas le regretter, viens pas chialer dans mes pattes.
«Coquine» : Tu n'es pas obligé d'être désagréable. Restons-en là, n'insiste pas.
«Vieux-Gosse-Beau» : Certaine ?
«Coquine» : Oui. Adieu.
«Vieux-Gosse-Beau» : Regarde, voici quelques images pour te rappeler comme c'était bien entre nous. Bon visionnage…
(dossier vidéo.MVI)

Les Panthères ne s'attendaient pas à découvrir des lettres d'amour d'un romantique échevelé, mais de là à trouver un fichier vidéo attaché au message de «Vieux-Gosse-Beau»...

— Fais voir! brailla Maria en proie à une fièvre soudaine.

Thérèse, comme si elle avait voulu privilégier le suspense, n'arriva pas à ouvrir le dossier du premier coup; il lui fallut plusieurs tentatives pour que le fichier accepte de livrer ses secrets. L'extrait n'avait pas besoin d'être long pour être explicite. On y voyait une femme, en contre-jour, devant une fenêtre ensoleillée. Elle se déshabillait en prenant des poses incertaines de stripteaseuse amateur.

— C'est chez Marie-Madeleine!

Nadia identifia la première la chambre à coucher de la morte.

— Je reconnais les rideaux, et la chouette statuette sur le guéridon... et là, c'est son nécessaire à...

— Bon sang, mets-la en veilleuse... Qui veux-tu que ce soit d'autre que Marie-Madeleine?

Maria ne voulait pas rater une seule image du film dont la teneur était simplissime et évidente. Marie-Madeleine avait été filmée à son insu. L'image bancale faisait penser à la captation d'une caméra cachée ou d'un smartphone posé sur une chaise. Le film s'interrompit brutalement au bout d'environ une minute.

– Noooon, ça coupe au moment où ça devenait intéressant !

Maria exagérait sa déception. Il ne fallait guère d'imagination pour deviner la suite.

« Coquine » : Salaud !

« Vieux-Gosse-Beau » : Je visionne le film en entier tous les soirs, ça me... – comment te dire ? – permet de faire de beaux rêves...

« Coquine » : Tu n'as pas le droit... Pourquoi tu as fait ça ?

« Vieux-Gosse-Beau » : Je ne t'ai pas forcée...

« Coquine » : Je ne savais pas que tu filmais...

« Vieux-Gosse-Beau » : Ça serait dommage de ne pas partager un si beau moment de communion...

« Coquine » : Qu'est-ce que tu veux dire par là ?

« Vieux-Gosse-Beau » : ... le partage... avec les autres.

« Coquine » : Quels autres ?

« Vieux-Gosse-Beau » : J'ai l'embarras du choix.

« Coquine » : Pourquoi tu fais ça ?

« Vieux-Gosse-Beau » : Devine !

« Coquine » : ...

« Vieux-Gosse-Beau » : On pourrait se voir.

« Coquine » : Je n'ai plus rien à te dire.

« Vieux-Gosse-Beau » : Tu fais une erreur, moi j'ai beaucoup de choses à te demander...

« Coquine » : Qu'est-ce que tu vas faire de cette horreur ?

« Vieux-Gosse-Beau » : Ça dépendra de toi.

— L'enfoiré de salopard de merde de connard de mec pourri !

Thérèse oubliait sa retenue et ne mâchait pas ses mots.

— Du revenge porn, on aura tout vu !
— Du quoi ?

Nadia semblait découvrir un univers nouveau, une époque moderne, virtuelle, un monde inconnu.

— Il menace de tout balancer sur Internet. Oyez braves gens, Marie-Madeleine à dada sur Vieux-Gosse-Beau, par-devant, par-derrière et vas-y que je… !
— Thérèse !!!

Pour une fois, ce n'était pas Maria qui provoquait les cris d'orfraie des Panthères. Thérèse reprit ses esprits, les joues écarlates, honteuse.

— Je suis désolée, pardon, je ne sais pas ce qui m'a pris, ça m'a échappé… C'est dégueulasse de faire ça… à son âge surtout…
— Ce n'est pas qu'une question d'âge, même jeune ça craint ! affirma Alice.
— Ce type fait du chantage, reprit Thérèse. Si « Coquine » ne paie pas, il met le film en ligne sur le Net et tout le monde se rince l'œil. Pauvre Marie-Madeleine, dans quoi tu t'es fourrée ?
— Elle l'a quand même un peu cherché, murmura discrètement Maria qui détestait faire consensus.

Thérèse reprit son activité sur l'ordinateur sans donner de plus amples explications aux Panthères.

Alice réfléchissait à voix haute.

– Le dernier échange date de dix jours avant son assassinat... Et si c'était lui le tueur, l'inconnu dont a parlé Mirko ?

– Prévenons la police, proposa Nadia qui trouvait que cette affaire dépassait les compétences de simples retraitées.

Alice avait une autre idée.

– Non, rencontrons-le !

– Toi aussi, tu veux faire du cinéma ? siffla Maria sans trop croire à la finesse de sa plaisanterie.

– On interroge ce vicieux et on le livre à la police, résuma Alice.

– Tu sais comment le contacter ? « Vieux-Gosse-Beau », c'est pas un nom qui court les rues, se désola Nadia.

L'idée vint de Thérèse qui s'arrêta de taper sur le clavier pour expliquer ce qu'elle venait d'accomplir.

– Voilà, c'est fait, j'ai créé un nouveau compte, à nous de choisir un pseudo... Et après, il ne nous reste plus qu'à draguer cet enfoiré. Vu ce qu'il cherche, ça ne devrait pas être très compliqué de lui tendre un piège.

– Et s'il a changé de pseudo ?

– On verra bien. Qui ne tente rien n'a rien.

Thérèse était coutumière de ces étonnantes initiatives, difficilement compatibles avec l'image qu'elle renvoyait. Avant d'entrer dans le pavillon de Marie-Madeleine, elle était à l'article de la mort, diminuée par les assauts de sa maladie, effrayée par la première trottinette qui passait ; une heure plus tard, elle menait la danse sans rien s'interdire. Interpellée par cette expérience, Alice se demanda si Thérèse, qui disparaissait sans explication pendant plusieurs jours et parfois même des semaines, ne se cachait pas sous un de ces pseudonymes malicieux pour satisfaire ses désirs inavoués.

– « Polissonne », c'est un bon surnom, proposa Maria, émoustillée par le challenge.

– Pourquoi pas « Saute-au-paf » ? Ça t'irait mieux, contra Alice.

– On n'a pas de temps à perdre en subtilités ! C'est pas le moment de lui proposer de lire de la poésie au coin du feu, faut être direct ! Je connais ce genre de bonshommes et...

– Personne n'en a jamais douté, l'interrompit Alice.

Les arguments de Maria leur parurent indiscutables ; malgré tout elles proposèrent d'autres pseudonymes. « Tendre »... « Douce »...

Mais c'est « Câline », soumis par Nadia – elle avait rapidement compris l'utilité des pseudonymes –, qui fit consensus.

Après quelques manipulations exécutées à la vitesse de l'éclair par Thérèse, les Panthères grises se retrouvèrent en direct sur la messagerie de « POIVRE et SEL », fin prêtes pour l'ouverture de la chasse.

Thérèse lança « Câline » dans la fosse aux lions. Une

pluie de messages tomba au son joyeux de clochettes cristallines.

Ding Dong ! « Play-boy » : Bonjour « Câline ».
Ding Dong ! « Prince Charmant » : Bonjour « Câline »...
Ding Dong ! « Dans tes rêves » : Bonjour « Câline »...

– Waouh ! Câline rencontre un franc succès dès sa première connexion ! s'exclama Thérèse.
– Que du beau monde, mais pas la queue du vicieux qu'on chasse ! constata Maria, un brin de déception dans la voix.
Leur attente ne dura pas : « Vieux-Gosse-Beau », qui devait être occupé à draguer ailleurs, vint saluer « Câline » à son tour.

Ding Dong ! « Vieux-Gosse-Beau » : Bonjour « Câline ».

– Réponds, le laisse pas s'enfuir, il faut le ferrer vite fait avant qu'il se barre, ordonna Maria sans attendre l'avis de ses consœurs.
– Qu'est-ce que je lui raconte ? Je ne le connais pas, ce « Vieux-Gosse-Beau » !
Thérèse perdait les pédales d'un coup en se confrontant à la réalité.

« Vieux-Gosse-Beau » : Envie de câlins, « Câline » ?

– Il n'est pas venu pour jouer au Triominos, constata Thérèse.
– Tant mieux pour nous ! Lance-toi, improvise ! fit Maria.

« Vieux-Gosse-Beau » : « Câline », tu as disparu ?

– Tu parles d'une question ? Où veux-tu qu'elle soit ? À ce train-là, on n'est pas arrivé.
Maria pestait devant la lenteur de Thérèse.
– C'est notre première rencontre, il faut bien faire connaissance...
– Les présentations, c'est pas ça qui le passionne le plus...
– Arrête, Maria, t'es pénible à la longue !
Prise d'un doute, elle dévisagea Thérèse comme si elle avait fait une boulette.
– Me fous pas la trouille. Il entend ce que je raconte l'autre, là, le vieux beau derrière son ordinateur ?
– Non, mais on n'a pas toutes cette chance, mets-la en veilleuse cinq minutes ! J'arrive pas à me concentrer... Si tu parles tout le temps, je m'emmêle les pinceaux...

« Vieux-Gosse-Beau » : Tu es toujours là, « Câline » ?

– Il s'impatiente... Réponds, qu'est-ce que t'attends ?
Maria ne pouvait pas s'en empêcher.

«Câline» : Oui.

«Vieux-Gosse-Beau» : Si ton pseudo est aussi doux que toi, j'ai hâte de te rencontrer.

«Câline» : Patience est mère de toutes les vertus.

– Mais c'est pas vrai, Thérèse ! Remballe tes sermons, t'es sur un tchat de rencontres.
Maria piaffait.
– Tourne pas autour du pot pendant des heures, Alice doit récupérer ses surgelés, pressa Nadia.
– Oups ! T'as raison, j'avais complètement oublié ! On pourrait les mettre dans le frigo de Marie-Madeleine si ça prend trop longtemps…, proposa Alice.
– Taisez-vous, je ne sais plus où j'en suis, vous parlez sans arrêt ! Qu'est-ce qu'on cherche, déjà ?
Thérèse, perturbée par la conversation qui partait dans tous les sens, perdait pied. Elle tremblait et se prenait la tête dans les mains pour se soulager.
– On est sur la piste du meurtrier de Marie-Madeleine…
Nadia voulait ramener le calme dans la pièce, qui dégageait une forte odeur d'excitation et de transpiration.
– Nous devons trouver qui se cache derrière ce pseudo, résuma Alice.
– Et si ce n'est pas lui le tueur ? fit Thérèse en posant ses coudes sur le clavier.
– Même si c'est pas lui, il doit savoir des choses. Il faut le rencontrer, on n'a pas le choix.

« Câline » : /?dCQK/?NYMfmhn;,hb
« Vieux-Gosse-Beau » : « Câline », tu parles en quelle langue ? ? ?

– Zut, qu'est-ce que j'ai fait ?
– C'est rien, une mauvaise manip, il s'en remettra. Vas-y, chauffe-le, y a que ça qui marche avec ces tordus !
– Quelle chance on a d'avoir une spécialiste parmi nous... Je te laisse la place, puisque tu fais tout mieux que tout le monde.

Thérèse, froissée, se leva. Maria hésita avant de s'installer devant le clavier, toutes ces lettres alignées l'impressionnaient. Elle tira Thérèse par le pantalon pour la forcer à se rasseoir.

– Attends, fais pas la tête, je te dicte... Parce que, autrement, si c'est moi qui tape, on n'est pas arrivées.

Thérèse savourait sa victoire.

– Vas-y, je t'écoute.

Les Panthères grises préparèrent un piège dans lequel « Vieux-Gosse-Beau » se précipita avec entrain. Elles décidèrent d'organiser la rencontre « pour de vrai » dans un lieu public. C'est Nadia qui eut l'idée d'Ikea, elles connaissaient toutes le magasin de meubles, bleu et jaune, pour y être allées, seules ou en famille, déguster les boulettes de viande, spécialités suédoises savoureuses et bon marché. Après, elles s'octroyaient une promenade digestive dans les allées aménagées comme un très grand chez-soi, aussi peuplé qu'une rue piétonne. Un samedi après-midi chez Ikea était une sortie aussi valable qu'une autre, plus encore s'il pleuvait. Dans cet espace familier, elles pourraient surveiller les deux tourtereaux sans se faire repérer.

– Bonne idée, et puis, il y aura des plumards à notre disposition, rajouta Maria, qui ne se taisait jamais. Avec ma robe spéciale *Sexy-Coquette*, il ne va pas me résister longtemps, ça va être sa fête, au petit père !

Dans son esprit, il était évident qu'il lui revenait l'honneur de provoquer le contact physique avec «Vieux-Gosse-Beau», mais Maria avait perdu la confiance des filles depuis l'expérience désastreuse du dancing. Les trois Panthères firent bloc et refusèrent qu'elle serve d'appât.

– Pourquoi ? Y a pas meilleure que moi pour ce type de mission délicate. Je sais quoi répondre à un bonhomme... parce que vous... bref, c'est pas pour critiquer, mais vous êtes rouillées du côté bagatelle !

Maria voulait faire croire qu'elle était en colère, mais en réalité ce refus unanime des Panthères la blessait. Elle se sentait exclue du groupe. Un chien aboya dans la rue, certainement le labrador de Georges sur le chemin du retour après sa promenade hygiénique. Alice profita de ce moment d'accalmie pour porter l'estocade finale. Elle sortit l'exemplaire du *Parisien* qu'elle avait rapporté de la galerie MOZ et lut le titre du quotidien à voix haute.

LES PANTHÈRES GRISES SUR LA PISTE DU MEURTRIER D'UNE VIEILLE DAME

– Qu'est-ce que c'est encore que ce truc ? s'agaça Thérèse en lui arrachant le journal des mains. Elle survola l'article en diagonale en citant à voix haute des extraits particulièrement édifiants.

– Tu nous as trahies, déclara Thérèse en passant le journal à Nadia.

– Je n'ai pas lu l'article, je le découvre en même temps que vous. Je ne savais pas qu'il écrirait ça, je vous jure, les filles…

Maria ne rigolait pas. Elle était sincère mais, trop tard, les Panthères ne la croyaient plus.

– Pour qui on passe… et l'enquête, tu as pensé à Mirko ? Adieu la discrétion…, se désola Nadia.

– Puisque je vous dis… Vous ne me prenez quand même pas pour une menteuse ?

Des sanglots pointaient dans la voix de Maria.

– Tais-toi, intervint Alice avec vigueur, ton copain n'a rien inventé, il s'est contenté de recopier ce que tu lui as dicté. Tu es la seule responsable !

– Maintenant, le meurtrier est au courant de notre enquête, ajouta Nadia en tapant le journal dans le creux de sa main. Tu nous mets en danger. Imagine que Vieux-Beau-Machin l'ait lu. Il faut annuler l'« Opération Ikea », on ne va pas faire prendre de risques inconsidérés à Alice.

– On n'annule rien. Il y aura plein de monde en balade, ce type n'osera pas... Enfin, j'espère.

Pour une fois les Panthères grises s'abstinrent de voter, le choix de l'appât se porta naturellement sur Alice. Elle devrait se faire passer pour une veuve, pas trop décatie, capable de tomber dans les bras d'un vieux beau virtuel, de lui faire croire qu'elle allait passer à la casserole, et surtout qu'elle payerait pour empêcher la diffusion d'images compromettantes.

– Tu as déjà interprété Marie-Madeleine, tu sais comment t'y prendre.

Nadia plaisantait pour alléger l'atmosphère pesante qui régnait dans le cagibi transformé en sauna.

Au moment de partir, profitant d'être à l'écart des autres filles, Maria attira Alice vers elle.

– C'est André qui m'a sauté dessus comme un sauvage. Je te jure, j'ai été obligée de le repousser. Un vrai dingue ! Je voulais profiter d'un bon danseur, c'est pas souvent qu'on en a un sous la main... mais lui, c'est pas ce qu'il cherchait. Il en voulait plus. Il m'a fait un rentre-dedans pas croyable. J'étais pompette, c'est vrai. Je me suis un peu laissé faire au début, j'ai honte. Il faut me croire, Alice, je ne ferais jamais ce genre de saloperies à ma meilleure amie...

– T'étais saoule. Tu t'es cassé la margoulette par terre, étalée les quatre fers en l'air, tout le monde a vu ta culotte. La honte. Quand on est incapable de se tenir en public, on reste chez soi !

Alice la planta là, elle ne croyait pas à ses explications foireuses. Heureusement qu'André était venu lui donner sa version ; avec son bagout, la Maria était capable de vendre un réfrigérateur à un Eskimau.

Alice se retourna, son ex-femme de ménage faisait semblant de ne pas pleurer mais un rayon de lumière trahit une larme qui brillait sur sa joue.

– Attends... Alice...

Alice n'eut aucune pitié, elle la laissa seule sur le perron du pavillon, et descendit l'escalier en trottinant, satisfaite, savourant sa vengeance. Elle aussi savait se comporter comme une peste quand il le fallait.

Tout à coup, elle accéléra le pas.

– Mes surgelés !

Elle les avait complètement oubliés, ceux-là ! Heureusement, elle avait garé la R25 à l'ombre.

24

Opération Ikea

La journée s'annonçait chaude et moite, pas l'ombre d'un nuage à l'horizon pour rafraîchir l'atmosphère.

Les Panthères avaient consacré la matinée aux essayages. Pour l'occasion, la salle de répétition de la Maison populaire s'était transformée en loge. Peggy, informée et enthousiasmée par leur initiative, avait reporté la répétition de *Roméo et Juliette*, préférant consacrer la séance au maquillage et aux costumes, comme on le faisait sur les plateaux des films auxquels elle participait moins souvent qu'elle ne l'aurait souhaité. Alice allait interpréter le personnage de Marie-Madeleine pour la seconde fois de sa courte carrière de comédienne. Elle se devait d'être élégante, attirante et sexy, sans donner l'impression d'en faire trop. Elle avait ressuscité une robe à motifs géométriques, bleus et noirs, échancrée sur la poitrine, qui faisait autrefois la fierté de sa penderie. Elle la portait sous un gilet ouvragé à manches longues qu'elle pouvait boutonner si elle désirait dissimuler son décolleté un tantinet trop plongeant à son goût. Le miroir lui renvoyait le reflet d'une femme accoutrée dans le but de plaire. En observant son corps flétri par l'âge, Alice se mit à rêver d'un flash-back qui la propulserait vers un siècle révolu.

Peggy trouva les mots pour rassurer son élève.

– L'essentiel est de se sentir à l'aise, tu ne vas pas à un vrai rendez-vous galant, tu vas jouer une scène, interpréter un rôle ! Tu dois être à fond dans ton personnage, concentre-toi, agis comme Marie-Madeleine l'aurait fait !

Alice avait forcé sur le maquillage, la faute à son manque de pratique et à sa trop grande envie de bien faire.

– Je me sens déguisée pour carnaval, c'est pas naturel.

– C'est normal, Marie-Madeleine se métamorphose en « Câline » pour sa confrontation avec le « mâle ». Elle drague, transgresse l'interdit, sa double personnalité perce en plein jour. Intègre cette dualité dans ton interprétation !

Peggy frémissait d'enthousiasme en imaginant la scène qu'il restait à écrire. Elle bombardait Alice de recommandations et de conseils. Seul bémol : la professeure de théâtre s'en voulait de ne pas avoir intégré la technique d'improvisation dans son programme, cet apprentissage pouvait faire cruellement défaut à son élève dans la situation à venir.

– Laisse-le prendre les initiatives, manœuvre-le tout en lui donnant l'impression d'obéir...

– La routine, quoi ! remarqua Maria.

Elle boudait à l'écart, exaspérée de ne pas servir de chèvre dans cette excitante chasse au grand méchant loup. Elle avait prédit qu'Alice ferait tout échouer à cause de ses pertes de mémoire et de ses passages à vide chroniques, mais à son grand désarroi, les Panthères grises n'avaient pas pris ses avertissements au sérieux.

Thérèse, foudroyée par l'intense effort et la concentration nécessaires à ses recherches sur Internet, rechargeait ses batteries en ronflant, la bouche grande ouverte, écroulée sur les gradins face à la scène. Alice avait calé des coussins le long de son dos osseux pour lui éviter de se réveiller couverte de bleus.

André les avait rejointes, enchanté de jouer le garde du corps prompt à intervenir en cas de danger. Il rassura Alice, et jura de ne pas quitter « sa Juliette » des yeux. Pour soigner sa couverture, il formerait un couple avec Thérèse qu'il accrocherait à son bras vigoureux. Maria avait refusé de faire équipe avec lui, une haine féroce s'était invitée entre les deux anciens tourtereaux.

Une dispute inévitable avait provoqué le départ de Maria.

– J'ai des choses plus intéressantes à faire que de gâcher mon samedi après-midi chez Ikea. Mollo avec les boulettes… et surveillez votre cholestérol !

Après d'âpres négociations, André, réticent, avait accepté de prêter son smartphone dernier cri à Alice. Ses enfants le lui avaient offert pour ses soixante-dix ans et il ne voulait pas abîmer son appareil sophistiqué dans une opération qui comportait d'inévitables risques. Pendant toute la mission, son téléphone devait rester en communication pour suivre la conversation d'Alice avec «Vieux-Gosse-Beau», et permettre aux Panthères d'intervenir en cas de danger.

Nadia superviserait l'«Opération Ikea». Peggy s'en voulait de rater le jour J mais elle avait décroché un rendez-vous pour un casting après des mois de diète. Il était hors de question de le rater, même si elle savait par avance qu'elle ne correspondait pas vraiment au rôle. Pour une fois que son agent lui trouvait quelque chose, elle ne pouvait pas laisser passer sa chance sans rien tenter.

Le samedi après-midi, le magasin de meubles suédois n'avait rien du lieu intime rêvé pour une première rencontre galante. La région entière s'était donné rendez-vous à l'étage de l'entrepôt de Villiers-sur-Marne : des hordes d'enfants jouaient à chat dans des cuisines factices montées entre des cloisons provisoires ; de vrais couples se disputaient devant de faux téléviseurs posés dans des salons surchargés de meubles et d'objets de décoration en vente au libre-service du rez-de-chaussée ; un type en déficit de sommeil s'était endormi en testant le confort de couchage d'un matelas.

Alice cherchait le studio modèle de vingt-cinq

mètres carrés où «Vieux-Gosse-Beau» lui avait donné rendez-vous.

> «Vieux-Gosse-Beau» : Vous ne pourrez pas le rater, c'est le premier appartement de démonstration après l'espace canapés, l'exemple d'un studio fonctionnel pour les jeunes qui quittent la maison des parents! Ça nous rappellera notre jeunesse.

Alice, métamorphosée en «Câline», approchait de son but en combattant le trac qui l'assaillait. Elle aurait fait demi-tour si elle avait eu la force de remonter à contre-courant la horde de promeneurs déferlant dans le sens unique de la visite. Elle repéra «Vieux-Gosse-Beau» installé comme à la maison, il aurait dégusté un thé si la théière, posée devant lui, n'avait pas été factice. Dans ce face-à-face, le chasseur bénéficiait de l'avantage du terrain.

Il scrutait les visages à la recherche de sa proie. Il ne pouvait pas reconnaître Alice car, suivant les conseils de Thérèse, elle avait refusé de joindre une photo à ses messages sur Internet. Alice jeta un regard circulaire en quête de soutien et croisa les yeux d'André, assis derrière une table de salle à manger Ekedalen, en face d'une Thérèse fantomatique, anesthésiée par la multitude, effondrée dans une banquette Ekebol. André encouragea sa Juliette en levant le pouce, un sourire bienveillant illuminait ses fossettes, ses lèvres

articulaient un silencieux et enthousiaste « Foncez ! »
Le charme d'Alice opérait à fond sur cet homme depuis qu'elle s'était lancée dans cette opération commando qui, elle devait bien l'admettre, l'angoissait un peu.

« Vieux-Gosse-Beau » l'attendait derrière une table Vittsjö, en lisant la quatrième de couverture d'un faux livre posé dans le décor pour lui donner un semblant de vie.
Alice se libéra du flot de promeneurs, et se rapprocha d'un homme pas si vieux ni aussi beau que son pseudonyme le prétendait. Attentif à sa personne, il avait la classe tapageuse des acteurs italiens des années 1950, sans oublier la tenue vintage et les cheveux gominés qui vont avec. Alice avança avec détermination en direction du prédateur qui la détaillait sans cacher ses intentions profondes. La Panthère se sentait marcher nue, déchirée par ce regard acéré. Elle ramena le gilet sur le haut de sa poitrine d'un geste brusque pour se couvrir, mais cette bizarre impression de nudité ne la quitta pas pour autant. Agréable et effrayante à la fois.
– Bonjour. « Câline », je suppose ?
Il se leva et lui serra la main. Elle ressentit une impression dérangeante au toucher, plusieurs de ses doigts tordus accrochaient sa paume. Il la pria de s'asseoir face à lui. Un instant, Alice se demanda s'il n'avait pas été embauché par le magasin pour faire le spectacle devant les promeneurs du samedi :

« Mesdames et messieurs, votre attention, s'il vous plaît. "Câline" rencontre "Vieux-Gosse-Beau" dans son studio témoin. Tous les meubles que vous verrez sont disponibles en libre-service au rez-de-chaussée. Bon spectacle. »

Il se montra aussitôt entreprenant et sûr de lui, Alice se laissa faire en ressassant les conseils de Peggy. Cette espèce d'hommes ne vous lâchait pas une fois qu'ils vous avaient mis le grappin dessus. « Vieux-Gosse-Beau » savait ce qu'il voulait, il se comportait comme s'il avait la certitude de l'obtenir sans rien risquer. Il se présenta comme un prof de philo à la retraite, poète à ses heures, le prototype de personnage dont l'écharpe de soie volette dans la brise matinale au son des ritournelles gazouillées par les oiseaux printaniers. Alice l'écouta d'une oreille distraite raconter ses souvenirs de fac, en se doutant qu'il les inventait au fur et à mesure et qu'il n'hésitait pas à changer d'identité en fonction de ses proies. Ses phrases truffées d'expressions toutes faites, apprises par cœur et choisies au gré des situations et des personnes qui voudraient bien le croire, sonnaient faux. Il était loin d'avoir la classe d'un André qui vibrait à chaque mot que Roméo prononçait à l'intention d'Alice, sa Juliette.

– C'est la première fois que je me connecte sur ce genre de sites...

Bah tiens... Alice le laissa parler. Tandis qu'il la saoulait d'anecdotes gratifiantes, elle plongea dans ses

yeux pour y chercher la vérité. Ce type était-il l'odieux monstre que les Panthères grises soupçonnaient d'avoir tué Marie-Madeleine ?
— Soyons honnêtes ! À nos âges, sans ce site, comment aurions-nous pu nous rencontrer ?

Aucune réaction ne le trahissait, pas l'ombre d'un frisson, pas plus de mouvements de recul, de tics : un comédien au sommet de son art, maîtrisant un rôle parfaitement rodé.

— Il faut vivre avec son temps. Le plus dur, c'est de se lancer !

Alice ne regrettait pas ce qu'elle avait accompli jusqu'à présent, par contre, elle s'interrogeait sur sa capacité à aller plus avant. La réussite de l'«Opération Ikea» reposait sur ses épaules. Malgré la présence des Panthères et d'André dans les parages, elle se sentait bien seule.

«Vieux-Gosse-Beau» se massa les tempes avec les pouces pour se mettre en condition avant d'attaquer les choses sérieuses.

— Êtes-vous aussi câline que votre pseudo le laisse suggérer ?

Autant entrer directement dans le vif du sujet. Il s'était penché vers Alice avec l'assurance d'un rapace qui fond sur sa proie. Son après-rasage empestait la salle de bains.

«Au moins il est propre !» essayait de se rassurer Alice quand une vibration la fit sursauter de surprise.

« Vieux-Gosse-Beau » réagit avant elle.
– Vous pouvez répondre, ça ne me gêne pas...
Alice le dévisageait, hébétée, elle ne comprenait pas ce qui se passait.
– Votre téléphone vibre, très chère « Câline »...
Alice décrocha enfin.
– Faites comme si j'étais votre sœur, souffla la voix d'André dans l'écouteur.
– Mais je n'ai pas de sœur !
Alice réagissait mal, perdue dans ses pensées, elle ne savait plus très bien où elle se trouvait, ni pourquoi elle y était. André enchaîna aussitôt en chuchotant pour que « Vieux-Gosse-Beau » ne découvre pas la supercherie.
– Vous avez raccroché par erreur, je n'entends plus rien de votre conversation avec ce type. Trouvez un prétexte pour sortir du magasin. Il faut l'écarter de cette foule de promeneurs et l'emmener jusqu'au parking. Nous serons tranquilles pour le faire parler, une fois à l'abri dans votre voiture.
– Comment ?
Alice paniquait, elle ne se souvenait plus du plan qu'elles avaient mis en place à la Maison populaire... Et si Maria avait eu raison en mettant en doute ses capacités à mener à bien cette opération ?
– Prenez les devants et invitez-le, l'encouragea André. Cet individu ne ratera pas une occasion de faire connaissance avec une femme aussi séduisante que

vous. Surtout ne raccrochez pas, qu'on puisse intervenir en cas de pépin !

Nadia attrapa le téléphone des mains d'André pour la soutenir.

– Tu es formidable, ma belle. Fonce, ne te pose pas de questions !

– Un souci ? s'inquiéta « Vieux-Gosse-Beau » devant l'air perdu de sa future conquête.

– Non, non… une erreur…

Quand elle leva les yeux, Alice découvrit André debout, caché derrière son prédateur. À ses côtés, Thérèse faisait semblant de prendre des mesures avec un mètre en papier fourni par le magasin ; et, un peu plus loin, Nadia consultait le catalogue Ikea. Son équipe ne la lâchait pas d'une semelle. Elle reprit confiance.

Alice rangea le téléphone dans sa poche. Les encouragements de Nadia résonnaient encore dans sa tête. « Tu es formidable, ma belle. »

– Vous n'avez pas raccroché, « Câline »… Notre conversation risque de ne pas rester privée… ce qui serait dommage.

« Vieux-Gosse-Beau » souriait bizarrement, à l'affût de la réaction d'Alice : se doutait-il de quelque chose ? Elle ressortit l'appareil de sa poche et tapota au hasard sur l'écran, trop de symboles s'y affichaient pour qu'elle sache sur lequel appuyer.

– Vous aussi, vous avez du mal à vous en sortir avec ces satanés engins ?

Il lui prit l'appareil des mains avec autorité et coupa la communication.

La liaison avec ses troupes venait d'être coupée. Alice devrait se débrouiller seule.

Elle se demandait comment elle allait s'y prendre pour appâter «Vieux-Gosse-Beau» quand elle sentit le pied du play-boy se poser délicatement sur le sien.

– Où en étions-nous, très chère «Câline» ?

Finalement, ça n'allait pas être si compliqué.

25

Parking et terrain vague

André trépignait, ivre de jalousie, en voyant Alice et « Vieux-Gosse-Beau » monter dans la Baccara garée sur le parking extérieur du magasin Ikea. Sa fureur s'amplifia en entendant la voix d'Alice qui hurlait.
– Bas les pattes, espèce de vieux dégoûtant !
André, oubliant toute prudence, fonça vers la voiture en hurlant :
– Juliette !
Il ouvrit la portière, les yeux injectés de sang.
– Alice, tu vas bien ?
Sous le coup de l'émotion, le tutoiement lui était venu tout naturellement. « Vieux-Gosse-Beau », sans comprendre la situation dans le détail, décida d'aller voir ailleurs si l'herbe poussait plus verte. Il valait mieux ne rien envisager de sérieux avec une femme qui crée des embrouilles dès le premier rendez-vous… encore plus si un grand costaud vindicatif venait s'en mêler.
André se jeta dans les bras d'Alice pour l'embrasser.
– Ma Juliette…

– Mon Roméo…
– Attention, il se barre ! cria Thérèse qui accourait.
– Ça va aller, ma pupuce ?
« Ma pupuce », André l'avait appelée « ma pupuce » !
– Vas-y, ne le laisse pas s'enfuir, autrement j'aurai fait tout ça pour rien, l'encouragea Alice qui retrouvait ses esprits.

André ne se le fit pas répéter deux fois. Il posa un baiser sur le front de sa dulcinée, et se mit à courir d'une allure étonnamment svelte et rapide pour un homme de son âge. Profitant de ces effusions, « Vieux-Gosse-Beau » s'était éloigné sans demander son reste.

– Reviens, crapule ! cria André.

Le fuyard n'en avait pas l'intention, il se retourna et lança, vachard :

– Viens me chercher !

Erreur, en se retournant, il ne regarda plus devant lui.

Un type, habillé aux couleurs du magasin, poussait une enfilade de caddies qui avançait à la queue leu leu au rythme d'une colonie de chenilles processionnaires. « Vieux-Gosse-Beau » la percuta de plein fouet, et s'étala de tout son long sur le bitume.

André bloqua d'une main ferme l'employé qui arrivait pour lui porter secours.

– Dégage avec tes chariots avant qu'on porte plainte contre le magasin pour coups et blessures !

« Vieux-Gosse-Beau » en profita pour tenter de se

relever. André balança un coup de pied dans le ventre de son adversaire qui se plia en deux.

— Vous êtes fou ! s'offusqua le gars d'Ikea en partant à reculons.

— Qu'est-ce que tu fous encore là ? Dégage !

André battait des bras dans le vide pour le faire fuir. La place étant libre, il attrapa le fuyard par le col, et le traîna jusqu'à la Baccara sans plus de ménagement qu'avec un sac-poubelle.

— Pitié, pitié !

André n'en eut aucune et le laissa tomber devant le pare-chocs de la voiture. Les Panthères grises, témoins de son intervention musclée, s'interrogèrent sur la réelle personnalité de ce Dédé aux multiples facettes. Le spectacle du play-boy recroquevillé sur le bitume qui sanglotait d'une voix de petite fille avait de quoi les émouvoir, mais aucune d'elles ne s'apitoya sur son sort, il l'avait bien mérité.

— Qu'est-ce qu'on fait maintenant ? demanda Alice, un peu perdue par le rapide enchaînement des événements.

— Je crois qu'on a des choses à demander à ce monsieur, fit Thérèse, en s'asseyant à la place conducteur.

Elle avait récupéré le téléphone qu'Alice venait de laisser tomber hors de la voiture et se tenait prête à filmer l'interrogatoire.

Sur la banquette arrière, le séducteur attendait, bloqué entre Alice et Dédé, son persécuteur.

– Qu'est-ce que vous me voulez ? Je ne vous ai rien fait.

– À nous en particulier, non, aux femmes que vous piégez, oui ! Espèce de nuisible ! cracha Thérèse.

« Vieux-Gosse-Beau » observait avec mépris la médaille qui pendait au cou de Thérèse et s'interrogeait devant sa tenue austère, pantalon noir, chemisier gris, qui lui rappelait celle d'une religieuse intégriste.

– J'ai compris, vous êtes une brigade de défense de la vertu ou un machin du même acabit... des mères la morale dans toute leur splendeur !

Sur le parking, l'activité avait repris, chargement de cartons dans les coffres de voitures, couples qui se bouffaient le nez.

Nadia, qui n'avait plus besoin de faire le guet à l'extérieur, prit place à l'avant de la voiture.

Elle attaqua l'interrogatoire à peine assise.

– Pourquoi vous avez tué notre amie Marie-Madeleine ?

Thérèse appliquait à la lettre le plan prévu en filmant la confession de l'assassin pour conserver une preuve de ses aveux... car il allait avouer son crime, les Panthères en étaient certaines.

Thérèse approcha le téléphone si près de « Vieux-Gosse-Beau » que le visage de l'homme occupa la totalité de l'écran. Le grand angle de l'appareil déformait et accentuait les signes de panique de l'accusé.

– Vous devez faire erreur, vous me confondez avec quelqu'un d'autre... Je ne connais pas de Marie-Je-Ne-Sais-Quoi !

– Te moque pas de nous, menaça André en lui écrasant la cuisse.

– Vous n'allez pas recommencer à me frapper ?

– « Coquine », ça te dit quelque chose ? lança Alice.

– « Coquine » ! « Câline » ! Ce sont des prénoms courants sur les sites de rencontres.

Il ne savait plus où donner de la tête sous l'avalanche de questions.

– Que vous fréquentez pour la première fois ! renchérit Alice. Écoutez, nous avons fait des copies de toutes vos conversations sur la messagerie de « POIVRE et SEL ». Les discussions que vous avez partagées avec « Coquine » ne laissent aucun doute sur vos intentions, vous avez...

– Qui vous prouve que c'est moi ?

– Ce n'est pas vous, le « Vieux-Gosse-Beau » avec qui « Coquine » avait rendez-vous, peut-être ?

– N'importe qui peut se cacher derrière un pseudo.

Le play-boy reprit des couleurs, le temps qu'André lui envoie un coup de poing dans la mâchoire ; par chance pour sa victime, Dédé, serré contre la portière, n'avait pas pu armer convenablement son geste pour lui faire vraiment mal.

– L'assassin de cette pauvre femme s'est fait coffrer

par la police, c'est un dénommé Mirko, un Russe… renseignez-vous !

– Un Ukrainien, rectifia Alice qui ne pouvait pas s'en empêcher.

– Voilà la mémoire qui te revient…, remarqua André en tapotant le front du type avec les phalanges de son poing fermé.

– Il a avoué, pourquoi vous vous acharnez ? Vous vous embêtez, les samedis après-midi ? Faire un tour chez Ikea ne vous suffit plus, vous cognez les pauvres types comme moi pour satisfaire vos… vos turpitudes ?

André se pencha pour lui chuchoter à l'oreille.

– Si j'étais toi, je leur dirais ce que je sais ; autrement, elles ne vont pas te lâcher… Et c'est comme qui dirait moi qui vais être obligé de me taper le sale boulot… Si tu ne leur dis pas ce qu'elles veulent entendre, on va aller faire un tour sur un terrain vague que je connais pas loin d'ici. Après, tu pourras dire au revoir aux parties de jambes en l'air avec les copines de ton site de papouilles, parce que tes parties, tu vois, en fait c'est la dernière fois que tu les vois.

André s'écarta une seconde pour le laisser respirer et voir si ses menaces faisaient mouche. Le type avait viré blanc comme un linge, ce qu'André interpréta comme un signe encourageant.

– Je te promets de faire mon boulot le plus proprement possible, pour que tu ne souffres pas trop, reprit-il sur le même ton menaçant, à moins que tu joues leur jeu et que tu répondes à leurs questions... C'est toi qui décides.

André lui mit une calotte amicale sur l'arrière du crâne qui le fit rebondir contre le dossier du siège avant.

– Respire, va pas nous faire une attaque, ça serait dommage !

«Vieux-Gosse-Beau» passa en revue les filles pour estimer si la brute bluffait ou disait la vérité. Sur sa droite, celle qui l'avait piégé en se faisant appeler «Câline», et qui semblait être leur chef, le faisait plus penser à une ménagère qu'à une dangereuse virago ; à l'avant, la religieuse qui filmait avait l'air de prendre un plaisir vicieux à le voir souffrir, il était persuadé qu'elle enregistrerait les atrocités promises par le vieux taré pour les diffuser sur le Net ; l'autre, la mamie avec sa tête d'assistante sociale, affichait l'air ahuri de la bonne fille à qui il arrivait une aventure extraordinaire.

En sentant une boule d'angoisse lui bloquer la respiration, «Vieux-Gosse-Beau» décida de se mettre à table.

– D'accord, admit-il, je drague sur Internet. C'est pas interdit, à ma connaissance, les nouvelles technologies ne sont pas réservées aux jeunes... Je profite de mes conquêtes, on peut le voir comme ça, mais je n'ai jamais forcé personne. Ces femmes savent à quoi s'en tenir à partir du moment où elles acceptent d'honorer mes rendez-vous. Nous partageons de chouettes moments ensemble... Pourquoi je les tuerais ? C'est ridicule ! Je les aime trop. Elles ne se plaignent jamais, et vous savez pourquoi ? Parce qu'elles passent du bon temps dans mes bras, je suis un artisan d'art... Coquine, enfin votre copine, Marie-Madeleine, elle s'effilochait parce que personne ne s'intéressait plus à elle. Nous existons tous à travers le regard des autres : quand une femme ne sent plus le désir, quand elle n'est plus admirée, elle disparaît. Si la pauvre «Coquine» n'était pas morte assassinée par cette espèce de fou, elle me recontacterait, j'en mets ma main au feu, elle reviendrait voir son «Vieux-Gosse-Beau» qui lui faisait tant de bien !

Alice s'emporta contre lui, sa colère éclata, tout à coup immense, incontrôlable.

– Tu mens, tout le monde sait que tu as profité d'elle ! Après t'être satisfait, tu l'as assassinée.

– Vous êtes incroyablement têtue, ça ne peut pas être moi, vous le savez bien, puisque c'est un autre qui l'a tuée !

– La police a arrêté un innocent.

– Je ne pouvais pas être chez Marie-Madeleine.

– T'as un alibi ?

«Vieux-Gosse-Beau» en avait un, il se trouvait en compagnie d'une dame.

– Appelle-la, qu'on vérifie pour en finir ! ordonna Alice.

– Vous ne pouvez pas faire ça ! C'est une femme honorable, elle est mariée, a des enfants, des petits-enfants...

– Et alors, ça n'a pas l'air de gêner tes activités !
– La discrétion, c'est ma marque de fabrique, mon assurance-vie.
– Arrête ton baratin, tu nous fatigues, et donne-nous son numéro, fit Nadia qui n'en finissait plus de se dandiner sur son siège. Je l'appelle.

« Vieux-Gosse-Beau » hésita, on entendait les rythmes différents des respirations se mélanger dans l'habitacle de la voiture. André reniflait comme un molosse prêt à mordre, il cassa l'ambiance en faisant signe à Thérèse de démarrer.

– Assez perdu de temps, on va faire un petit tour… J'ai besoin de me détendre.
– Vous n'allez pas… ?

Devant les mimiques qui s'affichèrent en guise de réponse, il craqua et tendit son téléphone à Nadia.

– Vous la trouverez dans le répertoire au nom de « Blanche-Neige ». Je vous en conjure… soyez diplomate.
– Vous êtes cinéphile ?

La question de Thérèse le déstabilisa. Il se demanda si ces harpies allaient faire une pause ciné-club, le temps que l'assistante sociale vérifie son alibi.

– Oui… comme tout le monde… En ce moment, je suis plus séries…
– C'est vous qui avez filmé cette saloperie ?

Thérèse avait fait une copie du court-métrage

découvert sur le tchat, elle le lui montra pour lui rafraîchir la mémoire.

« Vieux-Gosse-Beau » poussa délicatement André du coude pour chercher ses lunettes de vue, qu'il chaussa. Un des verres était craquelé après la bagarre. Il visionna les images comme s'il les découvrait.

– Non, je ne vois pas…

– Vous ne reconnaissez pas notre amie commune ?

– Maintenant que vous le dites, c'est possible, l'image n'est pas de très bonne qualité…

– Tu pourrais t'appliquer quand tu filmes tes conquêtes en action.

– C'est pas moi, pourquoi je ferais ça ?

Les Panthères se dévisagèrent en se demandant jusqu'où elles devaient aller pour le faire craquer.

– « Blanche-Neige » ne répond pas, je n'ai pas laissé de message, annonça Nadia en rentrant dans la voiture.

– On retentera notre chance plus tard, fit Alice.

– Je vais t'expliquer puisque tu sembles avoir des trous de mémoire, attaqua André qui avait compris, encouragé par le rictus de Thérèse, que c'était à son tour de prendre les choses en main. Quand tes conquêtes en ont marre de ta compagnie, tu décides de les faire chanter avec un petit film d'auteur à la manière de « Vieux-Gosse-Beau ».

– Marie-Madeleine t'a payé combien pour que ton film ne circule pas ? demanda Alice.

– Elle ne m'a rien donné…

— … et c'est pour ça que tu l'as tuée…, conclut-elle. Écoute, on a la copie de toutes tes conversations avec «Coquine», le film de tes exploits à l'horizontale, un reportage sur notre petite entrevue actuelle… La police sera ravie de consulter ces documents quand on lui fournira.

«Vieux-Gosse-Beau» perdait de sa superbe. Alice, qui avait plus ou moins réussi à se contrôler jusqu'à maintenant, s'énerva d'un coup.

— La suite, c'est quoi ? Laisse-moi deviner : Marie-Madeleine n'a pas voulu te payer, alors t'es allé chez elle pour lui faire peur, et t'es allé trop loin. C'est que c'est fragile, une femme de cet âge-là… Tu l'as tuée ! Avoue !

— Non, non, c'est pas vrai… Ça ne s'est pas passé du tout comme ça.

— Ah oui, alors comment ça c'est passé ? On t'écoute.

«Vieux-Gosse-Beau» avait changé d'attitude et ne désirait qu'une chose : que cette galère prenne fin.

— «Coquine» ne voulait plus qu'on se voie. Elle en avait assez de cette relation. Je ne sais pas à quoi elle s'attendait : un mariage ? J'avais pris la peine de faire un film en laissant traîner mon téléphone. C'est fou ce qu'on peut faire avec ces appareils… de véritables petites caméras…

— Abrège, on s'en fout.

André lui écrasa le pied, comme s'il appuyait sur la pédale d'accélérateur pour le faire se presser.

– Je lui ai envoyé un extrait sur la messagerie, elle a accepté de payer et m'a donné rendez-vous.

– J'appelle ça du chantage ! remarqua Thérèse.

– Mais elle n'est jamais venue. Un type avec un casque intégral a déboulé à sa place et m'a fait ça...

« Vieux-Gosse-Beau » brandit ses doigts tordus comme des ceps de vigne.

– ... et ça !

Il ouvrit la bouche en grand, la tête rejetée en arrière, comme s'il était assis sur un siège de dentiste. Il montrait les trous dans sa gencive à la place de ses dents manquantes.

– Le type m'a tabassé et pété le pouce, puis le majeur. Un sadique. Ça reviendra jamais, je suis handicapé à vie.

Ses malheurs apitoyèrent un instant les Panthères grises mais pas André, qui restait sur le qui-vive.

– Te plains pas, t'es vivant, j'en connais une qui n'a pas eu cette chance...

– Je n'ai jamais recommencé après. Je le jure. Je n'ai plus jamais entendu parler d'elle, jusqu'au jour où j'ai découvert sa mort dans le journal.

– C'était il y a combien de temps, ce passage à tabac ? questionna Alice.

– Une semaine ou deux avant qu'on l'assassine, je ne sais plus.

– Tu mens comme tu respires, comment veux-tu qu'on te croie ?

– Décris-nous ce mystérieux vengeur !

– J'ai rien vu. Il portait un casque intégral, des vêtements sombres. Sa voix était déformée, assourdie par le casque, et il n'a pas raconté sa vie, il s'est contenté de me cogner. Après, il est parti en me laissant à moitié mort, l'ordure.

– Comment tu sais qu'il venait à cause de ton film ?

– Parce qu'il me l'a dit...

Nadia ne lui avait pas rendu son téléphone. Elle lui mit sous le nez.

– On te le confisque, si on veut rappeler « Blanche-Neige »... Ça pourra nous être utile ! Maintenant, si les copines sont d'accord, on va...

– Pitié ! hurla « Vieux-Gosse-Beau ».

Il n'avait aucune envie de faire un tour dans le terrain vague tant vanté par André.

– J'ai fait des saloperies... mais, je vous jure, je ne l'ai pas tuée. C'est pas moi, s'il vous plaît...

Nadia, que les Panthères avaient désignée comme responsable de l'« Opération Ikea », sortit lui ouvrir la portière.

– Dégage, avant qu'on change d'avis.

Cinq minutes plus tard, Alice, Nadia, Thérèse et André faisaient le point en dégustant une glace à l'italienne « nouvelle recette végétalienne, réalisée à partir de véritables fraises », installés dans la galerie d'Ikea, en plein courant d'air entre les caisses et les portes de sortie.

— Situation idéale pour attraper un chaud refroidi, remarqua Nadia en éternuant.

— C'est un menteur professionnel, je suis certaine qu'il a encaissé la monnaie. Son histoire de gorille casqué tout droit sortie d'une mauvaise série américaine, c'est du grand n'importe quoi, fit Alice.

— Et ses dents et ses doigts cassés ? demanda Nadia, encore impressionnée par la vision du pouce et du majeur tordus de « Vieux-Gosse-Beau ».

— Un accident de jardinage ou n'importe quoi d'autre ! C'est facile de raconter qu'on s'est fait tabasser par un inconnu masqué, contre-attaqua Alice.

— Je propose qu'on passe par Peggy. Elle confiera le téléphone de « Vieux-Gosse-Beau » au lieutenant Dupuis. La police vérifiera son contenu, suggéra Nadia.

André, qui s'était jusqu'alors cantonné à son rôle d'homme de main, intervint pour la première fois dans leur débriefing.

— Vous allez répondre quoi quand la police va vous demander comment vous avez fait pour trouver ce type ? Que vous êtes entrées par effraction chez Marie-Madeleine et que vous avez farfouillé dans son ordinateur en craquant les codes de ses comptes bancaires ? À ce train-là, c'est vous qui allez vous retrouver en prison. On a récupéré son téléphone, il sera facile de lui remettre la main dessus s'il lui vient l'envie de faire le zouave.

André avait terminé sa mise en garde. Les Panthères léchèrent la glace qui dégoulinait sur les cornets.

— Vu les rapports que l'on entretient avec le capitaine Moelleux, surtout s'il a lu *Le Parisien*, ça risque de mal se passer, c'est sûr, admit Alice.

— Ce «Vieux-Gosse-Beau» est bien trop lâche pour avoir tué la pauvre Marie-Madeleine, conclut Thérèse. Il reste la piste du tableau.

— Vous pensez vraiment que cette peinture existe? interrogea André sans dissimuler son étonnement.

André attendait, les bras croisés, que les Panthères donnent leur avis. Elles ne savaient plus quoi penser. Elles croquèrent dans leur cornet pour donner le change… mais aussi par gourmandise. L'action leur avait donné faim.

26

Hippodrome de Vincennes

Sur le chemin du retour, l'autoroute de l'Est était bouchée par un accident au niveau de l'entrée de Bry-sur-Marne. Cet embouteillage ne perturba pas Alice, qui prenait systématiquement la nationale pour revenir d'Ikea. Depuis son installation à Montreuil, le tracé de la route était resté identique même si le béton tout autour transformait la nature et les champs en périphérie urbaine surpeuplée.

Thérèse explorait les fonctionnalités du smartphone confisqué à «Vieux-Gosse-Beau», assise à l'arrière de la Baccara, au côté de Nadia.

La voix métallique du GPS emplit l'habitacle de la voiture en surprenant les passagers.

«Prenez la deuxième sortie à droite au rond-point.»

– C'est qu'elle nous foutrait la trouille, ta saloperie de robot! râla Alice. C'est pas à droite qu'il faut aller, c'est tout droit!

– Mais Alice... le GPS te dit d'aller en face!

« Prenez la deuxième sortie à droite au rond-point », répéta la machine avec constance.

– Tu l'entends de tes propres oreilles, il veut que je tourne à droite, je ne suis pas sourde quand même !

– Si tu laisses la première route et que tu prends la deuxième sur ta droite… dans sa logique, tu vas tout droit.

– Fais taire cet engin du diable, j'ai pas attendu les délires d'un robot pour savoir comment rentrer chez moi.

– Il faut vivre avec ton temps, lui fit remarquer Thérèse en déconnectant le GPS à regret.

– À mon époque, on ne se laissait pas commander par une satanée machine… On réfléchissait, on faisait fonctionner sa cervelle. Au pire on dépliait une carte routière et on activait ses neurones.

– C'est bien utile quand même… quand on est perdu ou qu'on oublie, remarqua Nadia sans particulièrement viser Alice.

André, monté à l'avant, tapota la cuisse de la conductrice.

– Le principal, c'est qu'on arrive à bon port. Hein, ma pupuce ?

Les joues d'Alice rosirent sur-le-champ, il l'appelait « ma pupuce » pour la deuxième fois de la journée.

« Ti amo In sogno
Ti amo In aria… »

Le smartphone chantait du Umberto Tozzi à tue-tête. Nadia le saisit des mains de Thérèse, jeta un coup d'œil à l'écran puis coupa la chique au crooner italien.

On n'entendit plus qu'André qui roucoulait la chanson d'amour italienne en emberlificotant une mèche de cheveux d'Alice.

– Ti amo…

– Silence ! « Blanche-Neige » rappelle, ordonna Nadia, la main posée sur le micro pour ne pas se faire entendre de son interlocutrice.

Le moteur ronronnait dans l'habitacle devenu silencieux.

– Oui, bonjour, fit Nadia. Non, je ne suis pas « Vieux-Gosse-Beau », désolée… Je suis une de ses amies… Oui, non, non, écoutez-moi… Dans votre intérêt, je vous conseille de ne pas raccrocher.

Alice, Thérèse et André, attentifs au moindre son, ne bougeaient plus, dans l'espoir de comprendre ce que disait « Blanche-Neige ». Thérèse, qui n'entendait rien, fit signe à son amie de mettre le haut-parleur. Nadia renonça après quelques manipulations infructueuses.

Elle adopta une voix ferme et autoritaire.

– Non, vous avez raison, je ne suis pas une amie de ce monsieur, je suis le lieutenant de police… Dupuis, enquêtrice et… Non, non, rien de grave, enfin ça dépend. Nous aimerions connaître votre emploi du temps du jeudi 13 septembre… Oui, c'est ça…

Alice, en reflet dans le miroir du rétroviseur, fronça

les sourcils et chuchota en prenant le risque de se faire entendre.

– Mets-lui la pression.

– Et… qu'est-ce que vous avez prévu demain ? enchaîna Nadia d'une voix tranchante. Vous ne comprenez pas ma question. Eh bien, je vais être plus directe, ça nous fera gagner du temps à toutes les deux. Si vous ne collaborez pas, vous allez être convoquée au commissariat, oui, c'est ça… pour témoigner sous serment dans une affaire de meurtre… Oui, c'est un conseil… Le plus simple serait de dire la vérité, madame… Non, je ne peux pas vous donner plus de précisions… «Vieux-Gosse-Beau», c'est ça, il s'agit bien de lui… J'ai tout mon temps, je vous écoute…

La communication se prolongea jusqu'au pavillon d'Alice. Une fois la voiture garée, Nadia résuma la conversation aux Panthères et à André. «Vieux-Gosse-Beau» avait opéré avec «Blanche-Neige» de la même manière qu'avec «Coquine» et «Câline». Après l'avoir abordée sur le tchat de «POIVRE et SEL», le couple s'était rencontré. Depuis, ils se retrouvaient une fois par mois… toujours au même endroit, dans un hôtel. C'était le cas le jour de la mort de Marie-Madeleine.

– Il ne sera pas difficile de le vérifier sur le registre de l'établissement. «Blanche-Neige» ne veut surtout pas faire de vagues et va collaborer avec la police. Elle nous envoie l'adresse par sms.

— Bon, notre coco n'a pas l'air d'avoir menti sur son alibi..., résuma Alice en coupant le contact de la R25.
— Sauf s'il a appelé sa copine entre-temps, fit remarquer Thérèse en réfléchissant à cette possibilité.
— Il y a peu de chances. Le temps de trouver un autre appareil, de convaincre sa chérie, d'appeler un hôtel pour les mettre dans la combine... Non, ça ne marche pas, nous nous sommes trompées, il faut se rendre à l'évidence...
Alice claqua la portière un peu plus fort que nécessaire. Elle était énervée, pourtant l'« Opération Ikea » s'était bien déroulée, une nouvelle réussite à mettre au crédit des Panthères grises. Mais qu'est-ce que cet interrogatoire leur avait appris de nouveau ? « Vieux-Gosse-Beau » avait fait chanter Marie-Madeleine mais ne l'avait pas tuée, son alibi semblait solide, même cette abracadabrante histoire de motard qui lui cassait les doigts et les dents pouvait être crédible.
Pourquoi pas ?

Nadia ne s'attarda pas, elle devait rentrer chez elle pour préparer à manger à son mari. Thérèse n'avait qu'une hâte : aller se coucher au plus vite. Alice se retrouva seule avec André, des hirondelles passaient en rase-mottes au-dessus de leur tête. Qu'allaient-ils faire ? André se balançait d'un pied sur l'autre. Enfin, il se lança.
— Alice, je suis embêté, je vous aurais bien invitée, mais

ce soir j'ai promis à mes enfants de les voir. Je ne peux pas annuler, ce n'est pourtant pas l'envie qui me manque.

L'empêchement d'André la soulagea. Cette journée exceptionnelle l'avait menée au bout de ses forces. Alice n'avait plus qu'un souhait : se jeter sur son lit et dormir quarante-huit heures d'une traite. André effleura les lèvres d'Alice avant de la quitter en lui souhaitant des rêves en couleurs.

– Tu me manques déjà, ma pupuce...

Troisième fois !!!

Alice posait le pied sur le carrelage de l'entrée du pavillon au moment où la sonnerie du téléphone retentit dans le salon. Elle se précipita pour décrocher.

– C'est toi ?

La voix de Maria lui écorcha les oreilles. S'il y avait quelqu'un à qui elle n'avait pas envie de parler, c'était bien à cette traîtresse.

– Qui veux-tu que ce soit ? répondit-elle d'une voix mal aimable.

Alice allait raccrocher quand des voix, en fond sonore, une sorte d'annonce déformée par des haut-parleurs, l'intriguèrent.

– Où tu es ?

– Aux courses, à Vincennes.

– Pourquoi tu m'appelles ? J'ai pas de tuyau à te donner sur un cheval !

– Écoute-moi, ça va t'intéresser...

Furieuse et horriblement froissée de ne pas avoir participé à l'interrogatoire de « Vieux-Gosse-Beau », Maria avait profité de son samedi après-midi pour se changer les idées du côté de l'Hippodrome de Vincennes. C'était en pariant sur la troisième course qu'elle avait croisé Stéphane Lambrat, le fils de Marie-Madeleine.

– Il a bien le droit de faire son tiercé ! s'emporta Alice. Laisse-moi, maintenant ! Avec les Panthères, on n'a pas chômé pendant que Madame prenait du bon temps...

– Il était en compagnie d'un homme beaucoup plus jeune que lui.

– Et alors ?

– Ils se tenaient par la main !

Alice ne comprenait pas comment Maria, qui se comportait en parfaite cougar et draguait des types qui auraient pu être ses petits-enfants, pouvait être choquée.

– J'ai réfléchi, vois-tu. Ce monsieur a un besoin vital d'argent, poursuivit Maria, mon copain journaliste m'a confirmé que son entreprise avait de sérieux problèmes de trésorerie. Cet hiver, c'était moins une qu'il mette la clé sous la porte. Et hop, au printemps, la mère meurt et la situation s'améliore miraculeusement.

Alice commençait à comprendre où Maria voulait en venir.

– Le fils a pompé le fric de maman, c'est clair comme

de l'eau de roche. Tuer pour de l'argent, si c'est pas un mobile valable ? Sans te parler d'un gigolo à entretenir !
— Quel gigolo ?
— On voit bien que t'as pas vu son petit copain ! C'est le mariage de la carpe et du lapin.

Alice se demanda ce qui traversait la tête de son ex-copine. En même temps, elle ne pouvait pas réfuter le bien-fondé de ses arguments. Néanmoins, elle préféra accuser sa source.

— Après ce que ton journaleux a raconté sur les Panthères, je me méfie de lui... Il t'a échangé cette info contre quoi ?
— Alice, arrête, on va pas se bouffer le nez jusqu'à la fin de nos jours... même si ça risque de ne pas être long.
— Parle pour toi, je me sens en pleine forme.

Maria poursuivit avec une émotion qui troubla Alice, pourtant habituée aux sautes d'humeur de son ex-femme de ménage :

— Je te demande de me croire au sujet d'André... Ce n'est pas moi qui lui ai sauté dessus... Au début, j'étais saoule... d'accord, je l'ai un peu émoustillé.
— Quasiment violé, tu veux dire ?
— Pourquoi je te mentirais ? Ce sont ses mains baladeuses sous ma robe qui m'ont dégrisée.

Alice décida de se comporter en pro et de ne pas mélanger ses affaires personnelles avec l'enquête des Panthères grises. Maria avait suffisamment titillé sa curiosité pour qu'elle remise sa fatigue, oublie ses résolutions sur la conduite de nuit et remonte dans sa voiture. L'Hippodrome de Vincennes se trouvait à moins de deux kilomètres de son domicile.

Maria avait donné rendez-vous à Alice devant l'entrée du restaurant panoramique qui surplombait la piste cendrée du temple du trot. Les deux Panthères se retrouvèrent à l'instant précis où Stéphane Lambrat quittait le restaurant en compagnie d'un jeune homme de vingt ans ou à peine plus. Le garçon portait une chemise à fleurs aux couleurs criardes et un pantalon qui lui moulait les fesses comme une glace deux boules. Sa coiffure jaune couverte de gel, exubérante comme celle d'un footballeur, lui donnait un parfait air de gigolo. Alice ne pouvait pas donner tort à Maria sur ce point.
Les deux hommes s'embrassèrent longuement avant de se séparer.
– Je te l'avais dit, ce gars, il n'est pas net ! déclara Maria, contente d'elle.
– On ne juge pas les gens à leur coiffure, répondit Alice du tac au tac.
– Peut-être, mais il y a des coupes de cheveux qui devraient être interdites en dehors des stades.
Maria souriait, trop heureuse d'avoir eu le dernier mot.
Les filles perdirent Stéphane de vue dans la foule

hétéroclite des courses. Alice, intriguée par cette découverte déconcertante, décida de rester pour parler au jeune homme. Elles le retrouvèrent facilement grâce à sa touffe de cheveux banane qui éclairait comme un phare dans la grisaille ambiante.

Olivier s'exprimait sur le ton perpétuellement enthousiaste d'un personnage de dessin animé qui fatigue son public à force de rire des blagues qu'il n'a pas encore faites.
Maria aborda le sujet frontalement.
– Vous connaissez bien Stéphane Lambrat, je crois ?
Olivier accueillit l'affirmation d'un haussement de sourcils surpris. Qu'insinuaient ces deux mamies qui se tenaient devant lui sans faire le moindre effort pour se donner l'air sympathique ? Il les contempla de toute l'arrogance permise par son âge et s'apprêtait à les envoyer sur les roses quand la moins austère du duo s'approcha et s'excusa de la question parfaitement malvenue de sa comparse.
– Bonjour, nous sommes des amies de Marie-Madeleine Lambrat, la mère de Stéphane, votre… copain. Comme vous le savez certainement, elle a été assassinée. Nous recherchons son meurtrier, la police se trompe de coupable, nous ne voudrions pas qu'un innocent soit condamné à tort…
– C'est donc vous, les célèbres Panthères grises… en chair et en os, quel honneur !

Cette révélation les rendit tout de suite plus sympathiques à ses yeux.

– J'ai lu vos exploits dans *Le Parisien*. Dites donc, vous ne l'avez pas à la bonne, le flic qui s'occupe de l'enquête ! Le capitaine Morveux doit apprécier moyen de se faire piquer la vedette par un gang de petites mamies...

– Moelleux, rectifia Alice en fusillant Maria du regard.

Elle lui en voulait à mort d'avoir tout déballé devant son journaliste. Un crime de lèse-majesté qu'elle n'était pas près de lui pardonner.

– C'est vous qui êtes allées chez la reine mère pour fouiner ? Pas mal, l'idée de garder un double de clés... (Le jeune garçon montrait Alice.) Vous êtes son ancienne femme de ménage, c'est ça ?

– Non, moi, j'étais sa patronne.

– De la mère Lambrat ?

Olivier passa la main dans sa coiffure d'avant-centre, il n'y comprenait plus rien. Alice désigna Maria avec suffisance.

– Non, la patronne de cette femme. Nous partagions la même bonne avec Marie-Madeleine, siffla Alice.

Olivier venait de comprendre qui elles étaient, mais pas ce qu'elles lui voulaient.

– Nous sommes désolées de vous déranger, mais nous recherchons des informations qui pourraient faire avancer la vérité, et... comme nous vous avons vu... par le plus grand des hasards, en compagnie de Stéphane Lambrat, nous avons pensé...

Alice s'enfonçait, Olivier répliqua sèchement :

— Je ne sais pas ce qu'on vous a raconté, ni ce que vous avez appris par vous-mêmes, mais ne comptez pas sur moi pour rajouter des rumeurs aux racontars... Mesdames, je vous souhaite une bonne soirée.

— Nous connaissons votre relation avec Stéphane par un de mes amis journaliste, mentit Maria en haussant le ton, alors qu'il leur tournait le dos pour partir. Même si vous ne nous dites rien, votre liaison sera mise au grand jour et déformée par la presse..., continua-t-elle. Par contre, si vous nous expliquez comment vous vous êtes rencontrés, mon ami sera certainement moins caricatural dans ses jugements... C'est à prendre ou à laisser.

Olivier avait parfaitement compris la menace.

Maria se montrait beaucoup moins diplomate qu'Alice. Les deux Panthères endossaient, sans s'en apercevoir, les caricatures du bon flic et du méchant, classique du couple de policiers en interrogatoire. Olivier, qui n'avait rien à perdre, si ce n'est un peu de son temps, accepta de leur raconter comment ils s'étaient connus.

— Stéphane venait pour la première fois aux courses. Je l'ai repéré, et... il m'a tout de suite plu. Allez savoir pourquoi ? Les coups de foudre ne se commandent pas ! Il n'était pas là pour s'amuser mais pour gagner

le pactole, ce qui est le meilleur moyen de tout perdre. J'avais bien deviné, en moins de trois heures, mon bonhomme s'est retrouvé à sec. Quand je l'ai vu partir les épaules basses, j'ai compris qu'il allait faire une connerie. Je l'ai rattrapé, on a parlé, parlé... Nous nous sommes embrassés, et voilà...
– Voilà, comment ça, voilà ?

Maria n'appréciait pas le raccourci, elle ne comprenait pas comment la rencontre entre un garçon de son âge, sans compter son look, et un quinquagénaire chef d'entreprise pouvait se résumer par un « voilà » désinvolte.

Olivier ne l'éclaira pas et continua sur le même ton.
– La situation va mieux depuis quelque temps. Il s'est renfloué.
– Et, vous ne vous demandez pas d'où vient l'argent ?

Maria ne croyait pas à ce coup de foudre providentiel.
– Je m'en fous que ça vienne d'un braquage de banque ou d'ailleurs, du moment que Stéphane va mieux. Son moral et sa santé, y a que ça qui compte pour moi ! Ses affaires, je m'en tamponne le coquillard, croyez-moi.
– Stéphane a tué sa mère pour de l'argent. Vous vous foutez aussi de ce genre de détails ? cracha Maria, persuadée qu'il se moquait d'elle.
– Vous ne vous souvenez pas de quelque chose, je ne sais pas, une dispute entre le fils et sa mère ? demanda Alice.

Olivier hésita avant de répondre. Maintenant qu'il avait commencé... Il leva la main dans un geste caricatural qui lui échappa.

— Si, je me souviens, c'était un jour de courses nocturnes. J'ai récupéré Stéphane dans un état déplorable, il venait de s'engueuler avec la mère Lambrat.

— C'était quand exactement ? demanda Maria.

— Un peu avant son assassinat.

Sa réponse avait échappé à son contrôle, il le regretta aussitôt et se mordit la lèvre comme si sa douleur pouvait effacer sa gaffe.

— C'est une coïncidence..., affirma-t-il sans conviction.

— Vous connaissez la raison de leur dispute ? relança Alice.

— C'était au sujet d'une peinture, un portrait. Stéphane reprochait à la reine mère de dépenser l'argent de l'héritage dans des merdes, des barbouillages invendables même à l'occasion d'un vide-grenier de village... D'après lui, elle s'était entichée d'un artiste qui la maintenait sous sa coupe... un Russe...

Maria arrêta Alice de justesse en lui posant la main sur l'avant-bras. Olivier était lancé, ce n'était pas le moment de l'interrompre pour une querelle de frontières.

— La vieille Lambrat le payait des sommes folles pour peindre un portrait de son importante personne, ça rendait mon Stéphane fou furieux. Plus il essayait de lui faire comprendre qu'elle se faisait arnaquer, moins elle voulait l'entendre. Le Russe l'avait envoûtée. Imaginez pour une vieille bique : se faire tirer la tronche par un artiste borderline, limite S.D.F., la classe ! C'est pas la modestie qui l'étouffait. Elle se voyait déjà au Louvre, la mère Lambrat, paradant entre *La Joconde* et *La Vénus de Milo*.

– Vous n'avez pas l'air de l'apprécier, constata Alice.
– Non, ça vous pose un problème ?

Les Panthères ne réagirent pas. La Marie-Madeleine qu'elles découvraient au cours de leur enquête leur réservait bien des surprises.

– Stéphane avait besoin d'argent pour sauver sa boîte, reprit Olivier, une question de vie ou de mort, et l'autre, pendant ce temps, elle se la jouait muse d'un type sans talent. Il devait la faire grimper aux rideaux, la mamie… J'aurais bien aimé être là pour tenir la chandelle ! Il avait des raisons d'être furieux, mon Stéphane !

– Vous avez vu le tableau pour décréter que c'était une croûte ?

– Je n'ai jamais eu ce privilège.

– Et Stéphane ?

– J'en sais rien… En tout cas, il considérait que ce Rothko… Miro…

– Mirko, rectifia Alice qui se demandait si le peintre ukrainien n'avait pas utilisé un pseudonyme pour cacher une identité douteuse.

– Bref, si ce gars possédait un réel talent, c'était celui

de caresser la vieille dans le sens du poil… pour la faire casquer.

– Ah, t'es là, Olive ! Je te cherche partout !
Un autre jeune homme arriva, Olivier en profita pour les abandonner. Alice et Maria les virent s'éloigner d'une démarche chaloupée vers le parking où une voiture de sport décapotable les attendait, musique volume poussé à fond. Un troisième garçon en sortit, ils s'embrassèrent en riant, et grimpèrent dans l'auto.

27

Aveux

Les lumières du rez-de-chaussée perçaient à travers les rideaux du pavillon de Marie-Madeleine Lambrat. Alice passa devant la bâtisse sans ralentir.

– Arrête, son fils est là ! On va aller lui causer ! Tu fais la gueule parce que les infos ne viennent pas de toi ?

Maria tenait sa revanche, elle ne cherchait pas à mettre Alice en défaut, juste à retrouver sa confiance.

La conductrice ne ralentissait toujours pas.

– Si tu ne me déposes pas, ça ne changera rien, j'y retournerai toute seule… Ce n'est pas très loin de chez moi.

Maria virait sur son siège, elle se tourna vers Alice en réprimant son excitation. Elle insista une nouvelle fois.

– Ça ne te fait pas gamberger, ce garçon qui s'amourache de Stéphane Lambrat et hop, miracle, juste après les caisses regorgent de pognon !

– Sa vie privée ne nous regarde pas, répondit enfin Alice.

– Sauf si elle explique le meurtre de sa mère… et

sauve un innocent de l'erreur judiciaire... C'était l'idée quand tu as décidé d'enquêter. Je fais erreur ?

Maria n'avait pas tort.

– Et cette violente dispute, juste avant sa mort, c'est pas une piste sérieuse, peut-être ? Tu ne peux pas laisser passer ça sans lui demander des explications.

L'argument porta. Alice fit faire demi-tour à la lourde voiture. Elle aurait aimé que Nadia et Thérèse les accompagnent, la fatigue la rattrapait et une nouvelle fois pendant cette aventure, elle s'apprêtait à sauter un repas. La glace à la fraise d'Ikea lui sembla bien loin quand elle remarqua la porte du pavillon entrouverte.

– Il y a quelqu'un ?

Stéphane les accueillit par un long silence. Après la surprise de les découvrir dans l'entrée, il se contenta de s'effacer pour les laisser passer. Le quinquagénaire redressa le fauteuil où sa mère avait été retrouvée assassinée et se laissa tomber dedans. Il attendit qu'elles parlent sans manifester le moindre signe d'impatience ; ses yeux aux paupières flétries, injectés de sang par l'insomnie, balayèrent distraitement le décor. Il avait l'air détaché d'un homme qui n'est plus concerné par la réalité.

Maria, fidèle à son habitude, attaqua sans le moindre tact.

– Nous vous avons vu à l'Hippodrome de Vincennes avec votre... ami... Olivier.

Cette nouvelle ne ramena pas Stéphane à la réalité ; seul changement notable, il croisa et décroisa ses jambes plusieurs fois de suite sans savoir quelle position choisir. Alice s'inquiétait de son état mental, en temps normal il les aurait foutues dehors et ne serait pas resté les yeux dans le vague comme un zombie. Stéphane décida finalement de poser les paumes de ses mains à plat sur ses genoux décroisés. Il se pencha sur le côté, au risque de valser par-dessus le bras du fauteuil, et ramassa la bouteille de gin qui avait roulé dessous. Il but une longue et sonore lampée.

– Olivier, votre ami – c'est comme ça qu'il s'est présenté –, nous a parlé d'une dispute entre vous et votre mère, au sujet d'un tableau, peu avant qu'on la retrouve assassinée.

– Je ne vous ai pas proposé à boire.

Stéphane tendit la bouteille dans leur direction, avant de s'apercevoir qu'il venait de la terminer.

– Oups, elle est vide !

Le fauteuil émit un grincement quand Stéphane se leva pour disparaître dans la cuisine. Alice en profita pour chuchoter à Maria :

– Il n'a pas l'air dans son état normal…

– Il joue la comédie, c'est du chiqué pour nous apitoyer. Il est en pleine forme. Il fait cette tête-là depuis qu'il nous a vues arriver…

Stéphane revint avec une bouteille de vin entamée et se rassit dans le fauteuil qui fit le même bruit qu'à son lever. Cette fois, il fit un signe de la main pour stopper Maria qui allait reprendre son interrogatoire. Il s'exprimait d'une voix d'outre-tombe, les filles durent être attentives pour le comprendre, le moindre passage de voiture dans la rue couvrait ses phrases murmurées dans un souffle.

– Vous devez vous demander ce que je fabrique avec un garçon comme celui-là... J'aime bien les cheveux jaunes... pas sur moi, mais chez les autres, j'aime bien, la couleur ça change, c'est marrant, c'est gai... J'ai toujours préféré les garçons, je ne l'ai jamais caché à personne, même pas à mon père, ce qui le rendait ivre de fureur. Son fils unique pédé, autant dire un crime de lèse-majesté pour lui qui passait son temps à courir les poules dans le dos de ma mère. J'ai passé ma jeunesse à essayer de lui faire plaisir; comme tous les gosses, j'avais besoin que mon papa m'aime. J'ai même brillamment réussi des études qui m'ennuyaient profondément. Du coup, j'avais le profil idéal pour reprendre l'entreprise familiale, sauf que j'étais homo. Il a voulu me déshériter... Le prototype du parfait con... Ses employés m'aimaient bien. Je bossais toutes les vacances là-bas, au début pour mes stages, et après plus sérieusement. C'est pas que les ouvriers appréciaient particulièrement le fils du patron, la petite fiotte, comme ils disaient en pouffant.

Stéphane s'interrompit et ricana en repensant à ces moments douloureux. Il secoua la tête pour s'éclaircir les idées qui partaient dans tous les sens.

– Après la surprise et deux ou trois vannes à la con, c'est vite passé, poursuivit-il. Ils se sont habitués à moi et en fait, je crois que ce qui leur plaisait le plus, c'était que ça fasse chier le vieux. Ils en redemandaient. Ils ont vite compris que j'avais plus de chances de sauver l'usine que mon père. Le vieux ne s'était pas aperçu que le siècle avait changé. Quand il est mort, j'ai repris l'usine, et c'est là que j'ai pris conscience de la situation catastrophique : un massacre, des faux en écriture pour cacher les trous dans la compta. Mes nuits y sont passées, j'ai fait ce que j'ai pu, épaulé par le personnel qui serrait les fesses de peur de se retrouver à la rue. Mais à part réinjecter des liquidités dans l'affaire ou vendre à la concurrence, il n'existait pas vraiment de solution.

Stéphane fit une pause et, pendant un instant, fixa le vide en gardant le silence.

– Et après ? demanda Alice.

– Après ? (Il en profita pour téter une lampée de vin.) Eh bien… Ma mère… elle perdait complètement la tête depuis la mort de mon père, toutes ses découvertes sur sa double vie l'avaient chamboulée. Elle ne croyait même plus en Dieu, pour vous dire où elle en était rendue ! En tout cas, elle désertait la messe. Pas longtemps après cette époque, elle s'est entichée d'art contemporain. Au début, je trouvais cette passion plutôt intéressante, elle qui ne jurait que par ses machins religieux, ça ne pouvait que lui faire du bien... jusqu'au jour où elle a ramené ce satané Mirko à la maison.

– Il couchait chez elle ? s'exclama Maria.

Stéphane la fixa avec des yeux hallucinés, Alice lui donna un coup de pied pour la faire taire mais c'était trop tard, le mal était fait.

– Dites donc, vous n'y allez pas par quatre chemins ?

Alice fusilla Maria de ses yeux perçants et s'excusa à sa place avant de demander à Stéphane de continuer.

– Maman dépensait l'argent de mon père alors que j'en avais besoin pour sauver la boîte...

– Elle vous a quand même fait de jolis virements avant de mourir.

– Je vois que vous êtes bien renseignées.

À chaque fois que Maria intervenait, Alice avait peur qu'il s'interrompe, se referme et se taise définitivement. Fausse alerte, il continua sans se faire prier comme s'il avait entamé une longue confession qui irait jusqu'à son terme quelles qu'en soient les conséquences.

– Ma mère avait décidé d'acheter le portrait que ce Mirko avait fait, elle ne voulait plus rien m'avancer sur l'héritage... C'est à cette période que j'ai rencontré Olivier...

– Vous avez vu la toile ? intervint Alice pour bloquer Maria qui trépignait d'arriver à l'essentiel.

– Une horreur, elle me l'a montrée le matin de son assassinat. Elle avait décidé de me convaincre du côté incontournable de cette œuvre d'art sans oublier de me rappeler que c'était un excellent placement. Elle ne voulait pas que j'imagine qu'elle jetait l'argent de la famille par les fenêtres. Le contraire de moi qui m'acharnais à essayer de boucher un trou sans fond. Je me souviens de ses mots comme si c'était hier. « Tu t'emmerdes bien pour cette bande de connards d'ouvriers... » Elle se foutait du sort des employés, je me demande même si ça ne l'arrangeait pas... Enfin... maman n'a jamais été portée sur le social. Tout ça pour une abominable croûte.

Stéphane s'énerva, se leva. Il attrapa sa bouteille, tituba.

– Ma pauvre mère représentée... je n'ose même pas vous dire comment ! Découvrir celle qui vous a donné le jour dans cet accoutrement...

Stéphane ne retenait plus ses larmes... Il reniflait, de la morve se répandait sur ses joues mal rasées comme de l'écume sur une plage.

– Vous savez si elle a acheté la toile ? demanda Alice.

– Bien sûr que oui, elle l'a fait, et une petite fortune en plus.

Cette fois Alice ne put retenir Maria. Il était mûr, un genou à terre, fragile comme un taureau après la charge des picadors.

– Vous vous êtes disputé avec votre mère le jour de sa mort ?

– Ce jour maudit, je suis venu dans la matinée pour tenter de la convaincre une dernière fois. Le ton est monté, je l'ai bousculée, elle est partie à la renverse… et… Maman, je te demande pardon, je t'ai tuée, maman chérie. Je vous jure que c'était un accident, mais je l'ai tuée. Après, je me suis enfui comme un lâche, j'ai marché sans but, en rabâchant mes actes, comme si je pouvais rembobiner le film. Quand je suis revenu, les voitures de police encerclaient la maison. J'ai vu les flics entraîner cet artiste, le responsable de notre malheur, qui braillait son innocence. Le satané peintre, menotté… Alors, par lâcheté, je n'ai rien dit, et j'ai pris la fuite avant que quelqu'un me reconnaisse et qu'on m'interroge.

Alice ne décela pas la moindre trace de remords, pas le plus mince regret pour Mirko accusé d'un crime qu'il n'avait pas commis.

Stéphane recommença à parler d'une voix suave et posée. Alice étudiait son visage. Il leur lança un regard au-delà de la fatigue.

— Elle est morte à cause de cette saloperie de portrait. Même si c'est moi qui ai tué maman, ce type est responsable de sa disparition…

— C'est vous qui avez le tableau ?

Stéphane haussa les épaules et fixa le vide, il termina la bouteille et s'étouffa, proche de vomir. Alice attendit qu'il reprenne son souffle.

— C'est vous qui avez prévenu la police ?

Il baissa la tête avec tristesse et répondit à côté comme s'il ne l'avait pas entendue.

– C'est un taré, vous l'avez bien vu à la reconstitution ; par sa faute vous avez manqué d'y passer, vous aussi. Mirko aurait tué maman si je ne l'avais pas fait avant lui... J'en suis certain, il l'aurait fait... C'est une ordure.

Stéphane se mit à trembler, sa douleur dépassait toute raison. Alice et Maria échangèrent un sourire contrit et se dirigèrent vers la sortie sans dire un mot de plus.

– Vous ne m'arrêtez pas ?

– Ce n'est pas notre travail, nous ne sommes pas de la police, répondit Alice en s'éloignant.

28

Chambre froide

Alice se réveilla le dimanche matin avec une faim de loup. Depuis le début de cette aventure, elle s'était alimentée n'importe comment, seul son dîner au restaurant italien en compagnie d'André avait constitué un véritable repas. Alice n'avait plus l'énergie ni le temps de faire les courses, son réfrigérateur était vide, même l'emballage du paquet de gâteaux à la cannelle reposait froissé, à la surface de la poubelle pleine à ras bord. Alice devait se reprendre, elle s'habilla, et descendit jusqu'au marché de la Croix-de-Chavaux. Elle acheta deux pastillas poulet-amandes aux cuisinières qui les préparèrent devant elle. De retour à son domicile, elle les dégusta assise sur le transat de son jardin, à l'ombre de la tonnelle que lui avait aménagée Marc. Elle vérifia que ses nouveaux voisins ne l'espionnaient pas à travers la haie, puis lécha ses mains luisantes d'huile et de sucre comme elle adorait le faire…

C'est seulement une fois le ventre plein qu'Alice se concentra sur le meurtre de Marie-Madeleine.

L'admettre la contrariait, mais l'intuition de Maria était avérée : Stéphane Lambrat avait tué sa mère sans le vouloir et avait fait endosser le meurtre à Mirko. Les autres pistes ne menaient nulle part. Alice s'en voulait, les Panthères grises n'avaient pas pu empêcher qu'il se prenne une balle dans la tête. Son humeur s'assombrit quand elle visualisa Mirko dans le coma, un légume blanchâtre, allongé sur son lit d'hôpital. Il ne toucherait plus jamais un pinceau de sa vie.

La digestion engourdit Alice. Elle s'assoupit, rafraîchie par la brise et bercée par le chant des oiseaux. Les circonvolutions de sa rêverie l'entraînèrent jusqu'au pavillon de Marie-Madeleine. Stéphane se querellait avec sa mère au sujet du tableau de Mirko. Il s'en prenait à « cette ignoble croûte, grossière, dégueulasse ». Dans le rêve d'Alice, le portrait ressemblait plus au satyre peint à même le mur de béton de son sous-sol qu'à Marie-Madeleine. Le ton montait entre les deux, les invectives pleuvaient, Stéphane poussait sa mère trop fort. Elle tombait au sol, bousculait une table basse, se cognait l'arrière de la tête. Il se précipitait à son secours, la secouait, se désespérait, pleurait, rien n'y faisait… Marie-Madeleine ne bougeait plus.

Les sirènes des pompiers qui remontaient l'avenue de Chanzy en direction de Bagnolet réveillèrent Alice, qui émergea de sa sieste dans un état semi-hypnotique. L'enchaînement tragique des événements esquissé par les raccourcis de son rêve tenait la route. Elle se fit un thé et, en attendant qu'il infuse, s'abandonna à la langueur qui l'envahit. Ensommeillée, elle renoua les fils de sa rêverie qui, cette fois, la propulsèrent jusque dans l'atelier de l'artiste ukrainien, là-bas aux confins du Bois de Vincennes. Elle surprit Mme Moz qui traversait le pont aux najas. Un rictus diabolique balafrait le visage de la galeriste. Elle hurlait de rire comme les gros méchants dans les films de super héros américains diffusés le dimanche soir à la télévision.

Alice se réveilla en sursaut. Son thé fin prêt, elle se servit, et le dégusta avec plaisir. Ce songe lui avait permis de faire le point sur l'enquête. Elle se concentrait plus facilement en dormant. Alice était persuadée que Stéphane allait se livrer à la police, maintenant qu'il leur avait confessé son meurtre. Elle saurait bientôt s'il avait conservé le portrait de sa mère ou s'il l'avait détruit, mais ça ne changeait pas grand-chose : Marie-Madeleine était morte, sans préméditation, poussée par son fils, lors d'une dispute au sujet d'un tableau d'art contemporain qui ne plaisait pas à grand monde.

Mais qui avait tué Mirko ?

Alice allait trop vite en besogne, Mirko n'était pas mort.

Son rêve lui avait montré une piste que les Panthères n'avaient pas explorée jusqu'au bout. Alice se dirigea vers le salon et décrocha son téléphone.

Alice avait d'abord appelé Nadia sans succès, elle apprit plus tard qu'elle était partie accompagner ses petites-filles à Disneyland. Ensuite, elle avait tenté Thérèse qui lui avait asséné un refus net et définitif : trop exténuée pour bouger. Peggy était sur messagerie. Avait-elle décroché un rôle pendant son casting ou profitait-elle de la douceur de ce dimanche après-midi pour faire plus ample connaissance avec son Jean-Claude ?

Même si ça ne lui plaisait guère, il restait Maria, qui accepta avec un plaisir non dissimulé d'interpréter la femme du gentil couple de retraités amateurs d'art, en visite à la galerie MOZ.

Par contre, il fallut toute la force de persuasion d'Alice pour convaincre André d'interpréter le compagnon de Maria. Elle aurait pris sa place avec plaisir mais c'était impossible, la galeriste l'aurait immédiatement reconnue. Maria se révélait le seul choix envisageable, André s'en remettrait. Il ne pouvait rien refuser à sa pupuce.

– En plus de représenter un formidable placement, investir dans l'art permet de soutenir des talents prometteurs et qui sait, avec un peu de chance, de devenir le mécène d'un futur Picasso.

Mme Moz avait gobé l'appât et son hameçon, à peine le bouchon posé sur l'eau. Alice avait profité que les galeries d'art restaient ouvertes ce dimanche après-midi, dans le cadre d'un week-end spécial consacré aux jeunes créateurs, pour mettre son plan à exécution.

– Oui, c'est tentant. Qu'en penses-tu, mon bichon ? fit Maria en attrapant son compagnon par le cou.

– A… arrêtez, bégaya André, surpris par l'attitude de la Panthère qui se collait à lui sans aucune pudeur.

– Je croyais que tu aimais ça ? lui bava-t-elle dans l'oreille.

Maria profitait de la situation pour se venger d'André qui grognait sans pouvoir se défendre. Elle enroula son bras autour des épaules de son ancien cavalier comme un python étouffe sa proie.

André se dégagea de l'étreinte de la mante religieuse et arpenta la galerie en observant les œuvres à la recherche d'un tableau en particulier. Il repéra la chambre froide, transformée en salle d'exposition, que lui avait indiquée Alice. Il s'y dirigea d'un bon pas.

– Toutes ces toiles sont issues de l'imagination de jeunes créateurs débordant de promesses, de talent et d'avenir, pérorait Mme Moz, collée à ses basques.

À peine entré, André dégagea un rideau noir d'un geste vif. L'étoffe cachait un tableau tourmenté et coloré dont il identifia l'auteur sur-le-champ.

– Un Mirko, voilà exactement ce qu'il nous faut ! s'exclama-t-il en le découvrant au grand jour.

– Monsieur est un vrai connaisseur, apprécia la galeriste, vous l'avez reconnu au premier coup d'œil.

Maria les rejoignit et se pencha pour vérifier la

signature. On parlait beaucoup des toiles de ce Mirko mais elle n'avait jamais eu l'occasion d'admirer une de ses œuvres.

– J'ai l'incroyable chance de représenter, en exclusivité, un artiste dont l'œuvre a été remarquée par les critiques du monde entier. Mirko, en plus de créer des univers incomparables qui subjugueront vos amis, représente un bel investissement. Le prix de départ est minime par rapport aux gains potentiels.

Maria attrapa la main d'André et la serra fermement.

– À la maison, c'est bichon qui s'occupe des sous.

La galeriste l'avait deviné. Depuis leur arrivée, elle s'adressait à Monsieur quand elle parlait d'argent.

– Ce que je ne devrais pas vous dire, parce que c'est épouvantable, mais je me dois d'être honnête avec un si gentil couple comme le vôtre...

Maria se prenait au jeu et ouvrait des yeux comme des soucoupes.

– Mirko ne peindra jamais plus.

– Comme c'est dommage, gloussa Maria, à l'aise dans son rôle, et pourquoi donc, il a perdu son inspiration ?

– Il végète entre la vie et la mort... à la suite d'un accident regrettable, fit Mme Moz en affichant une mine d'enterrement.

– Quelle horreur, tu te rends compte, mon bichon !

André compatissait en opinant du chef d'un air affligé.

– C'est une grande perte pour l'art, mais, d'un autre

côté, sa cote ne va pas cesser de grimper. C'est une question de minutes, de jours tout au plus, avant qu'elle s'envole vers les cieux comme l'âme de son créateur...
Mme Moz se laissait emporter par son élan lyrique.
— Je ne vous presse pas, mais demain elle aura pris dix pour cent ou cinquante, tout est possible dans ce monde de fous. Elle partira au plus offrant... Je reçois des coups de fil des quatre coins de la terre... Je...

Alice, assise dans la Baccara garée à proximité de l'ancienne boucherie, écoutait les délires de la galeriste retransmis sur le haut-parleur du smartphone d'André. Son amoureux avait conduit à sa place pour lui éviter d'entrer en voiture dans Paris.

Les Panthères grises avaient remis au goût du jour le scénario adopté pour l'« Opération Ikea ». Le téléphone, resté en ligne, relayait les propos tenus dans la galerie MOZ jusque dans l'habitacle de la R25.

Le rêve d'Alice ne l'avait pas trompée en lui montrant la piste à suivre. Elle en eut la confirmation en repérant le boxeur couvert de tatouages, celui qui les avait menacées devant le château de Vincennes, se diriger vers l'ancienne boucherie. Un de ses nervis affublé d'une fine moustache l'accompagnait.

Maria et André couraient un grand danger. Il fallait les prévenir de toute urgence avant que les malfrats n'atteignent l'ancienne boucherie.

– Partez vite ! hurla Alice dans son téléphone à l'adresse du faux couple de retraités.

Malheureusement, pour ne pas mourir de chaud, elle avait laissé la fenêtre de la voiture grande ouverte. Le tatoué, alerté par l'appel d'Alice, tourna la tête et la reconnut sur-le-champ. Elle n'eut pas le temps de réagir, les puissantes mains du colosse l'agrippèrent et l'extirpèrent de force de l'habitacle. Malgré sa résistance, la Panthère ne fit pas le poids face à la force du boxeur. Elle se retrouva bien vite sur le trottoir, entourée des deux types qui la soulevèrent pour qu'elle marche à leur rythme.

– Alors Babouchka, toujours chercher Mirko ? Toi pas savoir lui *kaputt* ?

Le costaud posa deux doigts tendus sur sa tempe pour mimer un suicide par arme à feu.

– Balle... pan... exploser la tête !

Puis tout se passa très vite.

Alice aperçut André se précipiter à son secours au moment où les deux patibulaires la poussaient à l'intérieur de la galerie.

– Ma pupuce, lâchez ma pupuce immédiatement !

Les truands ne s'attendaient pas à un tel accueil. André se planta devant les deux hommes sans leur laisser une seconde pour réagir. Il décocha un coup de poing qui cueillit le moustachu au menton. Un choc sourd se produisit. Le poilu, tout en nerfs, lâcha la captive en ravalant un juron dans sa langue maternelle. Alice en profita pour se libérer et se diriger vers la sortie.

Le boxeur tatoué se reculait déjà et condamnait l'issue.
– Vous pas s'enfuir !
– Alice, par là !
Elle se retourna. Maria les hélait, moulinant des bras, postée sur le seuil de la chambre froide, à l'autre bout de la galerie.

Le moustachu hors de nuire pour l'instant, André se retourna vers le boxeur. Il était plus grand que lui mais une béquille bien placée le déséquilibra. André en profita pour lui attraper le cou, et le coincer au niveau du coude de son bras droit. Il verrouilla la prise, serra de toutes ses forces. La trachée prise en étau, le boxeur se mit à respirer avec peine. Il crachait en cherchant à se débattre, essayait de le griffer, mais ses gesticulations ne firent qu'accélérer son asphyxie. Bientôt il suffoqua, ses muscles se relâchèrent.

Aucun des protagonistes ne s'attendait à ce qu'André renverse la situation de cette manière. Alice et Maria s'étaient figées, bouche bée devant les exploits de Dédé. Les voyous regrettaient de ne pas s'être suffisamment méfiés de ce retraité moins anodin qu'il n'y paraissait.

Un couteau jaillit dans la main du moustachu qui se relevait.
– Attention !
Alice désignait le truand qui dessinait des cercles tranchants avec son arme. André s'écarta au dernier

moment mais la lame aiguisée lui entailla le biceps, la douleur le contraignit à lâcher son étreinte. Le boxeur en profita pour se libérer. Il avala deux litres d'air, le dos collé contre la vitrine.

Alice, en voyant André se faire blesser, balança un coup de pied dans la direction du moustachu. Elle avait tapé le plus fort possible, au hasard. Par chance, son coup atteignit le voyou sous la ceinture et lui coupa la respiration. Il se plia en deux, laissa tomber son couteau, poussa des hurlements de cochon qu'on égorge et fit un pas en arrière.

– Bien joué, Pupuce !

André en profita pour le bousculer, le gaillard partit en toupie et s'assomma dans l'angle de la table en bois.

Le boxeur reprenait son souffle, le moustachu comptait les étoiles, il ne restait que Mme Moz, encore vaillante, pour encourager les malfrats.

– Ne les laissez pas s'enfuir !

Alice et André ne prirent pas le risque d'enjamber le boxeur, qui reprenait du poil de la bête en insultant la terre entière. Ils se précipitèrent vers Maria qui les appelait. La Panthère repoussa la porte de l'ancienne chambre froide désaffectée sur leur passage.

– Vite !

André pissait le sang et perdait des couleurs. Alice dénoua son foulard et lui fit un garrot. En observant l'homme qui lui avait sauvé la vie, elle craqua et lui donna un baiser. Alice était persuadée qu'ils allaient mourir étouffés. Les méchants allaient faire le siège de la chambre froide, les enfumer, les affamer, ils seraient obligés de se livrer, faits prisonniers, ils…

— Je t'aime, déclara-t-elle, en caressant le front luisant de sueur d'André.

Elle l'étreignait de toutes ses forces sans penser un instant qu'elle pouvait le faire souffrir.

Ils restèrent silencieux, le temps de reprendre contenance.

La lourde porte étouffait les bruits, ils eurent pourtant l'impression que la lutte reprenait dans la salle d'exposition.

— Oui, vous êtes certain ? Je peux…

Ils avaient oublié la présence de Maria qui parlait au téléphone avec un mystérieux correspondant. L'ancienne femme de ménage d'Alice se rapprocha de l'entrée de la chambre froide, posa la main sur la lourde manette métallique.

— D'accord, j'y vais !

Elle s'apprêtait à ouvrir.

— Qu'est-ce que tu fais ? T'es dingue, ils vont nous tuer !

Maria n'écoutait pas les mises en garde d'Alice, elle se contenta de répondre à son énigmatique interlocuteur.

— Je vous ouvre.

Comme par miracle, l'ombre massive du capitaine Moelleux apparut devant eux. Dans son dos, la galerie grouillait de policiers. Le boxeur et son comparse moustachu attendaient assis, menottés sur le trottoir. Le lieutenant Dupuis conduisait Mme Moz vers un fourgon garé en double file.

Gorby, sa tache de vin en éruption sous l'effet de l'adrénaline générée par l'action, hurla après les Panthères grises qu'il venait de délivrer :

– Vous le faites exprès, c'est pas possible autrement ! Tout a manqué de foirer par votre faute ! Vous croyez qu'on nous paie à nous tourner les pouces ? Le russkof tatoué nous amène jusqu'ici au terme d'une interminable planque et sur qui on tombe ? Les Mémères grises en train de jouer aux gendarmes et aux voleurs ! J'y crois pas ! Et vous avez imaginé une seconde si la cavalerie n'était pas arrivée à temps, hein ? Vous seriez restées dans votre chambre froide à vous cailler les miches... On vous aurait découvertes dans un bel état.

– Elle ne fonctionne plus, elle sert de..., essaya d'expliquer Alice avant de se faire rabrouer.

– C'est qu'elle n'en a pas eu assez, elle veut y retourner, la petite dame ?

Moelleux, fou de rage, attrapa Alice par le bras et fit mine de la pousser à l'intérieur de la pièce transformée en salle d'exposition.

– Alors, on fait moins la maligne ?

Une ambulance arriva, deux infirmiers s'occupèrent d'André et l'évacuèrent sur un brancard. Alice eut à peine le temps de lui dire « à tout à l'heure » en se retenant de pleurer en public.

Le capitaine, qui se savait la cible de toute l'attention, croisa les bras et se posa sur un tabouret. Son visage dévasté par de minuscules tremblements se couvrait de vagues qui déferlaient sur le gras de ses joues. Il tambourina du bout des doigts pour se calmer les nerfs et répondit aux interrogations silencieuses d'Alice et de Maria :

– Vous voulez savoir si ces tueurs ont assassiné Marie-Madeleine Lambrat ? Je répondrai par la négative. Par contre, votre ami Mirko, il ne fait aucun doute qu'ils ont quasiment réussi à le faire passer de vie à trépas. Nous avons relevé une foule d'empreintes dans sa cache au Bois, il suffira de vérifier avec celles des cosaques, mais la cause est entendue. Grâce à notre enquête, un trafic d'œuvres d'art pour lequel la galerie MOZ servait de plaque tournante a été mis au jour. Je vois que vous hésitez, allez-y, posez votre question, fit le capitaine en dévisageant Alice. Plus on est de fous, plus on rit.

– Avez-vous trouvé le portrait de Marie-Madeleine peint par Mirko ?

– Le fameux tableau que vous cherchez partout ? Eh bien, non ! Si ça se trouve, la toile est passée devant notre nez, mais ce type est tellement mauvais qu'on n'a même pas reconnu son modèle !

Le capitaine se redressa en poussant un juron pour se

motiver. Il retrouvait sa bonne humeur et son humour douteux. Dehors, l'ambulance démarrait direction l'hôpital. Le fourgon de police emmenait les mafieux et la galeriste à l'ombre. Moelleux n'avait plus qu'un détail à régler avec ses «amies» les Panthères grises.

– Ah oui, j'allais oublier! Stéphane Lambrat, le fils de la victime, a tenté de se suicider juste après votre visite. Je ne vous demande pas ce que vous lui avez raconté ou quelles menaces vous avez proférées? Il a avoué le meurtre accidentel de sa mère. C'est un type avec des cheveux jaunes du plus bel effet qui l'a découvert et sauvé. Si j'en crois sa déposition, c'est après une discussion, je le cite pour être précis, «un interrogatoire mené par deux dames d'un certain âge», qu'il a pris peur pour Stéphane. Cet Olivier le savait fragilisé par la disparition de sa mère. Faudra me raconter vos combines à deux balles un de ces quatre… Je ne comprends pas tout, vous savez, je ne suis qu'un pauvre flic…

Le capitaine Moelleux dévisagea Maria en montrant les crocs, comme s'il allait la dévorer toute crue.

– Comme l'écrit si élégamment votre ami journaliste dans son article : je ne suis «qu'un gros balourd incapable de trouver un éléphant coincé dans un couloir». Vous lui direz merci, sa prose m'a fait chaud au cœur et m'a motivé pendant cette enquête.

Maria sursauta en sentant la pointe de la chaussure d'Alice lui frapper l'arrière du mollet. Ce n'était pas le moment de répliquer.

29

La momie

André était allongé dans une chambre d'hôpital aux tons pastel, une peinture abstraite ajoutait une touche de couleur à cet univers doucereux. Un large pansement entourait son bras, l'infirmière venait de sortir après lui avoir nettoyé la plaie. La lame du couteau avait ripé avant d'atteindre l'os. Beaucoup de sang et de peur mais pas de séquelles à venir. Il resterait une belle frayeur et une cicatrice pour les souvenirs. Alice souriait comme une petite fille devant le héros qui s'était précipité pour la délivrer, sans réfléchir aux conséquences de son geste. Il n'y a que des preuves d'amour, dit-on. Alice considérait cet acte de bravoure comme l'une des plus belles qu'elle pouvait espérer. André l'observait sans parler, il n'en avait pas la force. Un bleu était apparu sur sa joue, et un œuf de pigeon donnait du relief à son front. C'était la première fois qu'on risquait sa vie pour elle. Marcel ne s'était jamais battu pour la défendre, il est vrai que l'occasion ne s'était pas présentée. Alice, la mère de famille raisonnable d'alors, ne se lançait pas dans des aventures comme celle qu'elle vivait aujourd'hui en compagnie de ses amies les Panthères grises.

Leurs gestes tendus et un peu faux exprimaient une réserve bienveillante. Alice n'avait plus l'âge de se jeter sur le lit pour lui montrer sa reconnaissance. Elle se contenta de lui prendre la main au-dessus du drap et de la ramener sur ses genoux. Ses doigts meurtris étaient bandés au niveau des phalanges, son Roméo avait frappé fort pour la protéger. Alice se demanda si c'était la danse de salon qui le maintenait dans une telle forme. L'énergie qu'il dégageait quand il valsait ou se battait avec les deux malfrats tatoués l'avait bluffée.

André se mit à sourire, son œil s'était illuminé, il plongea dans ses yeux et lui comprima la main. Lorsqu'il l'enserra, elle se détendit comme la corde d'un arc, et le fit sursauter.

– Je voudrais savoir... le baiser dans la chambre froide... ?

Pour toute réponse, Alice se pencha sur lui ; dans cette position, la chaleur de son souffle réchauffait la peau de ses épaules. Le désir bouillonnait à feu doux, prêt à monter en puissance, et à déborder. Elle dompta son trouble, et se contenta de frôler les blessures de ses lèvres.

Un ange passa entre deux êtres embarrassés par ce fragile contact.

Alice assise sur sa chaise fixait André, dont les

derniers cheveux s'évaporaient autour de son front. Elle savait qu'elle n'avait plus le physique pour déclencher le désir fou chez un homme, mais c'était le seul corps qu'elle avait à proposer. André serait le dernier.

Comme s'il lisait dans ses pensées, il avança une main épaisse contre sa poitrine, dégrafa le premier bouton de son gilet. Alice ne fit rien pour le retenir.

— Oh, excusez-moi ! J'arrive au mauvais moment…

La tête ronde du capitaine Moelleux apparut dans la chambre.

La main d'André retomba, lourde comme un cheval mort.

— Je suis venu vous faire un petit coucou.

— Entrez donc, capitaine, proposa Alice d'une voix qui aurait aimé dire le contraire.

— Je ne m'attarde pas. En fait, je suis ici pour ce satané Mirko.

— Pourquoi, que se passe-t-il, il y a du nouveau ?

Alice redevint la Panthère grise en quête de la vérité en un quart de seconde. Le capitaine Moelleux en profita pour glisser son volumineux corps dans la chambre d'hôpital qui, d'un coup, parut minuscule.

— Oui, du nouveau qui devrait vous faire plaisir… enfin qui nous fait plaisir à tous…, reprit-il.

— Ne nous fai…tes pas lan…guir, articula André en forçant pour se redresser sur le lit.

Une grimace et un gémissement de douleur alertèrent Alice qui l'aida en lui maintenant le dos.

— Ne bouge pas, mon chéri...

Gorby réprima un sourire triste en l'entendant, comme si cette banale déclaration amoureuse le faisait souffrir.

« Ce ne sont pas tes oignons, gros balourd », pensa si fort Alice qu'elle crut avoir exprimé son opinion à voix haute. Elle posa sa main exprès en évidence sur le torse de son Roméo, qui avait réussi à s'asseoir dans son lit. Le qu'en-dira-t-on ne censurerait pas ses choix sentimentaux, Alice avait passé l'âge de se préoccuper de l'avis des autres.

Le capitaine Moelleux aborda le sujet qui l'amenait dans la chambre de soins.

— Votre ami Mirko Losevich est sorti du coma et a exprimé l'envie de nous parler. J'espère que le bougre ne va pas avoir l'idée saugrenue d'avouer ce meurtre pour la seconde fois. Dites-moi ce que je ferais d'un deuxième assassin, maintenant que le fils Lambrat a avoué ! Bref, avec les collègues, on s'est précipités en voulant bien faire, mais le médecin ne nous a pas autorisés à l'interroger... pas avant demain matin... Il est trop faible à ce qui paraît. Qu'à cela ne tienne, ce n'est que partie remise, nous reviendrons demain, dès le chant du coq. Tout le monde sait que la police n'a que ça à faire de ses journées... surtout depuis que des Mémères..., pardon, des Panthères grises enquêtent à leur façon !

L'allusion ne fit pas rire Alice.

– Il va s'en sor…tir ? articula André en mobilisant ses maigres forces.

– Je ne sais pas, je ne suis qu'un idiot de flic… Je vous le dirai demain quand j'aurai vu le sieur Losevich de mes yeux… Vous êtes voisins, ils l'ont installé dans le service au bout du couloir. Bon, c'est pas le tout, faut que je vous laisse… Et pas de bêtises ! À vos âges, il faut savoir raison garder.

Alice insista pour rester veiller sur André qui devait attendre la visite du médecin, le lendemain matin, pour l'autoriser à sortir. Une nuit en observation semblait raisonnable au personnel hospitalier avant de le relâcher dans la nature.

Il fit bientôt nuit.

Alice s'endormit dans le fauteuil de la chambre d'hôpital.

Comme d'habitude, elle rêvait…

Un bandeau encerclait la tête de Mirko et le faisait ressembler à une momie. André apercevait à peine son visage à l'exception de la bouche et des yeux qui le fixaient d'un air méfiant.

Que faisait André dans la chambre de l'artiste ukrainien ? L'infirmière lui avait pourtant ordonné de rester couché. Alice le vit jeter un dernier coup d'œil dans le couloir et refermer la porte précautionneusement.

André se rapprochait du corps de Mirko, son bras valide en avant à la manière d'un somnambule.

– Qu'est-ce que tu fais ? Tu n'es pas raisonnable ! Allez, reviens te coucher.

Alice parlait dans son sommeil.

André ne lui obéit pas. Maintenant sa main serrait le cou de Mirko.

Pour l'étrangler ?

Pourquoi André voulait-il tuer le peintre blessé ?

Ce ne fut pas Mirko qui se redressa sur le lit, mais le lieutenant Dupuis. Le policier arrachait vivement les bandes qui s'enroulaient autour de sa tête.

Alice en avait assez de ce rêve idiot. Elle hurla pour le chasser :

– Nooon !

Elle se réveilla en sursaut, mal à l'aise, humide de sueur, en équilibre instable sur son siège. André n'était plus dans son lit, la forme de son corps creusait le matelas. Elle posa la main sur le drap. Encore tiède. Elle ne l'avait pas entendu se lever. Était-il parti aux toilettes ?

Des bruits de cavalcade dans le couloir. Des cris. Des hurlements.

Alice se précipita, des policiers couraient, la bousculaient, l'invectivaient.

– Ne restez pas là !

– Rentrez dans votre chambre !

Une agitation peu commune perturbait l'étage de

l'hôpital. Puis, précédant la tempête, un calme absolu envahit le couloir.

André apparut de nuit encadré par le capitaine Moelleux et le lieutenant Dupuis, mal fagoté dans une chemise d'hôpital déchirée. En les voyant, Alice comprit qu'elle n'avait pas rêvé. Maria suivait derrière, elle les dépassa, courut dans sa direction, l'air désolé.

– Ma pauvre amie !

Maria la serra dans ses bras.

La colère d'Alice montait à mesure qu'elle reconstituait les événements.

30

Flash-back

Le capitaine Moelleux les avait conduits dans une pièce de repos utilisée par les infirmières pendant leur garde de nuit. Dupuis, appelé par un de ses collègues en uniforme, était sorti sans un mot.

Assis sur une chaise en plastique, André essayait de croiser les bras mais les menottes qui enserraient ses poignets l'en empêchaient. Il posa ses mains sur ses genoux et commença d'une voix rauque et embarrassée :

— Quand je l'ai vue pour la première fois, je l'ai trouvée incroyablement belle et désirable. Nous étions jeunes.

André leva la tête dans la direction d'Alice, il se tut un moment, avala une boule de salive qui le gênait. C'était la première fois qu'il racontait ça. Il oublia Maria et le capitaine Moelleux, et ne la quitta pas des yeux pendant qu'il parlait.

— Je m'appelle André François Midal, j'ai travaillé dans l'entreprise de Pierre Lambrat pendant quarante ans avant de partir à la retraite. Je suis entré comme apprenti, j'ai gravi tous les échelons sans jamais changer de boîte. Marie-Madeleine n'a pas fait attention à moi durant toutes ces années. Je ne voyais qu'elle, mais nous n'étions pas du même milieu et, à cette époque, les origines sociales pouvaient séparer les individus plus qu'un océan. Je n'ai jamais compris comment cette femme avait pu supporter les aventures de son mari pendant toutes ces années. Quand il m'arrivait de servir de couverture aux escapades de Pierre Lambrat, ça me faisait mal. Combien de fois j'ai manqué de craquer et de le dénoncer ! Mais je n'en ai jamais eu le courage et à part perdre ma place… qu'est-ce que cela aurait changé ? Quand il est mort, j'ai tenté ma chance, assez maladroitement j'imagine, et je me suis pris un vent de toute beauté. Je n'ai pas abandonné pour autant, je suis revenu à la charge, mais je n'étais que l'ex-employé, même si sur la fin j'étais devenu le bras droit du patron. Cet avancement m'avait permis d'aller chez elle, pour souffrir encore plus. Quand Stéphane, le fils, a essayé de relancer l'entreprise, je lui ai donné un coup de main. Très vite, j'ai compris qu'il fallait le laisser faire à sa manière, je représentais le passé et le règne de son père.

André se força à sourire, Alice ne voulait pas se laisser attendrir, elle lui renvoya un visage fermé. Il trembla, détourna le regard et reprit :

– Je pensais que mes chances étaient définitivement enterrées quand, à ma grande surprise, Marie-Madeleine m'a recontacté. Elle se souvenait de moi, pas tellement parce que je lui avais fait une grande déclaration mais parce que, autrefois, j'avais fait le coup de poing pour empêcher les syndicats de l'entreprise de lancer une grève. Avec quelques autres, j'avais réussi à conjurer cette petite révolte. Parmi mes hobbies, outre la danse de salon qui m'est venue sur le tard à la retraite, j'ai pratiqué le karaté et toutes sortes de sports de combat. Marie-Madeleine se rappelait ces histoires de grèves. Son mari les avait certainement enjolivées, se donnant le beau rôle, mais malgré tout, il avait été obligé de me faire une petite place.

Marie-Madeleine voulait que je la débarrasse d'un importun, pas que je le tue, que je lui fasse peur comme je l'avais fait avec ce jeune syndicaliste que j'avais envoyé réfléchir à l'hôpital. Elle m'a raconté qu'un type voulait la faire chanter en utilisant un film la montrant embrassant un homme. Un truc qui puait le mensonge à plein nez. Elle me proposait une somme d'argent conséquente. Je ne l'ai pas fait par appât du gain, je l'ai fait pour elle. Elle a donné rendez-vous à son maître-chanteur, j'y suis allé à sa place la tête masquée par un casque intégral, des gants cachaient mes mains, la panoplie complète pour garder l'anonymat que requiert ce genre d'intervention. Le play-boy sur le retour a passé un sale quart d'heure. Je lui ai mis une belle raclée. Je lui ai cassé deux doigts et une paire de dents pour qu'il se souvienne de ne plus recommencer.

André fit une pause et leva les yeux vers Alice et Maria, qui l'écoutaient en silence avec un sentiment grandissant de malaise. Moelleux intervint :
— T'arrête pas, il est tard, tout le monde a envie de rentrer se coucher au chaud dans sa maison !
— Alice et les Panthères grises ont retrouvé la trace de ce «Vieux-Gosse-Beau», reprit André en baissant la tête.
Le capitaine Moelleux se tourna vers Alice et Maria.
— On en parlera plus tard.
André reprit sa confession sur le même ton lugubre.
— Après lui avoir rendu ce service, nos relations ont changé : ma présence rassurait Marie-Madeleine. Dire qu'elle est tombée amoureuse de moi serait sûrement exagéré mais, à force de la solliciter, elle a fini par céder. Elle ne voulait pas que son fils qui me connaissait soit mis au courant, ni personne d'autre d'ailleurs, comme si je lui faisais honte. J'ai été stupide, je me suis forcé à croire qu'elle était amoureuse, en fait, elle ne m'a jamais aimé, elle me récompensait de mon travail, rien de plus… Nous y trouvions chacun notre compte. Jusqu'au jour où elle a rencontré cet artiste peintre à la galerie MOZ. Je ne sais pas comment elle s'est fait embobiner par cette espèce de clochard, mais elle ne jurait plus que par ce Mirko et le portrait qu'il avait promis de lui faire. J'étais dans sa chambre le matin où le drame est arrivé.

Alice se plaqua une main sur la bouche ; à ses côtés, Maria écoutait, les poings serrés au fond de ses poches.

– Depuis quelque temps, son fils Stéphane lui réclamait de l'argent pour investir dans l'entreprise familiale qu'il comptait relancer. Elle n'y croyait pas, elle lui avait déjà donné des sommes confortables qu'il avait englouties dans le remboursement des dettes. Quand son fils est arrivé, Marie-Madeleine m'a interdit de me montrer. Ils se sont disputés au sujet du fameux tableau. Dans l'énervement, il a poussé sa mère qui est tombée en arrière. Marie-Madeleine ne bougeait plus, elle n'était pas blessée mais avait trouvé cette ruse pour mettre fin à cet esclandre qui n'en finissait pas. J'allais intervenir quand elle m'a fait un clin d'œil, allongée sur le sol. C'est qu'elle était rusée, la Marie-Madeleine. Stéphane a fini par partir. Elle n'en pouvait plus de ses reproches incessants et de son obstination à vouloir sauver cette entreprise et ses ouvriers. Si Stéphane ne s'en était pas mêlé, elle aurait fermé la boîte et basta. Je sortais de la chambre et me penchais pour la première fois sur le portrait de ce Mirko, et là… Vous ne pouvez pas imaginer l'horreur, ma Marie-Madeleine… Je n'osais pas croire que cette merde puisse être considérée comme une œuvre d'art. La dispute a repris… Cette fois, ce n'était plus avec son fils, mais avec moi. Je suis devenu fou de jalousie en découvrant qu'elle posait nue pour ce soi-disant artiste de bas étage. Qu'est-ce qu'elle faisait de plus avec lui ? Elle a refusé de me répondre, et a voulu me foutre dehors. Elle m'a traité de rustre, tout juste bon à donner des coups… et à la satisfaire quand elle en avait envie. J'étais un animal à ses yeux, une distraction. Elle m'a rendu dingue. Je suis costaud, elle a valsé et, cette fois, elle ne s'est pas relevée parce que je l'ai tuée… sans le vouloir, mais je l'ai tuée… C'est comme si j'avais terminé le geste de son fils. J'ai pas eu le temps de réaliser ce que j'avais fait, Mirko est arrivé pour se faire payer sa toile. Il était fin saoul, chancelant, délirant. Je ne l'avais jamais vu, mais Marie-Madeleine m'en avait parlé de nombreuses fois. En découvrant l'énergumène, je ne pouvais pas me tromper.

— Et après, vous avez fait quoi ? fit le policier.

— Je lui ai mis un coup sur la tête… Un bon coup. Le peintre ferait un parfait assassin. J'ai récupéré la toile, et j'ai fui.

— Pourquoi avez-vous pris l'argent qui devait servir à payer le portrait ? continua le capitaine.

— Pour me venger peut-être, je n'ai pas vraiment réfléchi, j'ai paniqué… Mais Mirko n'était pas mort, c'est que ça a la caboche dure, un cosaque ! Quand j'ai appris qu'une reconstitution allait être organisée, je me suis mêlé à la foule massée à l'extérieur du pavillon. Après la tentative de prise d'otage, j'ai retrouvé Alice à la sortie de son club de théâtre… Mon but était de découvrir ce que Mirko lui avait dit, s'il lui avait dit quelque chose. La nuit tombée, j'ai suivi Alice jusqu'à son pavillon. En prenant le pari que Mirko irait se cacher chez elle.

Le capitaine Moelleux se triturait les doigts avec l'ardeur d'un aliéné. Il était furieux de sa négligence. Il n'avait pas imaginé une seconde que Mirko se réfugierait chez Alice... Le tueur l'avait deviné, et pas lui. Le flic s'en voulait d'avoir fait cette erreur. Par chance, elle n'avait pas eu de conséquences.

– Je l'ai découvert endormi dans le sous-sol du pavillon. J'ai voulu le tuer mais j'avais oublié qu'il avait piqué l'arme de votre adjoint. Mirko m'a tiré dessus et m'a manqué de peu. On peut dire que j'ai eu de la chance.

Alice se couvrit le visage pour effacer l'image lugubre des traces de sang sur la banquette arrière de la Baccara.

– Dès que j'ai appris que les Panthères grises menaient l'enquête, je me suis rapproché d'Alice pour savoir ce que lui avait raconté Mirko, la nuit où il s'était réfugié chez elle. Avait-il parlé de moi ? Quand elle a refusé mon invitation au restaurant, j'ai pensé qu'Alice ne m'en dirait jamais plus sur leurs investigations... Je me suis intéressé à Maria, je l'ai draguée. Mais sous ses airs de femme dévergondée, elle m'a repoussé, alors... j'ai retenté Alice.

Alice s'était trompée sur son amie. Elle lui sourit tristement pour se faire pardonner.

– Une fois que j'ai su que Mirko s'était réveillé de son coma et qu'il voulait parler à la police, je n'avais plus le choix. J'ai décidé de l'étouffer pendant son sommeil... avant qu'il me dénonce... Mais ce n'était pas Mirko... un flic avait pris sa place... Je suis tombé dans le piège.

– Affaire résolue, décréta Moelleux en tapant dans ses mains pour marquer la fin de la confession. Cette dame (Il désigna Maria) a trouvé bizarre que vous reconnaissiez une peinture de Mirko à la galerie MOZ, sans en avoir jamais vu une seule. Elle m'a alerté, et ensemble nous avons eu l'idée de cette petite supercherie dans laquelle vous vous êtes jeté. Ah oui, j'oubliais un détail. Le tableau, qu'en avez-vous fait ?

– Je l'ai brûlé.

André se laissa emmener sans protester. Il s'arrêta un instant devant Alice.

– Au début, j'ai fait ça pour sauver ma peau, avoua-t-il... Mais, en te fréquentant, je me suis pris au jeu. J'ai adoré être ton Roméo, ma Juliette... Je t'ai appréciée, je t'ai aimée... Quand je t'ai vue prisonnière entre ces deux tueurs, mon cœur m'a guidé. Je leur ai sauté dessus pour te sauver. Excuse-moi si tu peux.

Le capitaine Moelleux tira sur la chaîne des menottes pour le presser.

André esquissa un sourire, les mots se bousculaient dans sa bouche asséchée par l'émotion.

– Adieu Juliette, je te souhaite de trouver un nouveau Roméo.

Alice abaissa sur lui un regard froid, calme, impénétrable, comme sur un ancien ami pour qui on ne ressent plus aucun sentiment.

Elle ne ferait pas d'esclandre, ne pousserait pas de cris, elle avait passé l'âge.

Alice se sentait apaisée.

Elle ne pleurerait même pas, pourtant elle en crevait d'envie.

Que personne ne l'appelle plus jamais Pupuce.

S'il vous plaît.

31

Mariage

Les Panthères grises se cotisèrent pour acheter un cadeau. Encore fallait-il le choisir !

— Vous savez ce qu'il est de bon goût d'offrir pour ce type de noces ? demanda Nadia, perplexe devant la nouveauté.

— Pourquoi, c'est la première fois que tu vas à un mariage ? lui rétorqua Thérèse avec une touche d'agressivité.

Pourtant sa camarade n'avait mis aucune malice dans sa question.

— Entre deux personnes du même sexe, non, ça ne m'est jamais arrivé, répliqua Nadia en s'excusant presque.

— Je ne vois pas ce que ça change ! continua Thérèse en tripotant la médaille à l'effigie de sainte Thérèse de Lisieux accrochée autour de son cou.

Elle allait mieux… en attendant la prochaine rechute.

— Si tu ne vois pas de différence, c'est que tu as un problème !

Maria n'avait jamais caché sa réticence pour le « Mariage pour tous ».

– Les femmes et les hommes sont conçus pour s'emboîter, un point c'est tout. Un pointu et une fendue, ça nous fait de beaux…

– Maria !!! s'exclamèrent les Panthères, qui ne s'habitueraient jamais aux horreurs qui sortaient de sa bouche.

– En tout cas pour le cadeau, je ne vois pas de différence, fit Alice dans une évidente volonté de concorde.

– J'ai une idée ! lança Maria avec enthousiasme.

Les Panthères grises se dévisagèrent avec effroi. Qu'allait-elle encore inventer ?

– En surfant sur le site « POIVRE et SEL », nous trouverons bien un cadeau croustillant qui pimentera les soirées de nos deux tourtereaux. Et cerise sur le gâteau, on ne va pas se gêner pour se servir des codes de Marie-Madeleine, alias « Coquine », pour payer la facture. Y a pas de petites économies ! Thérèse va nous arranger ça. Hein, ma belle ?

Thérèse se contenta de hausser les épaules, décidée à ne pas tomber dans les provocations habituelles de sa meilleure ennemie.

Nadia proposa des verres gravés avec les prénoms des mariés. Elle avait vu ça sur la liste de mariage d'une de ses nièces.

– Ou alors une paire de coussins, je peux broder leurs deux prénoms avec du fil d'or, ça plaît beaucoup.

Il ne reste pas beaucoup de temps… Si je m'y mets tout de suite, je peux y arriver avant la cérémonie.

Alice mit les Panthères d'accord.

— Mes nouveaux voisins, un couple de Parisiens en exil, dont la femme est enceinte jusqu'aux yeux, vendent un vélo, un tandem… Nos jeunes mariés pourront faire des balades tous les deux dans le Bois… Qu'est-ce que vous en pensez ? C'est romantique…

— Et pratique, rajouta Nadia pour qui un cadeau devait toujours être utile.

La proposition ne déclencha pas l'enthousiasme, mais faute de meilleure idée, les Panthères grises l'adoptèrent à l'unanimité.

Organiser la livraison fut presque aussi compliqué que de se mettre d'accord sur le choix du présent. Aucune des quatre ne voulait risquer son col du fémur en chevauchant la bicyclette. Cette fois, c'est Nadia qui débloqua la situation.

— Puisque Peggy et le lieutenant Dupuis sont invités, Jean-Claude pourrait piloter l'engin… et l'emmener à destination.

— Et pourquoi Peggy ne prendrait-elle pas le volant, parce que c'est une faible femme ? s'insurgea Thérèse.

C'était reparti pour un tour.

Il faisait beau pour célébrer l'union de Stéphane et Olivier. Le soleil dardait ses chauds rayons sur le Chalet de la Porte Jaune édifié sur une île du lac des Minimes, à l'extrémité est du Bois de Vincennes.

Les deux tourtereaux se mariaient à cinq cents mètres de l'atelier où Mirko avait échappé de justesse à la mort. L'artiste ukrainien n'avait pas retrouvé la totalité de ses facultés. Un sourire figé, sur son visage reconstitué grâce à la chirurgie esthétique, lui donnait une expression étrange de perpétuel bonheur. Mirko avait recommencé à peindre. Il avait offert sa première œuvre aux jeunes mariés : un portrait coloré et joyeux du couple entouré de chevaux en souvenir de leur coup de foudre autour des pistes de l'Hippodrome. Le guide amateur de la statue fantôme de Beethoven poussait la chaise roulante dans laquelle l'artiste était installé. L'homme des bois était devenu son agent depuis que cette affaire avait propulsé Mirko au rang de star.

La garden-party d'après cérémonie fut l'occasion pour Alice et Maria d'enterrer la hache de guerre. Alice s'excusa de ne pas avoir cru son amie. André s'était jeté sur son ex-femme de ménage et non le contraire. Alice n'avait jamais voulu l'admettre, aveuglée par sa passion dévorante pour un homme élégant, raffiné, beau parleur…

– Et malfaisant, comme la plupart de ceux de son espèce, avait rajouté Thérèse en déclenchant un débat virulent entre les Panthères grises.

Cette aventure avait brisé le cœur d'Alice qui décréta solennellement :
— À partir d'aujourd'hui, j'arrête les hommes : c'est trop d'emmerdements.
Les filles partagèrent leurs éclats de rire en savourant leur complicité retrouvée.

En fin d'après-midi, Alice, Maria, Nadia et Thérèse décidèrent de faire un tour de barque pour profiter de la quiétude du lac des Minimes. Maria et Thérèse se disputèrent la rame. Nadia, qui ne savait pas nager, se cramponnait aux rebords de l'embarcation prise de tangage.
— Arrêtez, on va couler !
Alice poussa leur cri de ralliement pour faire cesser les hostilités.
— Panthères un jour…
— Panthères toujours !

Au fil de l'eau, l'air était frais et doux.
Alice ressentit un immense sentiment de paix.

Composition IGS-CP
Impression CPI Bussière en février 2022
Éditions Albin Michel
22, rue Huyghens, 75014 Paris
www.albin-michel.fr
ISBN : 978-2-226-46666-2
N° d'édition : 24651/01 – N° d'impression : 2062844
Dépôt légal : mars 2022
Imprimé en France